古典詩歌研究彙刊

第一輯

龔鵬程 主編

第 2 冊

流動與靜止——
從空間感知方式論「神韻」詩朦朧間隔的審美特質

呂 怡 菁 著

國家圖書館出版品預行編目資料

流動與靜止——從空間感知方式論「神韻」詩朦朧間隔的審美
特質／呂怡菁 著 — 初版 — 台北縣永和市：花木蘭文化出版
社，2007〔民96〕

目 2+232 面：17×24 公分（古典詩歌研究彙刊 第一輯；第 2 冊）

ISBN-13：978-986-7128-92-8（全套：精裝）
ISBN-13：978-986-7128-73-7（精裝）
1. 中國詩－評論

821.88   96003204

ISBN 986712873-7

9 789867 128737

古典詩歌研究彙刊
第一輯　第二冊   ISBN：978-986-7128-73-7

流動與靜止—從空間感知方式論「神韻」詩朦朧間隔的審美特質

作　　者　呂怡菁
主　　編　龔鵬程
出　　版　花木蘭文化出版社
發 行 所　花木蘭文化出版社
發 行 人　高小娟
聯絡地址　台北縣永和市中正路五九五號七樓之三
　　　　　電話：02-2923-1455／傳真：02-2923-1452
電子信箱　sut81518@ms59.hinet.net
初　　版　2007 年 3 月
定　　價　第一輯 20 冊（精裝）新台幣 28,000 元

流動與靜止——
從空間感知方式論「神韻」詩朦朧間隔的審美特質

呂怡菁 著

作者簡介

呂怡菁，國立清華大學中國文學系博士，現任清雲科技大學通識中心專任助理教授。著有〈論古典詩空間特質之構成因素〉、〈《詩經》中的水畔「神女」〉、〈現代書信中「直接稱謂詞」的表述模式〉等研究論文。

提　　要

　　本論文嘗試從「神韻」詩論與作品中，探究與建構其特殊的感知與呈現方式——朦朧間隔的方式。首先以一些傾向物理性質的空間概念為中心來看「神韻」詩中所呈現的幾種心靈感知方式，以此作為探討「神韻」詩透過空間感呈現「言外意境」的基礎。至於「神韻」詩呈現空間意境的方式則分為兩個部分來說：第一部分先說明「神韻」詩裡普遍而基礎的特殊寫景方式：利用景物與空間位置的組合關係來呈現言外意境的方式。第二部分則從整體空間意境的角度將「神韻」詩所呈現的空間感分為二大類型：「田園式」四方空間以及「山水式」狹長空間型態。整體來說，「神韻」詩在感知與呈現方式上都是依憑一個空間作為朦朧間隔的中介，在流動與靜止交替的美感與律動中表現詩人主體放逸脫俗的生命境界與人生哲思。

目錄

導　論

　　中國傳統文化中存在著一種超越的精神，它如一股活泉般一直在淺淺低低地吟唱著。它在中國傳統中不曾斷絕，沒有它，人的熱情會因過度而崩潰；少了它，人的彈性會斷絕。這個傳統「靜如處子，動如脫兔」般，表面平和，卻又蘊含無限生機。或者說，那是面對變動、慌亂之人生的一種必備的處世方式。人們或多或少都有這一個面向，這是一個從假意不在乎，到超越萬有的精神。本文即是嘗試從這個尋求心靈解脫與安頓的傳統中，探究詩人及作品的一種特殊的感知與呈現方式——朦朧間隔的方式。

壹、「神韻」詩的特質與家數譜系

　　根據繆鉞的說法，中國傳統詩歌大致可以分為兩大類型：「春蠶作繭」與「蜻蜓點水」，基本上這兩種類型分別反映兩種不同面對情感的表現方式：

> 　　蓋詩以情為主，故詩人皆深於哀樂，然同為深於哀樂，而又有兩種殊異之方式，一為入而能出，一為往而不返，入而能出者超曠，往而不返者纏綿，莊子與屈原恰好為此兩種詩人之代表。……蓋莊子之用情，如蜻蜓點水，旋點旋飛；屈原之用情，則如春蠶作繭，愈縛愈緊。自漢魏以降之詩人，率不出此兩種典型。〔註1〕

〔註 1〕繆鉞：〈論李義山詩〉，《詩詞散論》（香港：太平書局，1963），頁57～58。

詩人總是深於情感哀樂，但中國傳統詩歌卻可以歸類為兩種不同的抒情方式。第一種類型是「往而不返」的纏綿，其用情方式是款款深情，不願割捨，因而是如同那春蠶作繭，愈縛愈緊。讀者可以感覺其間像是有一張網，使人只能陷溺於其中，在中國早期的詩歌中，可以找到屈原作為一個源頭代表。第二種類型是「入而能出」的超曠之風。雖然可能也是從某一種情感出發，但是讓感情點出即散，甚而將之發散為一種美感。不是不在乎，不是沒有深情，但是，感情一點出就像那蜻蜓點水，旋點旋飛，才剛在水面看到那一絲情感的痕跡，隨而要定睛注視它，那蜻蜓已然消逝無蹤。其間的情感往往消散或轉移而為自然景色，如同驚鴻雪泥般只有蹤跡，讀者只能由中看到情感的發跡，但卻無從捕捉。在早期的作品中，可以找到《莊子》作為代表。

雖然這兩種用情的方式在中國都可以在早期的詩歌找到典型的代表，但是，就大部分人的原始感情型態來說，大多傾向於「入」的狀態之中。即便情感的濃度不到「春蠶作繭，愈縛愈緊」般地深情，也多半是處於一種陷入（「往而不返」）的情境中。要能夠「入而能出」，將哀樂深情變而為一種「蜻蜓點水，旋點旋飛」的模式，這當中往往需要一段成長的歷程。必須經過無數痛苦的煎熬，深知情之傷，並且有脫離（超越）這些傷害的徹悟，才有可能慢慢開展出這種如「蜻蜓點水，旋點旋飛」的模式（這裡只是要解釋「蜻蜓點水」的感情型態，並不包含價值判斷）。

就整個文化的成長來說也是如此。「蜻蜓點水」這種距離觀照的美感應該是一種理想的表現，需要付出成長的代價。光是徹悟還不夠，還需加之以超越的勇氣，一種美感意識，一種哲思，方能開展出來。只是好像中國這個民族特別早熟，在精神上，我們竟可以在古老的先秦時代就找到這種「蜻蜓點水」方式的典型代表（《莊子》）。並且這個精神往後不曾斷絕，始終一直發展著，甚至可以追索為一條壯碩的隊伍足以與那原始的情感類型（「春蠶作繭」）相抗衡。可以說這

種「蜻蜓點水」的情感模式是中國文化中的一個突出的表現。

一、「神韻」的超越性

　　要使原始感情發展爲「蜻蜓點水」的模式，就精神上來說，首先就要具有超越現有狀態的一種突破與昇華的想望。就其原初代表《莊子》來說，《莊子》的精神就被認爲具有某種「超越性」。徐復觀說：「莊子把精神的自由解放，稱爲逍遙遊。……。這說的是由自己生理的超越（無己），世俗的超越，精神從有限的束縛中，飛躍向無限的自由中去」。〔註2〕至於超越什麼？徐復觀在這裡點出，可能包括身體的超越，自己的精神侷限的超越（無己），乃至於是超越社會的制度，超越世俗的規範。也就是「蜻蜓點水」這樣一種說起來簡單的情感狀態，其中不只包括情感的超越，同時卻可能伴隨著超越身體，社會，世俗等等不同範疇的狀況才得以開展出來。

　　先就身體的超越來說。中國自古就有所謂的「形」與「神」的論爭，強調形殘而神全的超越氣度。就以「蜻蜓點水」的早期典型《莊子》來說。《莊子・德充符》就集中講了許多形殘而神全的故事。而後漢代的《淮南子》、漢末魏初劉劭的《人物志》、魏晉釋家支遁的《神無形論》、慧遠的《形盡神不滅》、顧愷之「以形寫神」論，乃至於《世說新語》等等，〔註3〕也都強調一個人超越身體形貌之上的特有的風度氣韻。由此可看出在中國一直有這麼一條線路，即是要超越身體的

〔註 2〕見徐復觀：《中國藝術精神》（台北：台灣學生書局，1966），頁 343。但「超越」這個詞現在已經有變成專用術語的跡象，而且多半用在哲學中。在嚴格的理論意義上，「超越」（transcendence）是一個「西方範疇，並最早出現於西方神學和宗教形而上學。」見蕭馳：〈中國傳統詩學中的超越與本在：《二十四詩品》一個重要意涵的探討〉，《中國抒情傳統》（台北：允晨文化事業有限公司），頁 38。其實，詩學中若是講「超越」，也多半「具形而上意味，然而卻並非僅僅停留在價值論的探討層次上。它必須是一種心理的，審美的境界。」同前，頁 41。

〔註 3〕此依據曾祖蔭：《中國古代美學範疇》（台北：文津出版社，1987），頁 72～78。

侷限以達到某種韻致與神采，並由此對於身體的超越之中延伸發展爲一種重要的概念：「神韻」。

「神韻」並不是剛開始就是一個詞，它本來是分別的兩個詞，後來才慢慢合併，徐復觀在解釋南齊謝赫的〈古畫品錄〉之「氣韻生動」時提到：「神」的全稱是精神，正是在《莊子》中出現的。魏晉之所謂精神，正承此而來，但主要是落在神的一面。至於「韻」字，大約在曹植〈白鶴賦〉：「聆雅琴之清韻」中始見。〔註4〕「神韻」剛開始是人物品評上的用語，後來又由人物品評轉到畫論乃至詩論上，也就是它所跨的領域很多，幾乎各個領域都使用這個語彙。若是就「形」與「神」的相互關係而論，上文已說明，它剛開始是人物品評上所用的詞，強調的是形殘而神全的超越氣度。然後，又由對於人的風度、氣韻的批評，進而被用於畫論，如南齊謝赫《古畫品敘》中評顧駿之：「神韻氣力不逮前賢」。〔註5〕也就是作爲藝術評論的術語，「神韻」最早是用在畫論上，後來才又轉用到詩歌之批評上。〔註6〕

「神韻」用到詩歌批評上，早期常是被分開使用的，這兩個字完整地用到詩歌的批評上，是明中葉的胡應麟首次明確提出的。其《詩藪》云：「李白〈塞下曲〉、〈溫泉宮別宋之悌〉、〈南陽送客〉、〈度荊門〉、孟浩然〈岳陽樓〉，王維〈岐王應教〉……，俱盛唐絕作。視初唐格調如一；而神韻超玄，氣慨閎逸，時或過之」，不過，這是從格調派的立場來提的。〔註7〕反而我們所說的「神韻」詩派的淵源大家：

〔註4〕見徐復觀：《中國藝術精神》，同前註，頁156～162。至於「神韻」兩字連用，也大約是始於六朝，可再參閱黃景進：《王漁洋詩論之研究》（台北：文史哲出版社，1980），頁91～105。

〔註5〕參閱霍有明：《清代詩歌發展史》（陝西：陝西人民出版社，1993），頁58。

〔註6〕可再參考吳調公：《神韻論》（北京：人民文學出版社，1991），頁3。

〔註7〕參見霍有明：〈論王士禛的詩歌理論和創作實踐〉，《論唐詩繁榮與清詩演變》（北京：中國社會科學出版社，1997），頁153。不過，黃景進提到，日本學者（青木正兒）已指出最早以「神韻」論詩者其實爲陸時雍的《詩鏡總論》。但由於胡應麟之《詩藪》，約略用了十九

司空圖與嚴羽，倒沒有使用「神韻」這個詞來評論。

　　也就是「神韻」剛開始作爲人物品評上的詞，是用來指人超越身體之後的那一個狀態。隨後轉到藝術評論上（諸如畫論），乃至詩論上，也是指超越線條筆墨、語言之後應該是怎樣的狀態，這是「神韻」在人、畫、詩上所共通的地方。其實，「神韻」一直沒有被說明清楚，正是因爲它是指超越現實框限侷圍之後的狀態感，是中國文人、藝術家對於超越昇華後的狀態的整體美感共識。也正因爲它是超越後的狀態，所以不能被限定，只能是一種廣泛的美感風格的界定。

　　「蜻蜓點水」的精神中總是包含了某種超越性。但在超越之後，就會出現一個問題，就是那一個超越後的狀態應該是什麼，以及該如何表現它。原本「神韻」正是指稱這個超越形體之後的狀態風格（人的精神氣度），由於後來「神韻」又轉而指稱繪畫乃至詩歌之中的超越筆墨線條之後的狀態，所以，「神韻」在與藝術及文學形式掛勾之後，還包含著如何去表現那個狀態的問題，也就是遇到了形式的問題。

　　「蜻蜓點水」這種超越的、非原始的情感狀態的發展，除了包含著對於形體的突破，同時可能伴隨而來的是一種對於社會制度的超越。這在中國有一個突出的現象是「隱」，或者說，「隱」是這種超越精神的突出社會現象。隱逸是古代許多國家都有的，但是隱逸在中國產生極早（如夏代之伊尹），它是一種「社會現象」，在中國持續長達四千年之久。遠在周代，特別是春秋戰國時期，隱逸差不多已經蔚成風氣。自此隱逸一直與中國的政治、經濟、文化發生密切的關係。〔註 8〕中國自古就有這麼一個超越的傳統以與現世形成一種對抗，在中國傳統之中，可以說「仕與隱的出處進退之道，一

　　　　次的「神韻」，所以學者多半以之爲明代始以神韻論詩者。或者，至
　　　　少應視之爲明代最強調神韻者。參較黃景進：〈「以禪論詩」到「詩
　　　　禪一致」〉，《古典文學》第四集（台北：學生書局，1982），頁 120。
〔註 8〕此依據劉文剛：《宋代的隱士與文學》（成都：四川大學出版社，
　　　　1992），頁 1～2。

直是對中國文人最深沈的折磨與考驗」，〔註9〕傳統士人總是在兩者
之間擺盪。

　　然而，需要說明的是，「神韻」與「隱」的關係是屬於精神層次
的。「神韻」並不是樸野之民的產物，它是士文化中最爲精緻的美感
呈現〔註10〕。「神韻」論大家王士禎就說：

　　　　汪鈍翁（琬）嘗問予：「王孟齊名，何以孟不及王？」
　　予曰：「正以襄陽未能脫俗耳。」汪深然之，且曰：「他人
　　從來見不到此。」〔註11〕

　　　　司空表聖與王駕評詩云：「王右丞、韋蘇州趣味澄　，
　　如清沇之貫達；元白力勍而氣屣，乃都市豪估耳。」元白
　　正坐此少此四字，故其品不貴。〔註12〕

顯然光是寫山水之作還不完全符合「神韻」，而且還必須要典雅。所
以說，「神韻」始終在追索著一種文人品味，在所謂的清淡之趣的追
求中，淺白並不被欣賞。

　　「神韻」是一種藝術精神，是一群既與朝政糾葛不清，而又心靈
想超越；或是身在江湖，卻又心懷魏闕的士大夫，從自然的韻律中所
得到的一種暫時的舒放，從其高雅的美感教養中所提煉出來的精神。
〔註13〕也就是「神韻」剛開始的精神是士大夫面對人生的困境時的超
越之感，然後，它漸漸變成一種美感的、雅致的要求。而「神韻」最

〔註 9〕見王文進：《仕隱與中國文學──六朝篇》（台北：台灣學生書局，
　　　　1999），頁 11。
〔註10〕山林文學（可以算是「神韻」的一種代表）以貴族、文人爲創作主體。
　　　　參閱李豐楙〈山水詩傳統與中國詩學〉，《中國詩歌研究》（台北：中
　　　　央文物供應社，1985），頁 97～100。
〔註11〕王士禎：《香祖筆記》，《帶經堂詩話》，卷 1，頁 39。
〔註12〕王士禎：《香祖筆記》，《帶經堂詩話》，卷 1，頁 39。
〔註13〕所以宗白華先生說：中國藝術意境的創成，既須得屈原的纏綿悱惻，
　　　　又須得莊子的超曠空靈。纏綿悱惻，才能一往情深。如鏡中月，水
　　　　中花，羚羊掛角，無跡可尋，這不但是盛唐人的詩境，也是宋元人
　　　　的畫境。見宗白華：〈中國藝術意境之誕生〉，《中國古代美學藝術
　　　　論》，頁 26。

後會被認爲流於空洞，最後在清末爲王士禎總結之後，就隨著清政權的隱沒而死寂，也正是因爲它的生命始終是屬於士大夫的。在文學傳統中，所有最有活力的東西，它往往來自民間，然後由士大夫發展而變得燦爛光輝，而後在找到形式之後就因生命力的枯萎而沒落（若是由這個角度來看，「神韻」在中國傳統中能夠斷斷續續地不斷地發展其實是難得的）。

二、「神韻」的特質：平淡空靈

　　上文已說明「蜻蜓點水，旋點旋飛」的模式是一種距離的觀照，不是一種原始的方式。這是經過痛苦之後的成長，其中除了要有超越現有狀況的精神之外，還要加之以一種美感，一種哲思。而有美感就有形式，相較於「春蠶作繭」的深情模式，這種方式需要一個轉移的中心，所以比較而言，它更是需要一個特定的形式。由於本論文所要探討的是詩歌，因而我們在此要集中探看，超越語言字面意義之侷限後的詩歌該是什麼狀態？什麼風格與形式？我們可以看到，被歸爲「神韻」的論家與詩人雖然沒有直說那超越具體框架侷囿後的狀態是什麼？但是都一致地感覺到要將之歸於平淡閒遠的風格，「神韻」論家在風格與內容上總是強調「清逸淡遠的內涵」，〔註14〕也就是中國詩人感覺到那種超越後的狀態必須是「一種超脫空靈的藝術境界」。〔註15〕即便放在社會的超越性（隱）來說，由隱逸超越精神中所延伸出來的文學也多半是傾向平淡的風格。其實，隱逸是一條路，平淡的文學又是一條路，但是在中國的傳統詩歌中，他們最後卻往往合在一起。由於隱逸似乎注定要選擇平淡的語言，〔註16〕也因此「神韻」詩

〔註14〕吳調公：《神韻論》，同前，頁1。

〔註15〕張少康：〈論《滄浪詩話》——兼談嚴羽和王士禎在文藝思想上的聯繫和區別〉，《古典文藝美學論稿》（台北：淑馨出版社，1989），頁383。

〔註16〕劉文剛認爲：山林文學主要爲兩類，一類是平淡自然，一類是雄奇譎異。隱士要表現自己閒適寧靜的生活和曠達的胸次，當然要用相應的語言和表達方式，平淡的詩風無疑是最合適的。這種風格是由隱

往往與隱逸之詩合流在一起。

　　綜合上述,「神韻」往往具有兩大特徵:精神上的超越與詩風的平淡閒遠。也就是「神韻」若是放在詩歌理論的方面來說,主要強調的是詩歌的藝術境界要能超越「形」(文字表面意義)的束縛以達到某種「神」(言外之意)。同時,基於「神韻」本身的精神本就是起於超越現實的束縛感,因而,「神韻」總是融合著詩歌藝術美感與超越之精神,例如在唐末司空圖的《二十四詩品》中,我們已可看到至人的生命境界與寫景的作品融為一體的一種定形趨向。

　　也就是除了詩味上的平淡閒遠,在精神上,這些詩人都有著超越個人情緒乃至現世的精神。神韻「絕不止於審美範疇,它還反映著中國民族人性求真的光輝」,〔註17〕在精神上是一種對於自我、人性的自覺。而且,「神韻」的超越性不只是對於現世精神的超越,更是一種追求「審美超越的詩體,它常是超越自我的具體狀況,追求整體狀況。它的歸宿是理想,而非現實」。〔註18〕

　　整體而論,「神韻」是一種廣泛而又特定的美感,而且它往往必需依循著形式。但形式又是一種飄渺難尋的東西,因而在找到恰當的形式之前,它總是被探索著。這也是「神韻」奇詭的地方,它既源起於超越的精神,本就是要超越形體的束縛而獲得一種生命境界,但卻又花了這樣漫長的時間,尋找一個最合適的形式。也就是傳統的文人雅士欲求超越形體、感情、社會之侷限的過程中,似乎慢慢地凝聚了共識,朦朦朧朧地感覺到超越後的狀態最好能是某種清空騷雅的東西,但是又發覺不容易表現這種感覺。或許也正因為「神韻」作為一

　　　　逸文學之祖陶淵明創造的。後來的隱逸文人在陶淵明詩風的基礎上
　　　　發展變化,創造了各具面目的獨特的平淡詩風。見劉文剛:《宋代的
　　　　隱士與文學》,同前,頁235。
〔註17〕吳調公:《神韻論》,同前,頁30。
〔註18〕王小舒曾針對「神韻詩」提出了四大要素,此為其中第三、四個要素。
　　　　參閱王小舒:《神韻詩史研究》(台北:文津出版社,1994),頁128
　　　　～129。

種需要形式的東西，作爲一個既要超越形體，又要追尋形式技法的確定的東西，因而一直被追索著，期盼著，才能在中國傳統中存在這麼久的時間，並在畫與詩等各種藝術領域中不斷轉化發展。

三、「神韻」詩派的家數譜系

正因爲「神韻」是一種經過長期發展與探索的精神，是「對自然、人生的一種深邃的審美態度的體現，這種態度在哲學、宗教，音樂、繪畫中都有表現」，〔註19〕也就因其無時代範限，同時又是一種廣泛的美感，所以其家數譜系的界定就很難。

學者對於「神韻」詩派就有許多不同的歸類方式。例如，有學者將「神韻」詩論家（諸如司空圖、嚴羽）與提倡「意境」的詩論家（王昌齡、皎然）連在一起。〔註20〕又如在王小舒所推衍出的一條「神韻」詩的流脈中，〔註21〕他把「神韻」詩史上溯六朝的嵇康、阮籍、左思、郭璞、蘭亭集團與陶淵明，稱之爲「清遠派」。然後以謝靈運與謝朓之「山水詩」作爲傳承。至於唐代的"張九齡、祖詠、儲光羲、常健、劉愼虛"，"孟浩然、王維"，"李欣、王昌齡、岑參、李白"這三大派別則被統稱爲「清澹派」，是爲「神韻詩的高峰期」。而大歷詩風、韋應物、柳宗元及司空圖之「韻味說」則被當作「清澹派」的衰變。即至宋代的晚唐派，嚴羽之妙悟說、明代的古澹派就作爲「神韻詩的餘脈」，最後以王士禎的神韻詩與神韻論當作「神韻派的復興與總結」。不過，不管怎樣分類，在理論系統上，大致上是以唐代的司空圖、宋代的嚴羽、清代的王士禎這三大家爲主要的「神韻」論家。

那麼，「神韻」到底是什麼？該如何探究它？由於「神韻」這個概念若是從理論上來說明比較抽象，〔註22〕所以本文擬從實際作品入

〔註19〕王小舒：《神韻詩史研究》，同前，頁3。
〔註20〕見曾祖蔭：《中國古代美學範疇》，同前，頁306～316。
〔註21〕王小舒說他在很大的程度上是根據王士禎的詩歌理論推出的。見王小舒：《神韻詩史研究》，同前，頁4。
〔註22〕參閱黃景進：《王漁洋詩論之研究》，同前，頁90。

手以歸納出一些審美典型，以確定它（「神韻」）的位置。但是，基於「神韻」詩派很難歸類，於是又遇到一個問題：那就是到底怎樣的作品才能歸爲「神韻」詩？基於這個難題，本文在作品（本文簡稱之爲「神韻詩」）的選擇上，基本上是以王士禛所選的作品爲主，一方面因爲王士禛是「神韻」的總結者，另一方面，他的著作很多，也甄選了很多的詩集（諸如《唐賢三昧集》、《古今詩選》等）可以提供我們許多具體的實例來探究「神韻」的內韻。

　　所謂的「神韻」的探究，其實包含了兩種不同層次的線路：（1）第一條線路是以超越之精神意境作爲主軸，屬於理論的推衍。這一條線路基本上以從自然與人生的超越作爲主軸，是在中國傳統中努力從自然中發掘出一種超越意境的線路，這是所謂的嚴格定義下的「神韻」本態。（2）第二條線路則是比較寬的定義。舉凡作品能夠達到某種獨特的韻致或言外之意即可稱之爲有「神韻」，這並不一定扣緊嚴格定義下所歸納出的關於「神韻」獨特的特性，而是從整體的詩歌韻味中所發掘歸納出的一種美感風格，不一定是寫景的作品，還可能是由含有人事之感的詩中歸納出來的美學典範。這是兩種不同的層次，我們在研究「神韻」詩的時候應該注意到這兩者的區分。亦即所關注的到底是「神韻」之主體脈絡的發展軌跡，還是一種整體廣泛的美感風格。

　　就王士禛所選的「神韻」詩來說，其實常是屬於上述的第二個層次。他不光是把「神韻」詩看成一個獨特的有其生命意識的一種美感，而是把從整體古典詩中歸納出來的某一種特殊的美感稱之爲「神韻」，這自也是他身在古典詩之總結時代的特殊處。事實上，王士禛所標舉的「神韻」詩傾向於綜合型，甚至有時是將「春蠶作繭」與「蜻蜓點水」兩種型態綜合的狀況。

　　本論文以王士禛所選的詩來作爲探究「神韻」的材料，大體上也是依循第二個層次。不過，我們也借助第一條線路來作爲輔助說明，亦即借助傳統之中所歸納出來的關於「神韻」的發展軌跡，來輔助說明王士禛所選的作品的美學風格。也可以說，是將關於「神韻」的論

述與王士禛的觀點相互證成「神韻」詩的美典，等於是對「神韻」的理論與作品又作一次整理與說明。基於「神韻」的發展是一條悠長的線路，本論文一方面依照王士禛所選的作品爲「神韻」詩分析歸納出主要美典的表現形式。但同時在理論上，還是會以許多與「神韻」相關的論述資料作爲輔助的說明。此外，王士禛處於清代這一個時代脈絡之中，他對於「神韻」的看法與選擇自然加入其特殊的時代意義以及個人的好惡，因而本書雖然在大方向上依從他的選擇，但並不以之作爲唯一的判準。也就是王士禛對於個別詩人與作品的好惡評價並不是這裡討論的重點，主要目的是藉由他所舉的詩例中重新歸納「神韻」詩的美感典範。

關於「神韻」的探究就是這樣像滾雪球一樣越滾越大嗎？「神韻」只是一種被歸納出來的東西嗎？不盡然是。我們要強調的是，「神韻」既是一種被歸納推演出來的一種風格，一種理論，但是，它也同時是一種在中國傳統之中一直斷斷續續出現的一種相似的對於某種理想的追求。如果中國傳統之中只短暫地出現這樣的東西，後人是無法爲它歸結出一條如此豐富的發展脈絡的。所以說，「神韻」既像是「先驗」的存在，又像是被證成歸納出來的東西。簡單地說，中國傳統中有一條思想脈絡是由自然之中發掘人生並進而引發超越昇華之意境的方向，此即爲「神韻」的主要宗旨，只是它在不同的時代，不同的詩論家眼中有不同的偏移重心。

「神韻」需要漫長的時間讓人去捕捉它，讓人去找到它，但是，當你辛辛苦苦尋尋覓覓了那麼久，一旦找到了它，就會發現它的空洞。儘管最後「神韻」變成了一種固定的傾向，但是這卻是中國文化之中最爲精緻的一種品味，並成爲傳統士人的一種優雅的印記。畢竟追尋與建立「神韻」的過程是艱辛的，要經過許多的努力才有達到某種完美形式的可能性，「神韻」作爲中國傳統之中士大夫文化的一種最爲精緻的美感，仍然值得我們去研究它。「神韻」詩中實深潛含蘊著傳統文人對於自然的觀看方式，以及對於美感的沉思與醞釀。

貳、空間界義

空間是一種既具體又抽象的東西。談到空間，我們通常想到的空間多半是具有長、寬、高的那種具有立體感的空間；我們所理解的空間往往具有某種「包圍」的感覺，它是有一點類似「容器」之類的東西。〔註23〕也就是我們一般印象中的空間往往是有「三向度」的「物理空間」，有別於二向度的平面，並且常是用「尺度及座標」來區分測量它。〔註24〕

但是除了我們一般印象中的「物理空間」（或者說是現實空間）之外，事實上，還有所謂的「心理空間」（或者說是想像空間）。簡要區分之，空間其實可以大致分爲「物理空間」與「心理空間」兩大類（或是說成「現實的空間」與「心靈的空間」兩類）。此外，李震先生在《宇宙論》中，將歷代西方哲學、科學家對於空間的論述分爲三類：想像空間；主觀空間；實在空間，也可以作爲空間分類的參考。〔註25〕正由於空間概念本身是複雜的，因而，雖然許多學者都探究空間問題，但是他們對於空間這個概念本身，其實是各自抱持著不同的認知。

〔註23〕亞里士多得對於空間的論述很多，在他的幾點關於空間的最基本的定義剛好可以用來說明這種一般印象。他認爲：「空間有三維：長寬高」，「空間乃是一事物的直接包圍者，而又不是該事物的部分」，「空間被認爲像容器之類的東西。」見亞里士多得著，張竹明譯：《物理學》（北京：商務印書館，1982），頁 94～96。

〔註24〕林會承先生提到：爲了認知或掌握空間的形貌，大多數的民族通常先將空間簡化爲長、寬、高三個向度，其次，透過尺度及座標兩種手法對此三向度加以區分，尺度爲衡量距離之工具。尺度又可分爲兩類：「概念式」尺度；「數值式」尺度。見林會承：〈漢民族空間模型之建立概說〉，《賀陳詞教授紀念文集》（1995），頁 91。

〔註25〕有關空間之主張可列爲三項：（1）想像空間，乃空虛的擴延性，與物體無關，乃物體之容器。古代的機械論者，近代的加森地、牛頓等皆主張此說。（2）主觀空間，只存在於主體，康德、柏克萊、休謨等皆主張此說。（3）實在空間，與物體之擴延性有本質的關係，笛卡兒、巴肋買斯等皆有此主張，多瑪斯、蘇亞來等士林哲學家論之更詳。參閱李震：《宇宙論》（台北：台灣商務印書館，1967），頁 112。

　　還有許多的概念：諸如場所、位置、方位、領域等詞語，它們雖然不能等同於空間本身，但卻是與空間不可分割的概念，它們或者也可以說是一種空間的「屬性」。此外，另有一些形容詞彙：諸如「大小、遠近、高下、形狀、立體」等有時也被看成是空間的「屬性」。〔註26〕就以方位（上下左右前後等）來說，它可以算是空間的屬種，類似於「相對的空間」。為了確立位置，人會以自己為中心，在心中設定這些方位：

　　　　如果沒有外力影響的話，每一種自然體都趨向自己特有的空間，有的向上有的向下；而空間的各個部分（或「種」）是上和下，還有左、右、前、後。就和我們的關係而言，它們不是永遠同一的，而且隨著我們轉動所產生的相對位置而定的。〔註27〕

由於方位往往不是固定的，而是「隨著主體的轉動所產生的相對位置而定」，所以常被視為一種心理空間。也就是空間概念中所謂的相對空間，是以主體為中心所展開的。然後，又可依這些方位的不同方向感，再分為「水平空間」與「垂直空間」：諸如上下屬於「垂直空間」的成分；前後、左右等屬於「水平空間」。〔註28〕

　　在人文學科之中，特別是在文學之中，很明顯的，其所創造的空間多半被認為是「心理空間」。特別是將畫與詩作一個區分的時候，人們常常感覺畫作為一種視覺藝術，其空間性往往比詩要強得多。最出名的比較是德國啟蒙運動時期的著名美學家萊辛的著作《拉奧孔》。在此書中作者以時間和空間的觀念去看詩與畫的區別，他認為

〔註26〕李元洛認為：空間知覺，就是感知事物的空間屬性的能力，包括對象的大小、遠近、高下、形狀、立體等等的知覺；時間知覺，就是對客觀事物運動和變化的順序性與連續性的反應。見李元洛：〈「觀古今於須臾，撫四海於一瞬——論詩的時空美」〉，《詩美學》（台北：東大圖書公司，1990），頁367。
〔註27〕亞里士多得著，張竹明譯：《物理學》，同前，頁93。
〔註28〕此依據林會承：〈漢民族空間模型之建立概說〉，同前，頁101。

繪畫傾向於「空間藝術」，而詩歌則傾向於「時間藝術」。〔註29〕不過，儘管繪畫作爲一種「空間藝術」，其所呈現的空間感也常是「暗示」的，自也不等同於「物理空間」。整體而論，詩人創造的空間，「自非實際上有謂長、寬、高的物理空間，畢竟還是所謂的心理空間」。〔註30〕再說，萊辛畢竟是依據西方的語言特性來下這個判斷，由於中國文字有傾向空間的特質，所以在傳統古典詩的研究中，空間性還是應該受到重視。〔註31〕

　　不過，若是強調「心理空間」本身往往會比較抽象，所談的空間有時會傾向「心境」的層次。如此，雖然用了空間概念，但卻並不能完全扣緊並彰顯空間這個概念與文學的關係。基於空間概念本身如此難以把捉，而詩歌本身的特質又傾向是心靈的空間，我們要如何運用空間概念來說明詩歌的表現呢？吾曉先生看到這個難處，他提到有些研究傾向於由物理空間（「承載情感的物象所呈現的可視空間」）來看問題，有一些則傾向於以心理（「情感本身的內容」）來看空間。前者指詩中描寫對象的存在空間，後者指對情感表現範圍的開拓。他認爲這兩種看法均欠準確，於是他主張應當從「意象組合與情感內涵二者的關係」上去考察詩的「情感空間」。〔註32〕筆者認爲，這裡所謂的「意象組合」可以進一步落實爲「物理空間」（或空間概念）以與「情感內涵」交互運作，而人文地理的「存在空間」提供我們一個類似的

〔註29〕萊辛認爲：「繪畫用空間中的形體和顏色，而詩卻用在時間中發出的聲音」。見萊辛著，朱光潛譯：《詩與畫的界限》（蒲公英出版社），頁82。

〔註30〕見張夢機：〈詩人創造的空間〉，《詩學論叢》（台北：華正書局，1993），頁125。

〔註31〕例如黃永武先生認爲時空設計是「中國詩裡最重要的環節」，他認爲中國詩裡的情，往往高度複雜而縱橫鉤貫於時空之中，借著自然時空的推移而忽隱忽現，人與自然時空是那樣奇妙地融合無間。參閱黃永武：《中國詩學‧設計篇》（台北：巨流圖書公司，1989）。

〔註32〕吾曉：〈建構詩的情感空間〉，《意象符號與情感空間─詩學新解》（北京：中國社會出版社，1990），頁182。

觀點與啓迪。

在 1970 年代以來盛興的「人文（本）主義地理學」（Humanistic Geography）中的「存在空間」，〔註33〕給予我們一些對於詩歌之中空間感的研究方法的啓引。先談「存在空間」，所謂的「存在空間」是依此空間內「主體人」之意義活動和創造而形塑建構的：

> 所謂的「存在空間」須由「內在」的「主體性」來貞定、展顯，所以此空間的內蘊，不是幾何的點、線、面之「外在性」就可涵括。當然，此亦非指謂「存在空間」無幾何之點、線、面構成。乃是說「存在空間」是依此空間內「主體人」之意義活動和創造而形塑建構，若抽離掉人之意義活動創造，則外緣的幾何性將無「存有性」價值可言。〔註34〕

在「存在空間」之中，「幾何的點、線、面」（物理空間）與人的活動同樣都被重視。也就是在許多人文地理學的研究中，空間的物理性與社會文化現象（人的活動）同樣被重視，空間是「獨立自主而有其內在邏輯的，但是與其他社會文化現象或要素必須共同一起運作而不可分，尤其是與人的活動不可分」，〔註35〕「空間」是人的各種活動在物理性空間中不斷建構的結果。〔註36〕

這類人文地理的研究思考方式是將物理空間與心理活動連結起來，這或許也可作爲文學中所謂的「心理空間」之研究的思考方向。就是我們一方面要依循著空間的獨立自主的物理特性，找出其內在邏輯，同時我們要考察的是在這些物理性質的空間上，依詩人的心靈活

〔註33〕參見潘朝陽：〈現象學地理學——存在空間的一個詮釋〉，《中國地理學會會刊》第 19 期（1991 年 7 月），頁 72。

〔註34〕潘朝陽：〈現象學地理學——存在空間的一個詮釋〉，同前，頁 74。

〔註35〕黃應貴：〈導論：空間、力與社會〉，《空間、力與社會》（中央研究院民族學研究所：1995），頁 3。

〔註36〕空間是以自然的地理形式或人爲的建構環境爲其基本要素及中介物，卻不認爲那是最終的，而是在其上依人的各種活動而有不斷的建構結果。黃應貴：〈導論：空間、力與社會〉，同前註，頁 4。

動乃至語言的活動（在人文地理上是社會文化現象乃至人的活動）而「不斷的建構結果」。也就是朝著語言的活動、作品的意義與空間之物質基礎的「相互結合運作」（incorporate and work together）來建構詩的心理空間〔註37〕。其實吳調公也提到「神韻」論家司空圖的「思與境偕」可以說是「大略相當於西方格式塔結構中所謂的由『物理場』和『心理場』的結合進入到『審美場』」，〔註38〕所以我們研究「神韻」這樣一個詩類，可以從上述的方式入手。

　　針對神韻詩植基於自然之上的空間表現，本論文主要分爲「感知方式」與「呈現方式」兩個層面來歸納神韻詩的美感形式。循此，大致上是先找出空間的一些物理元素（包括空間本身及其屬種），然後依循著這些接近物理性質的空間來考察「神韻」詩中所蘊含的詩人心靈與語言活動乃至作品意義。整體而言，在「感知方式」層面所說的空間主要是指利用空間作爲一種中介（過渡或方式），而在「呈現方式」所說的空間則兼以空間作爲表現的方式與目的兩者。

　　在第一層面「感知方式」的討論部分，本文主要以一些傾向物理性質的空間概念（諸如房舍、窗框、場域等）爲中心來看「神韻」詩中的幾種心靈感知方式，考察詩人以這些物理性質的空間概念爲中心所延伸出來的幾種基本的感知方式（簡分爲「中心式」與「散漫式」），強調「神韻」的心靈感知總是透過一個空間性的物質作爲一種間隔的過渡與中介。由於「神韻」詩所呈現的空間意境與自然景物的運用有著不可分割的關係，所以在展開第二層面「呈現方式」的討論之前，本文先說明自然景物在「神韻」傳統之中的意義與價值，以此作爲下文討論的前引。透過第一層面所歸納出來的幾種心靈「感知方式」作爲基礎，就易於進入第二層面探討「神韻」詩透過空間感呈現言外意

〔註37〕在人文地理的這類研究中，不同空間建構是由「人的活動（及其文化意義）與物質基礎的『相互結合運作』的結果」。見黃應貴：〈導論：空間、力與社會〉，同前註，頁8。

〔註38〕吳調公：《神韻論》，同前，頁36。

境的幾種基本方式。在第二層面「呈現方式」上，本文主要偏向於探討詩歌的語言活動與物理性質（乃至心理）的空間所相互發展出來的言外意境。首先提出「神韻」詩裡一種普遍而基礎的特殊寫景方式：利用景物與空間位置的組合關係來呈現言外意境的方式。可以說，「神韻」從一開始不僅有著利用自然景物來表現某種閒逸曠適之玄外發想的傾向，而且這些自然景物所放置的空間位置一直是其「呈現方式」中的重要關鍵。最後則進一步從整體空間意境來看「神韻」詩，總說「神韻」詩所呈現的基礎空間型態。本論文將王士禛所選取的「神韻」詩所呈現的整體空間感分爲二大類型：田園式四方空間以及山水式狹長空間型態。

　　透過「感知方式」與「呈現方式」中所呈現的空間感，讀者可以看到「神韻」詩的內容與表現形式中有一個很大的特點是利用自然所舖陳的空間作爲一種間隔與中介，以此使詩人所欲表達的想法可以不必以直說的方式完全揭露，而利用空間區隔的意境感來達成一種含蓄的言外之音的美感妙境。可以說，自然所造成的空間感是神韻詩中區隔作者與讀者之間的重要中介，詩的意義因爲自然空間的營造而不會侷限於一個固定單調的意義。透過自然所舖成而出的空間意境，使得詩的意義變成具有豐富無盡的潛力，使讀者依據不同的年齡與經驗，在不同的時刻閱讀詩作都有感受到不同與多種詮釋的可能性。「神韻」詩裡利用自然乃至自然景物之空間位置的排列方式來表現閒適意境的方式，本文稱之爲一種「朦朧間隔」的表現方式。「神韻」詩不但在「感知方式」上往往依憑一個自然空間作爲過渡，在「呈現方式」上也是依憑自然空間形象來達到言外意境，因而可以說「神韻」詩主要是依憑空間作爲「朦朧間隔」的中介。

　　此外，學者對於中國傳統中的時、空觀念的看法，大多是時間與空間兩者並論，他們認爲在中國的傳統中，時間與空間的概念往往是交融分不開的。例如：王建元認爲道家即是「時空融貫觀」，從老子的「天長地久」到莊子的「有實而無平處者，宇也；有長而無本剽者，

宙也」都說明道家的「時空融貫觀」。〔註39〕又如張曉風也強調「中國人將時空並置的傾向十分明顯」。〔註40〕學者或以「空間時間化」、〔註41〕或以「以時間詮釋空間」〔註42〕的概念來說明傳統思想中時空交融的關係，因此，我們有時也在必要的情況下將時間的因素加入。不過，就整體來說，時間在中國傳統中所帶給文人的感受常常是心靈的壓力，〔註43〕因而在討論「神韻」詩這樣一個超曠放逸的詩歌範疇之時，似乎以空間概念作爲軸心較能突顯其特質。以中國的超越傳統來說，空間概念正是中國士人超越昇華之心靈感知的起點，傳統士人總是依著一定程度的空間概念來作心靈的攀升，而「神韻」詩也是以著空間感作爲呈現某種清空閒雅之意境的重要依憑。

參、重要「神韻」理論所呈現的間隔感知與呈現方式

「神韻」詩派的重要理論家，首推晚唐的司空圖、宋代的嚴羽與清代的王士禎。職是，我們先以「神韻」這三大理論家的論點來爲本論文所說的「朦朧間隔」的感知與呈現方式作一個概說。在討論這三

〔註39〕參閱王建元：〈中國山水詩的空間經驗時間化之 2：中國山水詩的從「天地」到「悠悠」的特色〉，《現象詮釋學與中西雄渾觀》，（台北：東大圖書公司，1988），頁 136。

〔註40〕可參見張曉風：〈中國詩中時間與空間並峙的現象──乾坤萬里眼，時序百年心〉，《古典文學》第十一集（台北：台灣學生書局，1990），頁 68。

〔註41〕如宗白華以「空間感」隨「時間感」而節奏化來說明傳統的時空關係。參閱宗白華：〈中國詩畫中所表現的空間意識〉，《美學與意境》（台北：淑馨出版社，1989），頁 254。

〔註42〕例如王建元認爲從「天地」而立即轉入「悠悠」是表現了用時間觀念爲詮釋空間經驗的指標。見王建元：〈中國山水詩的空間經驗時間化之 2：中國山水詩的從「天地」到「悠悠」的特色〉，同前，頁 136。

〔註43〕可參閱劉若愚原著，杜國清譯：《中國詩學》（台北：幼獅文化公司，1977），頁 76。他認爲大部分的中國詩展示出敏銳的時間意識，且表示出對時間一去不回的哀嘆。西洋詩人雖然對時間也很敏感，但是很少對時間那麼耿耿於懷。而且，中國詩時常比西洋詩更明確地點明季節和早晚的時間。

家的理論與作品時，我們會先說明詩論家對於作品之朦朧間隔之「呈現方式」的要求，然後再論述「感知方式」的層面。因為就本意來說，這些詩論家的旨意是在論述作品的表達要以朦朧間隔的呈現方式達到「言有盡而意無窮」的詩境；至於「感知方式」的層次，其實是本文作為讀者的另一層詮釋。同時，也因為這些理論是以著很形象化的方式批評，所以本文必需先將這些批評家的本意辨析清楚，才能進一步闡明其間所透露的另一層訊息。

一、晚唐 —— 司空圖：「隔溪漁舟」

　　司空圖，字表聖，生於唐文宗開成二年（837），卒於梁太祖開平二年（908）。《二十四詩品》所以被列為「神韻」一派，有很大的原因是因為其中所列舉的這些風格大多是屬於平淡脫俗的特性（諸如〈沖淡〉、〈高古〉、〈自然〉、〈清奇〉、〈超詣〉、〈飄逸〉），其中較少是屬於人倫情感濃重的風格（例如〈沉著〉、〈悲慨〉）。

　　《二十四詩品》特別由風格上著眼，這是中國文學批評上的重大建樹。將風格標舉出來，既是對於詩教之重視的突破，同時又意味著對於詩作的一種整體氛圍的重視，不論是在創作層面上，還是欣賞層面上。將風格作為一種創作目標，詩人首先所必須關注的即是如何將他的情思融注成一種整体的感覺，將意義指向某一種整体氛圍的「情調性」。

　　在討論《二十四詩品》所透露出來的間隔感知方式之前，於此先介紹其表述方式的特色。司空圖在這些風格之下所作的說明文字，多半像是一個高士修練心靈境界的方式。﹝註44﹞這些文字包含了幾個層次：（1）生命境界的修養，（2）自然場景，（3）得到靈感的方式，（4）語言的呈現方式。整體合起來看，在每個風格之下的說明文字所展現的感覺，很像是一個高士遊歷於某種自然情境（少部分是人生情境）

﹝註44﹞吳調公提到：《詩品》中所謂高人、畸人、幽人、碧山人、可人，在在都是寄悲慨於曠達的人，是司空圖幻想中的高士風格。見吳調公：《神韻論》，同前，頁145。

中的狀況，如同一個個特定的「情境」。〔註45〕亦即在每一種風格下面，司空圖所作的陳述都是對於某種生命境界的說明與呈現，而且這些關於生命境界的說明多半是以一個神人在自然物象中遊歷的「境」來表現。二十四種風格如同一個個特殊的「境」，其不同即在於神人涉入這些場景方式的不同。

就以與「神韻」之「蜻蜓點水」的精神相距最遠的風格〈悲慨〉來說：

大風捲水，林木爲摧。意若苦死，招憩不來。

百歲如流，富貴冷灰；大道日往，若爲雄才。

壯士拂劍，浩然彌哀；蕭蕭落葉，漏雨蒼苔。〔註46〕

這個最具情感濃度的風格之下的說明文字，前前後後都是以自然物象來表徵，這似乎是說，對於一個壯士（士大夫）面對生命的無常（「百歲如流，富貴冷灰」），以及時局的衰頹（「大道日往，若爲雄才」）的無可奈何之情境的描述，最好也能放在一個自然意象的脈絡之中，使之成爲「人之情」與「物之景」相融合的情境。自然意象所呈現的「境」可以說是構成任何一種風格的基點。

在《二十四詩品》中，幾乎每一種風格都有一個自然的情境可與之呼應，而且這些比喻都不是一對一的物象的比喻，而是一個個相似的自然情境的模擬。所有人文情境幾乎都轉爲生命境界，而每一種風格幾乎都化爲生命境界與自然場景，其間偶爾才加入生命情感的描述。就「神韻」的表述方式來說，這種用自然情境表徵心靈境界的方式，正是一種朦朧間隔的方式，也是呈現言外之音的形式基礎。

對於《二十四詩品》形象化的批評有了概括的了解之後，讓我們來看看其中與朦朧間隔的感知方式有關的陳述：

〔註45〕黃景進認爲《二十四詩品》應是二十四個設境的範例，其實也就是「詩與境偕」的具體說明。參閱黃景進〈唐代意境論初探〉，《文學與美學》第二集（台北：文史哲出版社，1991），頁162。

〔註46〕司空圖：〈悲慨〉，弘征：《司空圖《詩品》今譯‧簡析‧附例》（銀川：寧夏人民出版社，1984），頁75。

　　娟娟群松，下有漪流。晴雪滿竹，隔溪漁舟。

　　可人如玉，步屧尋幽。載行載止，空碧悠悠。

　　神出古異，淡不可收。如月之曙，如氣之秋。〔註47〕

這一段話主要是為「清奇」這個風格定義，其中的「晴雪滿竹，隔溪漁舟」正暗含著一種間隔地觀看方式。司空圖雖然沒有明說，但是我們可以推想他認為具有「清奇」風格的作品應該是一種距離感，一種間隔朦朧之感。〔註48〕這裡，司空圖既是在講詩境（情感與景物）的呈現方式，同時也是在寫神出古異之至人觀照事物的方式。在「神韻」的思想脈絡中，至人的生命情調與自然之景總是合在一起分不開，似乎走向自然是表現心神清新脫俗的標誌，而也唯有自然才能夠襯托出人的精神的昇華性。若是就觀看方式來說，透過自然形成的空間作為的中介，司空圖所強調的觀看方式是「隱隱」地看，〔註49〕是不必看清的看，是透過一個物象，隔著一個空間的間隔觀看。若是就景物的呈現方式來說，透過自然之景塑造空間意境的間接描述，即是他所說的「味外味」的寫景方式，也是呈現「象外之象」的重要方式。

二、南宋 ── 嚴羽：「鏡花水月」

　　嚴羽，字儀卿，一字丹邱，自號滄浪逋客。大約生於宋寧宗時，卒於度宗年代。

　　嚴羽的詩論最出名的是以下這一段話：

　　夫詩有別材，非關書也；詩有別趣，非關理也。然非多讀書，多窮理，則不能極其至。所謂不涉理路，不落言

〔註47〕司空圖：〈清奇〉，同前註，頁61。

〔註48〕朦朧是「神韻」詩的基本特性。郭紹虞認為「格調」說與「神韻」說都給人朦朧的印象，但是「格調說所給人以朦朧的印象是風格，神韻說所給人以朦朧的印象的是意境。讀古人書而得朦朧的印象這是格調，對景觸情而得朦朧的印象的是神韻」。見郭紹虞：《中國詩的神韻、格調及性靈說》（台北：華正書局，1975），頁64。

〔註49〕吳調公的解釋是：「隔溪漁舟，隱隱在望」。見吳調公：《神韻論》，同前，頁135。

> 荃者,上也。詩者吟詠情性也。盛唐諸人惟在興趣,羚羊
> 掛角,無跡可求。故其妙處,透徹玲瓏,不可湊泊,如空
> 中之音,相中之色,水中之月,鏡中之象,言有盡而意無
> 窮。近代諸公乃作奇特解會,遂以文字爲詩,以才學爲詩,
> 以議論爲詩,夫豈不工,終非古人之詩也。蓋於一唱三嘆
> 之音,有所歉焉。〔註50〕

就整體的大意而言,嚴羽以「興趣」總括盛唐詩的好處,主要是要讚
美盛唐詩的形象化表述方式,批評宋詩過於重視議論。「羚羊掛角,
無跡可尋」以下的比喻雖然因爲借用佛典而令人感到難解,但意思都
是要闡明盛唐詩「無跡可尋」的絕妙藝術境界。嚴羽的另一段話可以
用來說明這一點:

> 本朝人(宋)尚理而病於意興。唐人尚意興而理自在
> 其中。漢魏之詩;詞理意興,無跡可求。〔註51〕

他所謂的「無跡可求」與司空圖的「不著一字,盡得風流」是類似的
意思。

先說「羚羊掛角,無跡可尋」所源出的佛典之故實:

> 「羚羊掛角」:禪林用語。羚羊挂角。比喻大悟之人泯
> 絕迷執之蹤跡,猶如羚羊眠時,角掛樹枝,腳不觸地完全
> 不留痕跡。比喻沒蹤跡、無罣礙之情形。景德傳燈錄卷十
> 六(大五一·三二八中):「我若東道西道,汝則尋言逐句;我
> 若羚羊掛角,汝向什麼處捫摸」。〔註52〕

還有另一則故事說:

> 釋氏言,羚羊挂角,無跡可求。古言云:羚羊無些許
> 氣味,虎豹再尋他不著,九淵潛龍、千仞翔鳳乎!此是前
> 言注腳,不獨喻詩,亦可爲士君子居身涉世之法。〔註53〕

〔註50〕嚴羽:《滄浪詩話·詩辨》,嚴羽著,郭紹虞校釋:《滄浪詩話校釋》
　　　　(台北:東昇文化事業,1980),頁23。
〔註51〕嚴羽:《滄浪詩話·詩評》,同前註,頁137。
〔註52〕慈怡主編:《佛光大辭典》(四)(書目文獻出版社,1989),頁4771。
〔註53〕王士禛:《香祖筆記》,《帶經堂詩話》(北京:人民文學出版社,1971),
　　　　卷3,頁83。

由以上兩則故事可以推知：「羚羊掛角，無跡可尋」在佛典之中本指「大悟之人泯絕迷執之蹤跡」，在此指作品要能夠達到「不落言筌」的藝術境界。

　　至於「故其妙處，透徹玲瓏，不可湊泊」〔註54〕的意思，陳國球先生解釋得很清楚：

　　　　其中「透徹」可指通透，「玲瓏」指明晰；意思是説盛唐詩的好處是：能夠將作者的美感經驗毫無窒礙的、充分的傳達，讓讀者再度體味這份美感經驗。「湊泊」是聚合、固定的意思；不可湊泊是説不能將詩當作實際事情的紀錄，將詩所表現出的環境經驗落實於現實世界的某些場景。以下一連四個象喻，都是爲了進一步闡明這不能泥於形跡之意。〔註55〕

一個達到高妙境界的作品可以説是把「透徹玲瓏」與「不可湊泊」這兩個相反的意境合起來。作者的旨意一方面要能「毫無窒礙」（「透徹玲瓏」）地表達，但另一方面卻又不可「落實於現實」的某些具體的物象或場景上（「不可湊泊」）。

　　「以下一連四個象喻，都是爲了進一步闡明這不能泥於形跡之意」，〔註56〕「空中之音，相中之色，水中之月，鏡中之象」既是很形象化的批評，但也表徵盛唐詩是以著形象化的手法達到「無跡可尋」的境界。這一段話也幾乎都是出自佛典：

　　　　〔相〕即形相或狀態之意；乃相對於性質、本體而言者，即指諸法之形像狀態。一切法有總相、別相兩種。總括而言，無常等爲其總相；個別而言之，則地爲堅相，火爲熱相，乃至色等之形狀各別，而皆有其特殊之相。又以性爲

〔註54〕「湊泊」是凝合，聚結之意。佛典裡也用，如《傳燈錄》卷十一：「慧寂禪師曰：我今分明向汝説聖邊事，且莫將心湊泊，但向自己性海，如實而修」。

〔註55〕陳國球：〈論鏡花水月──一個詩論象喻的考析〉，《鏡花水月》（台北：東大圖書股份有限公司，1987），頁4。

〔註56〕陳國球：〈論鏡花水月──一個詩論象喻的考析〉，同前，頁4。

物之本體，相則為可識可見之相狀。〔註57〕

〔色〕：變壞、變化之意。廣義之色，為物質存在之總稱。

狹義之色，專指眼根所取之境。〔註58〕

由這一段註解我們可以推想，嚴羽所以認為盛唐詩不同於宋詩，是因為盛唐詩多半使用具體的形象（「色」、「相」皆指現象的世界，可觀可感的部分）來間接地表現情感或意境。不過，雖然運用佛典，嚴羽並沒有強調可觀可感的「相」、「色」的層次是空的，相反地，好的詩作正是利用那些可見可感的具體「相」、「色」來間接地表現「言外之意」，「空中之音」等四個比喻都是要不泥於形跡以達到超脫空靈之境的意思。〔註59〕

若是將這段話的語法拆解為兩段，讀者可以更容易理解此形象化之比喻的意義：

「音」、「色」、「月」、「象」本為具體事物，這些景象能被感受到，就呼應了「透徹玲瓏」一語；再加上「空中之」、「相中之」、「水中之」、「鏡中之」等定語在前，說明這些景象的虛幻和不能徵實，呼應了「不可湊泊」一語。嚴羽的目的是說明理想的詩所傳達的經驗有這種特殊的性質。〔註60〕

讀者可先感覺「音」、「色」、「月」、「象」的具體性，再想想在它之前加上「空中之」、「相中之」、「水中之」、「鏡中之」等定語之後，它所產生的朦朧間隔之感。也就是把一個具體的事象放到一個飄搖不定

〔註57〕慈怡主編：《佛光大辭典》，同前，頁3898。

〔註58〕慈怡主編：《佛光大辭典》，同前，頁2540。

〔註59〕可再參考陳國球的解釋：「『空中之音』指不能尋見只能感覺到其聲音，不能感覺到其形狀；『相中之色』的『相』在佛義中指一切事物外現的形象狀態；『色』指屬於物質的、可以變壞的一切。佛家有所謂『色即是空』，就是說物質不能永恆存在，就好像空幻的一樣。依此則『空中之音』、『相中之色』的比喻，不外是強調這種難以捉摸，不能究實的性質」。見陳國球：〈論鏡花水月──一個詩論象喻的考析〉，同前，頁5。

〔註60〕陳國球：〈論鏡花水月──一個詩論象喻的考析〉，同前，頁5。

的，類似「水」、「鏡」這樣的空間之中去呈現它。簡而言之，這段話是要求詩歌的表現，既要以具體的自然物象作為起點，同時，又要讓這些具體性藉著一種虛渺不定的感覺使之呈現出來，以著一種朦朧間隔的方式呈現詩人所欲表達的意義，使詩歌的意義脫離單一固定的語義。而「故其妙處，透徹玲瓏，不可湊泊」這一段話中的「湊泊」，似乎也暗示了「神韻」詩與空間不可分割的關係，「湊泊」二字可以看出詩論家在比喻的時候想到了詩情表述與場景的關係。

其實，嚴羽只是借用佛典這一段話來說明中國傳統中其實很早就存在的一種對於語言表現方式的反省，這一段話在中國傳統之中追本溯源就是《易經》裡那一段著名的話：

> 子曰：「書不盡言，言不盡意。」然則聖人之意其不可見乎？子曰：「聖人立象以盡意，設卦以盡情偽，繫辭焉以盡其言，變而通之以盡利，鼓之舞之以盡神。」〔註61〕

為什麼聖人不直說，那是因為「言有盡」，為了使語言的有限性打破，所以聖人就發現了一種表現的方式：「立象」。

在瞭解「鏡花水月」這一段話的基本文意之後，再來看這裡所暗示的朦朧間隔的感知方式。〔註62〕就心靈的感知方式來說，「鏡花水月」與「隔溪漁舟」相似，都是一種間隔朦朧的觀看方式。「隔溪漁舟」是隔溪而觀看（也包括聽聞），「鏡花水月」是將「花」與「月」放到「鏡」與「水」中觀看，亦即把本來具體可感的物象放到一個流動感的空間之中，在朦朧不清中觀賞它，這都是不直接觀看，不直接

〔註61〕《易經・繫辭》，周振甫譯注：《周易譯注》（台北：五南圖書出版，1993），頁 433。

〔註62〕由「鏡花水月」的本意到嚴羽的借用，一共是兩層意義的累積：「『鏡花水月』本來是一個佛典的常喻，藉以說明世間事物的無常虛幻。嚴羽借用到詩論上，只套取這個詞語的部分屬性，以闡明詩歌藝術的一項本質：『詩中的景象，不必實求』」。見陳國球：〈論鏡花水月—— 一個詩論象喻的考析〉，同前，頁 12。在此，我們所要說的「間隔感知」方式，或者可以說是要在這「鏡花水月」中看出第三層意義吧！

感知的方式。

其實佛理中的「鏡花水月」本來就是指向心靈感知的層面，只是嚴羽借用這些詞來比喻詩的表述方式。「水中之月」、「鏡中之象」在佛典的基本意義是要人了解到，人們的眼目所見的世界並不是實質，而是法與道所起的虛幻影象罷了，此中暗含著佛法特有的觀照世界的方式：

> 一切法性皆虛妄見，如夢如焰；所起影象，如水之月、如鏡中象。〔註63〕

> 菩薩觀諸有情，如幻師觀所幻事，如觀水中月，觀鏡中象，觀芭蕉心。〔註64〕

人所看到的世界正如「鏡花水月」般是虛幻而飄忽的，佛理中基本上是利用觀水月、觀鏡中象那若有似無的性質來表徵不爲世間之物所執著之心。又如：「一切法如幻、如夢、光影、水月」，〔註65〕也可看出「光影、水月」的描寫與「法」有關。

唐代文士「往來唱酬，隨手拈來都是佛家語」〔註66〕，在唐詩中其實就常出現從鏡中觀物的詩句，而唐詩中用到「鏡象」這個象喻的詩，多半都是在闡發佛理的不執之心。在觀水中之影、月的間隔觀看中，暗含著破除「執」之心靈修爲。看看唐代這些詩作：

> 觀心同水月，解領得明珠。〔註67〕

王琦注云：「水月，謂水中月影，非有非無，了不可執，慧者觀心，亦復如是。解領，解悟也。明珠，喻菩提大道也」，由王琦之注可以看出「觀水中之月」是一種觀心之法的比喻。又如以下這首詩：

> 萬事銷身外，生涯在鏡中，惟將兩鬢雪，明日對秋風。〔註68〕

〔註63〕《說無垢稱經·聲聞品》。陳國球：〈論鏡花水月── 一個詩論象喻的考析〉引，同前註，頁5。

〔註64〕《說無垢稱經·觀有情品》，《唐代詩歌與禪學》引，頁123。

〔註65〕釋普行：《楞伽經今文譯註》。

〔註66〕蕭麗華：《唐代詩歌與禪學》（台北：東大圖書，1997），頁16。

〔註67〕李白：〈贈宣州靈源寺仲濬公〉，《全唐詩》。

〔註68〕李益：〈立秋前一日覽鏡〉，《全唐詩》。

這裡用鏡中之象照過即化去以及虛虛實實的特質表徵前塵往事種種飄渺虛無的形跡（「萬事銷身外，生涯在鏡中」）。人對一生的回顧，就像是在鏡中觀看，可以看到卻又抓持不住，短暫照見卻隨消逝化去，萬事都像境中之象般不斷銷鎔身外而去。

　　唐代詩人似乎很熟悉「鏡中之花」、「相中之色」的佛理，如白居易詩也說：

　　　須知諸相皆非相，若住無餘卻有餘。

　　　言下忘言一時了，夢中說夢兩重虛。

　　　空花豈得兼求果，陽焰如何更覓魚。

　　　攝動是禪禪是動，不禪不動即如如。

白居易這裡就提到「須知諸相皆非相」的佛理，此也可看出唐代士人深受佛理的影響，反省到人的眼目所見一切與世界本質的非等號關係。

　　上述所論晚唐司空圖《二十四詩品》中的〈洗鍊〉風格也提到「由鏡觀看」的觀點：

　　　猶曠出金，如鉛出銀，超心冶鍊，絕愛緇磷。

　　　空潭瀉春，古鏡照神。體素儲潔，乘月返眞。

　　　載瞻星辰，載歌幽人。流水今日，明月前身。〔註69〕

「古鏡照神」即是由鏡中之象中所照見的神韻，既可指神人疏俊之風采，也可指向詩歌意義的空靈通透。

　　就佛典來說，由鏡觀看本就包含著「無跡可尋」的意義，所以說「鏡花水月」是一種如雪泥鴻爪般的過去即化的觀看與感知方式。再看唐詩中對於這一觀點的表現：

　　　欲持一瓢酒，遠慰風雨夕。落葉滿空山，何處尋行跡。〔註70〕

這裡一方面以「何處尋行跡」表達不知友人在何方的思念，同時也暗示道人飄然出世而心靈無所凝滯的境界。又如這首詩：

　　　蕭條心境外，兀坐獨參禪。……。

〔註69〕司空圖：〈洗鍊〉，同前，頁24。
〔註70〕韋應物：〈寄全椒山中道士〉，《全唐詩》。

　　　　去住渾無跡，青山謝世緣。〔註71〕

「去住渾無跡」也是藉著無跡可求的特質表現翩然遁世的心境。

　　由上述的討論可看到，「鏡花水月」之佛理的本意是要人在觀物時必須意識到其虛幻的特質，但中國士人除了意識到從鏡中、水中觀物的虛幻性之外，還進而由這佛理的表述語言中發掘到一種在他們內心早已感覺到，但卻無法言語的美感呈現方式。也就是「鏡花水月」對於中國文人的影響，與其說是發現世界的虛幻特質，不如說是發現一種可以用來表徵美感意境的一種特殊的方式：朦朧間隔的表達與感知方式。在間隔的觀看與感知方式中，一切並不真的看清楚，但是這之中卻蘊含著某種「色相俱空」的哲理。在朦朧間隔的詩歌表現方式中，一切並不說得完全明白，但是讀者卻能從中領會更多。可以說中國文人所追求的「鏡花水月」不只是一種宗教心靈的境界，更是一種語言表述的方式，是一種文學藝術的造境。

三、清 ── 王士禎

　　王士禎（1634～1711），字子真，一字貽上，號阮亭，又號漁洋山人。清康熙山東新城（今恒台）人，順治十二年進士，官至刑部尚書。提到「神韻」不能不提王士禎，因為他是「神韻」詩派的總結者。〔註72〕

　　作為「神韻」詩派的總結者，王士禎更將「神韻」詩的表現方式，定在「遠」與「朦朧」的觀點上。先就「遠」來說，它可以說是同時融合了間隔朦朧的觀看與呈現方式：

　　　　予嘗聞荊浩論山水而悟詩家三昧矣，其言曰：「遠人無目，遠水無波，遠山無皴」。友王楙《野客叢書》有云：「太史公如郭忠恕畫天外數峰，略有筆墨，意在筆墨之外。」

〔註71〕戴叔倫：〈暉上人獨坐亭〉，《全唐詩》。

〔註72〕真正開始對神韻派進行研究的是王士禎，他既是一個神韻詩人，也是一個神韻詩的總結者和理論家。參見王小舒：《神韻詩史研究》（台北：文津出版社，1994），頁5。

詩文之道，大抵皆然。〔註73〕

王士禛在此借用畫論來說明詩文之道。「遠人無目，遠水無波，遠山無皴」的表述方式正是基於一種有所距離感的遠觀心靈的體悟。只有在間隔的、距離的遠觀之中，由於看不清物象的細部，畫家（詩人）所把捉的才會是物象景色整體的印象與氣質，如是才能超越對於物象之形跡的細部刻畫，臻至於飄逸神韻的把握。至於「畫天外數峰，略有筆墨，意在筆墨之外」也是相似的意境，爲了表現「在筆墨之外」的「意」，畫家（詩人）常常是採取朦朧輕描的表述方式，對於「天外數峰」的描繪只以淡淡幾筆呈現，讓觀者在悠悠忽忽的淡墨之中自行發揮冥想。

「神韻」論家所以強調一種朦朧間隔的觀看與表述方式，正是因爲他們認爲眞正的「意」往往不存在於具象上，爲了把捉超乎形跡之上的意蘊，所以必須要遠觀，要間隔地看，要朦朧地感知，如此方能掌握整體的悠遠意境。「遠」不一定是表現哲理議論，而主要是指向意義與表現方式之間的距離。若以情感的表現方式來看，「遠」是「蜻蜓點水」般的用情型態，不把表現的重心放在情感本身，而是把當下的感情或情緒轉變成爲一種生命的風範，以某個人物在一個空間場景之中的形象與神采間接陳述，以此拉遠讀者與作者原本所欲傳達的感情之間的距離。

此外，王士禛還舉了兩則具体的詩作來說明「言盡意不盡」的意境，也是以遠與距離作爲詩人感知與詩歌表述的中心：

景文云：莊周云：「送君者皆自崖而返，君自此遠矣。」令人蕭寥有遺世意。愚謂《秦風‧蒹葭》之詩亦然。姜白石云：「言盡意不盡」也。〔註74〕

《莊子》中的「送君者皆自崖而返，君自此遠矣」正是以行人越走越遠的感覺，讓讀者感覺到一種「蕭寥遺世意」。而在《秦風‧蒹葭》

〔註73〕王士禛：《蠶尾續文》，《帶經堂詩話》，卷3，頁86。
〔註74〕王士禛：《古夫于亭雜錄》，《帶經堂詩話》，卷3，頁87。

之中，詩人也是把理想的追尋放在一種朦朧間隔的距離感之中，以著若即若離的方式感知與呈現，這些都是用間隔朦朧的方式來達到「言盡意不盡」的境界。總之，「遠」是「神韻」的一個核心，它是由莊子之超越精神所發展而來的一種觀念，這正是徐復觀所說的「由精神對生理與世俗的超越，所形成的自由解脫的狀態」。〔註75〕

對於「遠」的強調，也可以說是一種對於「朦朧」感的追求：

> 弇州云：「朦朧萌拆，情之來也；明雋清圓，詞之藻也。」
> 四語亦妙。〔註76〕

「神韻」詩人正是在朦朧之狀態中感知與表達情意，並以著「明雋清圓」（即上文嚴羽所說的「透徹玲瓏」）的詞藻讓感情不凝滯於現實具象。

在王士禛本人的作品中也可以看到上述所論的間隔觀看與感知方式：

> 唐人五言絕句，往往入禪，有得意忘言之妙，與淨名默然，達磨得髓同一關捩。觀王、裴〈輞川集〉及祖詠〈終南殘雪〉詩，雖鈍根初機，亦能頓悟。予少時在揚州，亦有數作，如："微雨過青山，漠漠寒煙織。不見秣陵城，坐愛秋江色"（〈青山〉）。"蕭條秋雨夕，蒼茫楚江晦。時見一舟行，濛濛水雲外"（〈江上〉）。"雨後明月來，照見下山路。人語隔溪煙，借問停舟處"（〈惠山下鄒流綺過訪〉）"山堂振法鼓，江月掛寒樹。遙送江南人，雞鳴峭帆去"（〈焦山曉說送崑崙還京口〉）。又在京師有詩云："凌晨出西郭，招提過微雨，日出不逢人，滿院風鈴語"（〈早至天寧寺〉）。皆一時佇興之言，知味外味者當自得之。〔註77〕

其中的「蕭條秋雨夕，蒼茫楚江晦。時見一舟行，濛濛水雲外」這一首，在視覺上即是隔著濛濛水雲間隔地觀看；而「雨後明月來，照見

〔註75〕徐復觀：《中國藝術精神》，同前，頁343。
〔註76〕王士禛：《香祖筆記》，《帶經堂詩話》，卷3，頁72。
〔註77〕王士禛：《香祖筆記》，《帶經堂詩話》，卷3，頁69。

下山路。人語隔溪煙，借問停舟處」這一首，在聽覺上也是隔著溪煙而聽聞，與司空圖所論的「隔溪漁舟」很相像。顯然要達到王士禎所謂的「味外味」之意境的作品常常都包含著間隔感知的方式。

朦朧間隔的感知方式在王士禎所舉的其他詩人的詩例中也可以看到：

> 會稽釋子元璟，字借山，平湖人，投詩為贄，頗有秀
> 句，如：「相思若鷗鳥，咫尺隔風煙」。〔註78〕

此也是間隔著「風煙」而感知情意。再如：

> 應璩與〈滿公琰書〉云：「高樹翳朝雲，文禽蔽綠水」
> 甚似魏晉間人五言。〔註79〕

「高樹翳朝雲，文禽蔽綠水」也以「翳」、「蔽」二字呈現出物象被遮掩區隔的隱微間隔之感。

遮掩隱微型態的間隔感知在「神韻」詩中很常見：

> 京山李東白者，能詩，隱于衣工。有〈登黃鶴樓〉七
> 律最佳，其中二聯云：「興饒老子胡床上，秋在仙人鐵笛中。
> 鄂渚霜花沿岸白，漢陽楓樹隔江紅。」〔註80〕

如這裡的「漢陽楓樹隔江紅」，即是隔著「江」這個空間距離來突顯對岸「楓樹」的遍紅。間隔一段距離，對於某一物象的感覺可能會有另一層體悟，也似乎更能突顯出發現某一物象的驚異之美。

再看以下這一則：

> 今浙西之杭州、嘉興稱吳地，錢塘江以東乃為越地，
> 故唐詩曰：「到江吳地盡，隔岸越山多。」〔註81〕

「到江吳地盡，隔岸越山多」則是藉著間隔一段空間之感突出某一地點的特色。

以下兩首詩都是從間隔感引出桃花源的世界，由此可看到「神韻」

〔註78〕王士禎：《居易錄》，《帶經堂詩話》，卷20，頁589。
〔註79〕王士禎：《池北偶談》，《帶經堂詩話》，卷15，頁408
〔註80〕王士禎：《香祖筆記》，《帶經堂詩話》，卷19，頁546。
〔註81〕王士禎：《香祖筆記》，《帶經堂詩話》，卷18，頁511。

詩以間隔感覺表徵某種超然出世之心靈境界的特性：

> 隱隱飛橋隔野煙，石磯西畔問漁船，
>
> 桃花盡日隨流水，洞在青溪何處邊。〔註82〕

藉著「野煙」所塑造出來的間隔之感，一方面令讀者感覺「飛橋」的若隱若現（「隱隱」），同時也拉長了讀者與詩中物象的心理空間，隱出讀者的好奇心，因而最後在水流盡處引出桃花源就有一種驚奇之感。

具有塵外之趣的桃源心境與世界總是可望而不可及地與人有所間隔，再看另一首相似的詩：

> 青州城南，泉石清幽，有塵外之趣，山泉翁題詩云：「山藏柳市無車馬，水隔桃源有子孫。」〔註83〕

這裡也是間隔一個空間（「隔水」）而引出桃花源，理想似乎總是在那一個與我們有所區隔的空間之外。

由上述的概說可以大致看出朦朧間隔的方式是表現與達到「神韻」的一個重要特質。從「隔溪漁舟」到「鏡花水月」這形象化的批評中，可以看出空間概念是「神韻」間隔感知與呈現方式的起點。透過一個空間距離所欣賞的物象往往更能引發人們有另一番的遐想：「隔溪漁舟」是在觀看方式上隔著溪而看；「鏡花水月」也是透過「鏡」、「水」觀月。職此，本論文後幾章首先由空間上著眼以進一步探討傳統文人間隔感知自然與世界的方式。此外，由「隔溪漁舟」到「鏡花水月」也包含著感官與空間概念之間的關係，因而下文接著必須從視覺與聽覺上說明詩人在其心靈躍升轉化的過程中，其感官與空間概念的關係。再就表述方式來說，「隔溪漁舟」與「鏡花水月」都像是用某種空間感（空間的安排）來造就一種清逸杳遠的無限韻致，所以下文還必須再論「神韻」詩表現無盡言外之意的方式與空間感的關係。此外，「隔溪漁舟」與「鏡花水月」還暗示著，詩人所真正思

〔註82〕張旭：〈桃花磯〉，王士禛《唐人萬首絕句選》，卷3，頁118。

〔註83〕王士禛：《池北偶談》，《帶經堂詩話》，卷14，頁378。

想的似乎總是在他所呈現的那一個物象或空間之外的東西，中國士人
總是形在此而神在彼，而讀者所必須把握的眞正感覺也總是在「它」
（一個界線、空間）之外，因此下文也有一節集中論述「在它之外的
心靈感知與呈現方式」。下面幾章就根據這幾點進行論述。

第一章 「中心式」與「散漫式」俯仰宇宙觀

前 言

在說明「神韻」詩獨特的呈現方式（即「神韻」所依憑的形式）之前，這一章先說明「神韻」詩裡所透露的感知空間與世界的幾種基本方式。本章首先提出感知空間的兩種基礎類型：「徬徨憂懼」與「俯仰往返」。由於「神韻」詩主要是以俯仰往返的方式感知世界，因此再將俯仰往返的宇宙觀分為幾種不同的感知方式（中心式與散漫式）。最後以晏坐與空間的關係來看這幾種感知方式的綜合。在這幾種不同的俯仰宇宙觀中，都可以看到「神韻」詩有著憑藉空間而感知的朦朧間隔之特質。

壹、感知空間的兩種基礎類型：徬徨憂懼與俯仰往返

宗白華曾對比中西方對於空間的感知方式，他認為最大的差距在於：中國士人以「俯仰」的感受方式來包納宇宙，但是西方人總是以「追尋、控制、冒險、探索」的態度面對無窮空間，因而多半是「徬徨不安」。〔註1〕這兩種態度可以視為感知空間的兩種基礎類型。

〔註 1〕宗白華：〈中國詩畫中所表現的空間意識〉，《美學與意境》（台北：淑馨出版社，1989），頁 259。

其實，在中國傳統之中也同時存在著這兩種感知空間的方式，只是因為俯仰宇宙觀是有別於西方的一種超越昇華的精神，因而以之作為中國感知空間的特殊代表方式。在說明傳統特殊的俯仰宇宙觀之前，以下先大略看一下中國傳統裡在空間之中感到「徬徨不安」的感知型態。

一、徬徨憂懼的空間感知型態

中國自古也有在空間之中感到憂懼徬徨的一派，這個傳統可以說是起於屈原。屈原對於空間的思考是很深刻的，他對於空間的感知甚至放到天地宇宙上下還未成形之前：

> 曰：遂古之初，誰傳道之？上下未形，何由考之？冥昭瞢闇，誰能極之？馮翼惟像，何以識之？明明闇闇，惟時何為？陰陽三合，何本何化？〔註2〕

這裡屈原思考著在天地未成形之前的那種渾沌瞢闇的狀態之中（「冥昭瞢暗」），人要如何能夠窮極宇宙空間，透露出渴望窮極天地的心境與焦慮。

至於在〈離騷〉之中，屈原更是在空間的上下不同方位不斷地求索：

> 朝發軔於蒼梧兮，夕余至乎縣圃，欲少留此靈瑣兮，日忽忽其將暮。吾令羲和弭節兮，望崦嵫而勿迫，路曼曼其脩遠兮，吾將上下而求索。〔註3〕

這裡展開了一種即為廣闊的「時空幅度」。〔註4〕在中國傳統中，屈原可以說是在空間的上下四方之中企圖展開行動遊走的開山祖（雖然這種行動終歸是一種想像，不是真正具體的行動）。不過，雖然他把行動與空間概念（方位）合起來，但是，在這空間方位的移動中總是以著時間的推移來帶領（「朝發軔於蒼梧兮，夕余至乎縣圃」），時間的推移

〔註2〕屈原：〈天問〉，洪興祖：《楚辭補注》（台北：長安出版社，1984），頁86。
〔註3〕屈原：〈離騷〉，同前註，頁26。
〔註4〕參考李元洛：《詩美學》（台北：東大圖書公司，1990），頁369。

始終為他所深深的自覺，因而在其天馬行空的行動序列中，讀者可以感受到他似乎一直為時間所壓迫的戒慎憂懼（「日忽忽其將暮」）。

王逸在〈遠遊序〉中就提到屈原在宇宙四方空間的遠遊行動中其實是懷著憂思憤懣的：

> 遠遊者，屈原之所作也。屈原履方直之行，不容於世，上為讒佞所讒毀，下為俗人所困極，章皇山澤，無所告訴。乃深惟元一，修執恬漠，思欲濟世，則意中憤然，文采鋪發，遂敘妙思，託配仙人，與俱游戲，周歷天下，無所不到；然猶懷念楚國，思慕舊故，忠信之篤，仁義之厚也。〔註5〕

雖然屈原以天馬行空的跳躍想像力在四方空間之中展開遊歷，但是在這種行動式的遊走中所帶來的卻不是超越曠肆之感，而是最後又回到現實的焦慮抑鬱之中。不過，屈原在這一連串的行動序列中所感到的憂慮並不是來自於行動與空間本身的無法克服，他顯然可以「周歷天下，無所不到」（這方面或許也可看成是中國俯仰宇宙觀的一個基礎），真正讓他感到憂慮的其實是對於楚國眷戀不捨的情感（「懷念楚國，思慕舊故」）。

面對空間之廣袤無限而感到憂慮徬徨的心境，最出名的詩例是唐代陳子昂的「念天地之悠悠，獨愴然而淚下」（〈登幽州臺歌〉）。但是，不管是對於時間之漫長還是空間之廣大感到憂慮，中國傳統中面對空間所引發的憂懼畢竟還是與西方「震撼和凜悸」的強度不同。〔註6〕雖然在廣大空間的遊歷之中，屈原不斷地感受到時間的壓迫，並且最後還是沈入痛苦抑鬱之中。不過，他在整個行動的過程中還是時或有恣意自得之感，這也可以視為傳統文人以空間的展開與征服作為超越現有禁梏的重要方式的一個源頭。

〔註5〕王逸：〈遠遊序〉，《楚辭補注》，同前，頁163。

〔註6〕王建元認為：中國詩人只是在欣賞視野的擴展之餘，最多感歎人生之瞬息而山水之無窮，如陳子昂就是一個典例。參閱王建元：〈中國山水詩的空間經驗時間化〉，《現象詮釋學與中西雄渾觀》（台北：東大圖書公司，1988），頁136。

二、俯仰往返的空間感知型態

　　中國傳統中感知空間或世界宇宙的特殊方式畢竟還是以「俯仰天地，容與中流，靈嶼瑤島，極目悠悠」為主，〔註7〕這是中國文人對於無窮空間的收納方式，傳統士人總是因著「俯仰天地」的心靈嚮往方式而感到悠悠從從。早自《詩經》「高山仰止，景行行止，雖不能至，而心嚮往之」就有著以「心」去把捉外在物象的感知方式，而不強調落實真正的行動力，同時文人所欲把握的物象往往可以延伸為一種空間或境界。又如陸機〈文賦〉中所說：「佇中區以玄覽，頤情志於典墳；⋯⋯。其始也，皆收視反聽，耽思傍訊，精騖八極，心遊萬仞」，也是用心靈去感知包納外在空間乃至整個宇宙，在這種俯仰自得的宇宙觀之中，詩人對於空間乃至外界的感知方式並不是直接到達目的地，也不是直接面對面，而是以一種距離的、間隔的、審美的感知方式去延伸無形的心靈觸角。

　　其實「俯仰往返」是中國文人冥想宇宙或超越感知方式的整體說法，在中國傳統中還有許多不同的感知方式或許也可以說是「俯仰宇宙觀」的變體。本章在此所討論的關於「神韻」詩派之理論與作品中所透露（或者說暗示）出來的一種朦朧間隔的感知方式，它也可以說是傳統「俯仰宇宙觀」的另一種面貌。

　　相對於屈原深為時間所困的空間行動，以俯仰方式觀看感受宇宙四方的傳統卻往往超越時間壓迫的憂慮，例如司空圖《二十四詩品》中論及「疏野」的風格時就提到這一特性：

　　　惟性所宅，真取弗羈，拾物自富，與率為期，

　　　築室松下，脫帽看詩，但知旦暮，不辨何時，

　　　倘然適意，豈必有為，若其天放，如是得之。〔註8〕

「疏野」這個風格頗可以代表與世俗世界對反的超越出塵心境，處在

〔註7〕宗白華：〈中國詩畫中所表現的空間意識〉，同前，頁259。

〔註8〕司空圖：〈疏野〉，弘征：《司空圖《詩品》今譯・簡析・附例》（寧夏：人民出版社，1984），頁57。

這個風格之下的高士不但不為時間所壓迫，甚至摒除時間意識（「但知旦暮，不知何時」）。只知「旦暮之分」與其說是對時間的意識，倒不如說是對於早晚之光線明暗亮度的知覺，其中只有週期意識而沒有時間推移之壓迫感。在中國這個以俯仰姿態超越現實桎梏的傳統中，人並不需要實際行動，但卻可以在一個時間的瞬點完成對於空間宇宙的心靈包納。這種空間意識的特質主要是以「俯仰往還，遠近取興」的方式觀照，〔註9〕而其所用的俯仰之姿與其說是具体的動作，不如說是一種心靈的遠遊或禪定，簡單地說即是一種「流動著飄瞥上下四方，一目千里」的方式。〔註10〕

三、「超越式」感官的運用

「神韻」詩所呈現的感知方式正類似上述所說的俯仰宇宙觀，是一種不以具體行動征服世界的感知方式。而「神韻」詩在感知方面所呈現的超越性，我們還可以特別用感官知覺的特殊性來說明。其實「神韻」本就是一個超越昇華的詩派，它不止超越塵俗禁錮而欲達到一種飄逸曠放，同時其中也包含著對於感官身體的某種解放。可以說，「神韻」最終的目標即是用心靈之意境來統合人的感官知覺，使其超越固常之運作的侷限，而得到一種靜謐自得而又自由靈動的境界。

在中國傳統中，感官與空間之間一直有著密切的關係，許多詩文或評論都曾出現感官與空間對舉的方式。例如：「謂阮籍〈詠懷〉之作，言在耳目之內，情寄八荒之表」，〔註11〕即是以人的感官（「耳目」）與外在空間（「八荒」）對舉。正因為感官與空間在傳統詩文中有著密切的關係，所以在論到「神韻」詩的感知方式時，不能不討論感官與空間的關係。

在此先總說「神韻」傳統對於感官的運用，首先要指出「神韻」

〔註 9〕宗白華：〈中國詩畫中所表現的空間意識〉，同前，頁 258。
〔註10〕宗白華：〈中國詩畫中所表現的空間意識〉，同前，頁 246。
〔註11〕鐘嶸著，陳延傑注：《詩品注》（北京：人民文學出版社，1985），頁 15。

在感官運作上的一種超越侷限的特徵。導論中已提到,「神韻」本在於超越人的身體的(「形」)的侷限性以達到精神境界的超越昇華(「神」),而在這種對於身體形貌的超越之中,其實往往還包括對於感官知覺之常態功能的超越。中國自古即強調一種超越一般正常狀態的感官知覺,我們暫時稱之為「超越式」的感官運作。所謂的超越式的感官運作模式自是對比於一般性正常功能的感知方式。在一般的狀況下,人的感知有其侷限性,總是受到體能、時間與空間範圍的限制,但是在傳統詩文中某些想像的情況中,人的感官卻可以跨越時間與空間的限制,超越地平線的限制而達到類似超人的特異感官能力。當然,追根究底,這裡所說的超越性感官並不是物理性質的超人視覺或聽覺,而是心(想像力乃至心境)的作用使之然。

中國傳統中一直存在著這種關於超越性感官的描述,諸如在創作論上文人就常提到這種像是具有特異功能的感官方式,如劉勰就說:「思接千載,視通萬里」(《文心雕龍》),他以感官的運作來表徵心靈(想像力)的感知,強調在某種境界中,人的感官可以超越一般性的知覺範圍,將視覺感官擴大到萬里之遙。又如陸機所說:「觀古今於須臾,撫四海於一瞬」(〈文賦〉),也是以感官(視覺與觸覺)表徵文人在創作中所達到的一種高妙的心靈境界,當創作者進入某種文思泉湧的境界,就可能在心神狀態上超越時間與空間之侷圍,並進而在瞬間完成對於至大之時間與空間(宇宙)的認識。又如杜甫也說:「乾坤萬里眼,時序百年心」(杜甫:〈春日江村〉五首之一),當詩人的造詣高深,對世界的關懷層面夠廣,對生命的情感夠深,他的生命境界自然能提升到某一超越的層次,其感官知覺(乃至心靈)就能超越一般的極限。當然,這些超越固常功能狀態的感官運作都是以心境的運作想像自我超越現實時空與侷限的可能,正如劉勰所說:「目既往還,心亦吐納。……。情往似贈,興來如答」(劉勰:《文心雕龍》)。凡上述種種皆可視為傳統之「俯仰宇宙觀」的延伸。

由上述詩文可大略看出中國傳統中有著以超越式感官運作表徵

詩人臻至某一高妙玄遠之心靈境界的脈絡，以下再聚焦於本文所要討論的「神韻」系統來看這種超越式的感官知能方式。首先，就「神韻」的源頭《莊子》來看，其中就提到這種超越一般常態的超人感官方式：「視乎冥冥，聽乎無聲，冥冥之中，獨見曉焉。無聲之中，獨聞和焉」，〔註12〕這種直觀方式即是一種超越一般性感官知覺的感知方式。整體而論，「神韻」在感官知覺上的超越性，還可以特別由聽覺層面來說明。因為與視覺相較，聽覺的感知在本質上似乎更為間隔而無形，聲音本身往往是在一種距離感中，因而藉著聲音的間隔傳遞，往往能帶出另一番有別於當下現實世界的出塵妙境。因而從聽覺感知的層面更能看到感官知覺與超脫昇華之意涵相互縮繫的密切關係。某些特殊的聲音，諸如鐘聲、琴音、水流之聲等在中國傳統之中往往被賦予某一程度的超越特質，包括指向心靈上的平靜安寧或是達到佛理禪道等宗教性的超越心境。

　　例如司空圖就以鐘聲為喻來說明「高古」的風格：

> 畸人乘真，手把芙蓉，汎彼浩劫，窅然空蹤，月出東斗，好風相從，太華夜碧，人聞清鐘，虛佇神素，脫然畦封，黃唐在獨，落落玄宗。〔註13〕

這裡以在月色華碧的夜晚聽聞清鐘之音（「太華夜碧，人聞清鐘」）作為塑造「高古」風流神韻的重要氛圍。

　　許多表現脫俗出塵的詩作往往都會提到鐘聲，例如李白詩：「霜清東林鐘，水白虎溪月」即是。〔註14〕又如皎然的詩在描寫「冷然之心境」的時候也提到遠方的鐘聲：「古寺寒山上，遠鐘揚好風。聲餘月樹動，響盡霜天空。永夜一禪子，冷然心境中」，〔註15〕詩人以有所間隔的遠鐘之音伴隨著好風的吹拂傳送過來，並以其嫋嫋餘音引發

〔註12〕《莊子・天地》，郭慶藩輯：《莊子集釋》（台北：漢京文化事業，1983），頁411。

〔註13〕司空圖：〈高古〉，同前，頁16。

〔註14〕李白：〈廬山東林寺夜懷〉，《全唐詩》。

〔註15〕皎然：〈聞鐘〉，《全唐詩》。

「月樹動」的流動韻致，如此帶出一種清新出塵的無限風韻。在許多詩裡，鐘聲的婉轉流動常與隱逸心境或佛性體悟的意涵密切相關，再看王安石的詩：

　　　陽陂風暖雪初融，度谷遙看積翠重，

　　　磊砢拂天吾所愛，他生來此聽樓鐘。〔註16〕

詩人首先向遠方望去，只見北山道人所栽的松樹翠色重重（「度谷遙看積翠重」），由於愛這松林（「磊砢拂天吾所愛」）因而興起隱逸的盼望，最後用聽覺欣賞（「聽樓鐘」）來象徵自己殷切期待脫俗出世的嚮往。

　　除了鐘聲，琴音也常作為超逸曠放之心境的象徵：

　　　禪思何妨在玉琴，眞僧不見聽時心，

　　　秋堂境寂夜方半，雲去蒼梧湘水深。〔註17〕

在此，詩人首先將「禪思」放在具體的「玉琴」上，一方面用琴音聽覺帶出體悟禪思的境界，同時又以進一步超脫具體可把握的聽覺感知的心境闡述進入最高層次的禪悟體會（「禪思何妨在玉琴，眞僧不見聽時心」）。

　　此外，隱逸之心與佛事禪悟不一定只限於鐘聲與琴音等人為的聲音，諸如自然的水聲、風聲、溪流之音等也都是詩人常引以為表現閒適超逸心境的聽覺享受：

　　　寄公無園寄鐘山，垣屋青松晻靄間，

　　　長以聲音為佛事，野風蕭颯水潺湲。〔註18〕

這裡詩人想像把屋舍建造在「青松」、「晻靄」之間（「垣屋青松晻靄間」），如此就可以長久地享受山林之中的自然聲響，並把這些自然音韻當成奉行「佛事」的念珠木魚之聲（「長以聲音為佛事」）。把「蕭颯」的風聲與「潺湲」的水聲等自然音響當成是一種「佛事」，即是以聲音作為超越心靈的一種象徵。

〔註16〕王安石：〈北山道人栽松〉，《全宋詩》。

〔註17〕劉禹錫：〈聽琴〉，《全唐詩》。

〔註18〕王安石：〈次冒叔韻〉，《全宋詩》。

　　又如以下這首詩以「溪聲」與「山色」等感官知覺來突顯「清淨身」的意義：

　　　溪聲盡是廣長舌，山色無非清淨身，

　　　夜來八萬四千偈，他日如何舉似人。〔註19〕

由此可看到「溪聲」在古詩裡也是詩人表現超越隱逸之境的重要象徵。

　　以下這首詩則以「風聲」引發棄世脫俗的心意：

　　　長風驅松柏，聲拂萬壑清。

　　　到此悔讀書，朝朝近浮名。〔註20〕

詩人以「長風」的聲音拂過一個樹林空間（「驅松柏」）的聲響帶動整個「萬壑」空間流轉出一種清朗之感（「聲拂萬壑清」），並引起詩人想要放棄名利（「悔讀書」）的念頭。

　　此外，聽覺「風聲」有時還象徵隱士的自由：

　　　魯山眉宇人不見，只有歌辭來向東。

　　　借問樓前踏干蔫，何如雲臥唱松風。〔註21〕

詩人以視覺上不見蹤影，然後繼之以聽覺，如此來表現隱士總是來去無蹤的瀟脫形跡。詩人在魯山眉宇找不到「俞處士」，看不見人而只聽到歌唱的聲音，於是由聲音辨明人所在的方位（「只有歌辭來向東」）。只聞聲響而不見其人，一方面表徵隱士自由來去的特質，同時也可表現對於「雲臥唱松風」之境的嚮往。於是詩人進而想到，與其身處朝市，還不如在自然山水間自由坐臥，吹著松風，聽著松風，甚至和松風一起唱和。此外，這裡由原本的聽松風變而為唱送風，也表現出感官的轉移與「通感」的感知模式，〔註22〕此正說明

〔註19〕王士禎：《帶經堂詩話》，卷15，頁405。

〔註20〕孟郊：〈遊終南山〉，《全唐詩》。

〔註21〕王安石：〈示俞處士〉，《全宋詩》。

〔註22〕此即為「通感」方式：「古希臘的亞里士多得在《心靈論》（又譯為《論靈魂》）中就首先提到過通感現象，他認為聲音有『尖銳』與『鈍重』之分，那是與觸覺比照的結果，因為聽覺與觸覺有相似之處（柏克萊《視覺新論》）」。參閱李元洛：〈五官的開放與交感——論詩的通感美〉，《詩美學》（台北：東大圖書公司，1990），頁516。

「神韻」詩人不單是要超越視覺的侷限，甚至也要超越聽覺乃至其它感官其原本功能的限制，在感官功能的移轉與交替中達到一種更高境界的心靈感受。

此外，除了追求在閒逸超脫的心境下超越一般固常狀況的感官功能，同時「神韻」也強調多種感官的統合運用。在日常生活規律與瑣事繁冗的狀態中，人的視覺感知或聽覺感知常陷入滯惰性的凝視或是失去特別的感覺，但是「神韻」在喚起人們心靈的釋放灑落的時候，同時也要使這些死寂的感官知覺甦醒，並進而將它們統合起來。當然，一般人也常一邊看一邊聽，但是「神韻」所嚮往的不只是同時運用兩種（或多種）感官知覺，而是要能夠進一步將這些不同的感官統合爲一種美感韻律與境界，以此表現出自在閒逸而無限流轉的神韻。例如：

> 息徒蘭圃，秣馬華山，流磻平皋，垂綸長川，目送歸鴻，手揮五絃，俯仰自得，游心太玄，嘉彼釣叟，得魚忘筌，郢人逝矣，誰與盡言。〔註23〕

「目送歸鴻，手揮五絃」即是由視覺、觸覺而聽覺的交互揮映中呈現「俯仰自得，遊心太玄」的境界，此正體現著「蜻蜓點水」的「神韻」之境常是進入多種感官運作的多重交揮共享。此兩種以上的感官知覺所以可以一起運作，而又形成一種完整而協調的氣氛，那自然是因爲超脫心境的統合能力。或者說，當人的精神進入一種曠放的境界中，其心思其實已不在任何一種感官知覺上，此時其手與目雖然朝向兩個不同的方向運作，然而因爲心不在手上，也不在目上，而在於意上，因而整體融合爲一而無掛滯阻礙。達到神采飛逸之境的感官運作情境中，常不是集中心力於某一個感官，而是既聽又看且聞，在這種多元而分散的關注之中，卻能夠將這些從不同感官知覺所感受到的律動協調起來，並統合爲一種類似於音樂性躍動的心靈意境。

〔註23〕嵇康：〈贈秀才入軍〉，逯欽立輯校：《先秦漢魏晉南北朝詩》（台北：學海出版社，1984）。

「神韻」詩論家司空圖也提到類似的神韻之境：

> 素處以默，妙機其微，飲之太和，獨鶴與飛，猶之蕙風，荏苒
> 在衣，閱音修篁，美曰載歸，遇之匪深，即之愈稀，脫有形似，
> 握手已違。〔註24〕

這裡的感官知覺包括三種：味覺（「飲之太和」）、觸覺（「猶之惠風，荏苒在衣」）、聽覺（「閱音修篁」），此可看到沖淡閒適之境強調的常是多種感官的統合境界。這些不同的感官知覺由於是心靈境界的統合，它們就可超越現實感官的功能限制，而具有抽象或比喻的超越性。不論如何，統合不同感官乃至不同空間，不同方向的物象，將其用高妙的心境融合在一起，此可以說是「神韻」傳統中表現心靈曠放自得的常見方式，下文我們在方位空間的呈現方式中也可看到這一點。

「神韻」詩所表現的常是將不同的感官統合為一種上下對照的意境，例如施愚山的這首詩即是視覺與聽覺共享：

> 看雲孤閣暮，聽雨萬峰秋〔註25〕

「看雲孤閣暮，聽雨萬峰秋」即是以視覺與聽覺之對照共享組合成一種心靈意境。在看雲這一視覺感知之中，詩人將空間轉化為時間的變化與人的心境；而在「聽雨」這個聽覺感知之中，整個空間籠罩在蕭疏的秋季氛圍中的感受也自然地鋪陳開來。就在感官極視與極聽的運作之中，詩人帶出一種陰鬱而又不失蕭散悠然的空間氣氛與心境。在超越式的感知方式中，感官不再只是純粹的感官，而是越昇為一種心靈視野，不僅超越了一般性感官對於具體形貌的感知與捕捉，更能敏銳地看到與聽到四周自然物象的情韻與氣氛。藉著超越式的感知方式，人們能夠把不同感官所捕捉到的氛圍統合為一種意境，將自然之風貌與氣質融入人內在的心境中，使自然之境與人之心境交互相融，表現物我相忘合一之境，這正是「神韻」發揮超越性的感官知覺的一種內在深意。

〔註24〕司空圖：〈沖淡〉，同前，頁 4。
〔註25〕王士禛：《池北偶談》，《帶經堂詩話》，卷 12，頁 295。

　　「神韻」詩最高的境界有著將自然、意興、身體合一的傾向，或者說由身體感知（包括感官知能）出發，將自然意興統合爲一種心靈境界：

　　　　晚唐人詩：「風暖鳥聲碎，日高花影重」，「曉來山鳥鬧，
　　雨過杏花稀」；元人詩：「布穀叫殘雨，杏花開半村」，皆佳
　　句也。然總不如右丞「興闌啼鳥緩，坐久落花多」，自然入
　　妙，盛唐高不可及如此。〔註26〕

爲何王士禎認爲前幾首詩雖爲佳句，但卻沒有王維詩自然高妙？從感官知覺的角度推之，「風暖鳥聲碎」是由溫度觸感到聽覺，而「日高花影重」是以視覺爲主，雖然都從感官體驗出發，但卻是傾向以純粹感官所注意到的自然物象的變化，並沒有能超越現實的感官知覺而還引到人的心靈意興上，所以稱不上「自然入妙」。在王士禎所認爲最上乘的作品中，人的意興、身體與自然的律動總是合在一起，自然與人的心靈不只相互影響，並且不留痕跡地相融組合成爲一種妙境。以這裡所舉的王維詩爲例：「興闌啼鳥緩，坐久落花多」即是如此。詩人將自然現象的變化巧妙地融入人的身體、意興、行動的變化中：由於意興闌珊所以覺得啼鳥之聲特別拖拉開緩；也因爲坐了很久，所以才意識到花兒越落越多。這裡，人的身心狀況與自然現象之間被牽引上某種相互關係，雖然自然本身並不受人影響，但是將自然的體會融入人的身體感官知能中更能相互輝映人的無心與宇宙自然瞬息萬變的豐富性。相較之下，前面幾個句子都只是傾向自然物象之間的相互組合，缺乏人對於悠悠自然以及大化瞬息萬變的敏銳感受與體會。

　　這種將多種感官統合在一起的感知方式，在中國傳統之中可以園林的審美特徵來說明。其實園林可以說是「神韻」乃至山林系統的延伸，在園林遊賞之中，感官常是必須一起交互運作的。園林所帶出的是一種「全面的審美感受」，它調動了人的「全部審美感官，視覺、

　　〔註26〕王士禎：《池北偶談》，《帶經堂詩話》，卷2，頁52。

嗅覺、聽覺、觸覺，並使之都能發揮其審美功能」，〔註27〕園林統合各種感官的審美感受，可以說是「神韻」真味在中國建築裡最典型的立體化示範。「神韻」最終的目標即是用心靈之意境來統合人的感官知覺，使其超越固常之運作，而得到一種自由。

許多「神韻」詩都體現著諸種感官的不斷切換流轉，或者說，「神韻」詩總是努力將感官之感覺極致發揮，以此達到一種心靈與美感的意境享受。如以下這首詩：

> 朝旦發陽崖，景落憩陰峰，⋯⋯。
> 俯視喬木杪，仰聆大壑淙，石橫水分流，林密蹊絕蹤，⋯⋯。
> 不惜去人遠，但恨莫與同，孤遊非情歎，賞廢理誰通。〔註28〕

其中的「俯視喬木杪，仰聆大壑淙」兩句，在視角由「俯」到「仰」的轉變之中帶入由「視覺」而「聽覺」的感官轉化，在此綜合性的感官體會中表現出詩人在自然大化裡毫無凝滯拘執的心境。

王維詩還以視角的轉變表徵生命境界的轉化提升：

> 中歲頗好道，晚家南山陲，興來每獨往，勝事空自知，
> 行到水窮處，坐看雲起時，偶然值鄰叟，談笑無還期。〔註29〕

以「行到水窮處，坐看雲起時」兩句來說，在水平的向度走到了盡頭的時候，詩人以視角轉變為垂直的向度帶出了另一種生機，同時此視角的轉變中還帶出了由「無」（「水窮」）到「有」（「雲起」）循環不已的生機。王維寫來如行雲流水，可謂達到「神韻」論家所要求的「不著一字，盡得風流」的境地。再看謝靈運的詩：

> 潛虯媚幽姿，飛鴻響遠音，⋯⋯。
> 衾枕昧節候，褰開暫窺臨，傾耳聆波瀾，舉目眺嶇嶔，
> 初景革緒風，新陽改故陰，池塘生春草，園柳變鳴禽，

〔註27〕園林吸收了詩畫創作的手法，同時，又是一種再創造。參閱余東升：〈建築美與藝術：雕刻、音樂與詩歌、繪畫〉，《中西建築美學比較研究》（台北：洪葉文化事業，1995），頁264。

〔註28〕謝靈運：〈於南山往北山經湖中瞻眺〉，王士禎：《古今詩選》（上），卷7。

〔註29〕王維：〈終南別業〉，《全唐詩》。

……。

　　持操豈獨古，無悶徵在今。〔註30〕

「傾耳聆波瀾，舉目眺嶇嶔」也是在視角的轉變之中體現感官的流轉（聽覺與視覺共享），在上下俯仰與四方聆聽之中表現詩人在自然中無拘無束的心境。

　　「神韻」詩常體現出多重感官的極至感受：

　　　朝搴苑中蘭，畏彼霜下歇，暝還雲際宿，弄此石上月，
　　　鳥鳴識夜棲，木落知風發，異音同至聽，殊響俱清越，
　　　妙物莫為賞，芳醑誰與伐，美人竟不來，陽阿徒晞髮。〔註31〕

這裡詩人嘗試將感官的潛力發揮到極致，「異音同至聽」就是對於不同性質的聲音能夠同時聽到最清晰的地步，也就是可以用一種感官（這裡是聽覺）同時去關注兩種以上的現象，並且進而在每一種特殊的聲響中都能感覺到其清越脫俗的特質（「殊響俱清越」）。

　　不同感官的交替感知正適於表現神韻詩人從「我執」中鬆解開來，而能完全進入自然深度的脈理中：

　　　一徑入蒙密，已聞流水聲，行穿翠篠盡，忽見青山橫，
　　　山勢抱幽谷，谷泉含石泓，旁生嘉樹林，上有好鳥鳴，
　　　鳥語谷中靜，樹涼泉影清，露蟬已嘒嘒，風溜特冷冷，
　　　渴心不待飲，醉耳傾還醒，……。
　　　是時新雨餘，日落山更明，山色已可愛，泉聲難久聽，
　　　安得白玉琴，寫以朱絲繩。〔註32〕

這首詩一開始的聽覺感知是隔著蒙密的樹林而傳出的聲響，詩人穿入林中路徑之中透過蒙密的樹叢而聽到流水的聲音（「一徑入蒙密，已聞流水聲」），然後在感受到這種朦朧幽曲的聽覺聲響之後，被樹叢蒙蔽的視覺突然開啟（「行穿翠篠盡，忽見青山橫」）。接著又是一串視覺與聽覺的交替感知，或者說，是同時共享視覺與聽覺交互輝映的感

〔註30〕謝靈運：〈登池上樓〉，王士禎：《古今詩選》（上），卷7。
〔註31〕謝靈運：〈石門岩上宿詩〉，《先秦漢魏晉南北朝詩》。
〔註32〕歐陽修：〈幽谷晚飲〉，《全宋詩》。

官衝擊。詩人一邊眼看曲折山勢，一方面又耳聽谷泉流過石頭之間的聲響（「山勢抱幽谷，谷泉含石泓」），再望眼兩旁的「嘉樹林」，又耳聞其上的鳥鳴聲（「旁生嘉樹林，上有好鳥鳴」），見到這清涼的「泉影」，又進而轉為味覺的覺醒。由於此味覺之感是由剛才所見的視覺之感（「泉影清」）所轉化而出的感覺，因而也就不需真的飲水（「渴心不待飲」）。也就是這味覺知能（「渴」）不是一種身體的官能感，而是一種心靈的感覺（「渴心」）。這彷彿是說，不同的感官感受所以可以不斷交替著，其實都是一種心靈的感覺，此正表現出神韻詩中的交錯感官知覺是以心靈統合之。接著詩人又注意到光影的變化對視覺的影響（「是時新雨餘，日落山更明」），在此視覺享受中（「山色已可愛」），詩人此時又覺得方才令他感到可喜的聽覺聲響（「泉聲」）似乎不能再繼續，以此幽微地點出有些落寞的情緒（「山色已可愛，泉聲難久聽」）。在視覺開始變化，山色轉黑之後的時刻，詩人感到聽覺的搭配需要轉變，希望能由自然之音（「山泉」）轉入人工之絲竹聲（「安得白玉琴，寫以朱絲繩」），由此還能看到「神韻」的一個特質即是：搭配五官的感覺使之適應當下的時間、空間、氣氛，並由此引出一種意境。「神韻詩」強調的是從日常慣性規則的身體感官運作之感覺中解放出來，從對於形貌的感覺中解放出來，以心靈的超越來統合身體的感官知覺，進而將自然韻律與心靈所感統合起來，整體而言即是「俯仰宇宙觀」的一種延伸。

　　不過，「俯仰宇宙觀」畢竟是中國獨特的感知空間方式的一種整體說法，其實還可以再細分為許多不同的方式。以下進一步將俯仰宇宙觀再分為兩種基本的型態：「中心式」與「散漫無中心式」，這些不同的感知方式都是「神韻」詩呈現不同空間意境的基礎。所謂的「中心式」感知型態大多是以屋舍（窗）乃至一個位置作為中心的感知方式。所謂的「散漫式」感知方式，是去除中心的感知方式，超越以自我作為中心，進而將感知的對象與空間相融組合，甚而將自己的感官知覺散漫為空間（世界）的一部分。雖然這兩種感知方式不同，但都

屬於「俯仰宇宙觀」的一種。不論是自我「中心式」（房舍）的感知方式，還是「散漫無中心」的感知方式，都是以空間作為一種依憑。前者是依憑空間作為一種中介（過渡）的間隔感知方式，後者雖不是間隔空間作為感知的依憑，但是卻依賴空間作為感知的起點與落點。所以說，「神韻」詩的感知方式與空間是密切不可分割的，此也是「神韻」詩朦朧間隔的呈現方式的內在基礎。

貳、「中心式」感知方式：「環繞式」與「水平式」

上述所說的「俯仰宇宙觀」有一個最基本的特質是「天地為廬」的內涵，因為中國人的宇宙觀可以說是由「房舍」及其相關概念延伸出來的。〔註33〕循此，以下我們將依循物理性質的空間（房舍）作為中心來探討「神韻」詩中的朦朧間隔感知方式。

論到中國傳統的超越心靈感知方式與空間概念的關係，首先可以由「家」（或「房舍」）的概念說起。在《詩經大雅》之中即出現很多「家」的概念，「家」正是生活與思想的中心。《老子》中也有「不出戶，知天下。不窺牖，見天道」的說法，中國士人對於「天下」與「天道」的感知正是由屋舍開始。門與窗（「戶」和「牖」）也進而成為屋舍的表徵，並發展為一種典型的窗框觀看方式：「中國詩人多愛從窗戶庭階，詞人尤愛從簾、屏、欄杆、鏡吐納世界景物」，〔註34〕這都可以說是「天地為廬」的宇宙觀的延伸。透過窗框看世界，這與依憑一個空間（房舍）去感知外面世界的方式是相似的。而在觀看方式上抓住一個視框，其中有一層意義是來自於傳統士人由魏闕中心游離到邊緣的處境中，遂以自我空間（房舍）作為他們感知世界的另一種中心與憑藉，以此創造其身處邊緣的另一種放逸

〔註33〕宗白華認為中國人的宇宙概念本與廬舍有關，"宇"是屋宇，"宙"是由"宇"中出入往來。中國古代農人的農舍就是他的世界，他們從屋宇得到空間觀念。參見宗白華：〈中國詩畫中所表現的空間意識〉，同前，頁253。

〔註34〕同前註，頁252。

玄遠的精神境界。

這種以窗框爲中心的感知模式在傳統之中又可以園林作爲一種典範，在園林之中常是透過一些「門窗、漏窗來框景，形成一幅幅很有意味的靜景畫」。〔註 35〕推溯其源，而此「窗借」、「門借」〔註36〕之間隔觀看方式在某一方面可以說是由中國畫「畫幅」之各種豐富的形式所啓引的觀看方式。文人在園中遊賞，透過不同形式的窗框觀看，可比作欣賞不同形式的畫幅（諸如「立軸畫」、「手卷畫」、「扇形」、「圓形」、「八角形」等不同的「扇面畫」等）。〔註 37〕在園林的建築模式中，遊客在觀賞風景時會不斷地意識到眼前有一個框限，不斷地感覺所看到的景是透過一個框架而看到的，這正是一種間隔朦朧的觀看方式。在「神韻」詩中也具有這樣一個特徵，詩人似乎特別敏銳地覺察到他自身此刻觀看景物的角度（框架）是什麼，並透過這個窗框中心將自然之景與對悠悠天地的嚮往之情往返流轉於此心靈窗口。

這種以「房舍」（或「家」）爲依據的感知方式有一個重要特質就是以我（詩人自己）爲中心，將自然氣息與天地悠思收納到這個屋舍之中，或者也可以說以屋舍作爲詩人自我的延伸。這裡可以藉助人文地理之「存在空間」所提到的「家」的概念來了解其重要性與意義：

> 人的「空間性」是「自我中心」的。整個世界，透過人的「自我中心」的作用，自古以來就已被「中心化」。因此，「家」是空間的中心，「市政聽廣場」是空間的中心，「廟口」是空間的中心。〔註 38〕

以「人文地理」的角度來說，「家」正代表著一種「自我中心」。

〔註 35〕余東升：〈建築美與藝術：雕刻、音樂與詩哥歌、繪畫〉，《中西建築美學比較研究》（台北：洪葉文化事業出版社，1995），頁 263。

〔註 36〕同前註，頁 261。

〔註 37〕程里堯：〈文人園林的藝術特徵──古樸之美，融詩入景，畫中之遊〉，《中國古建築大系之四─文人園林建築》（台北：中國建築工業出版社，光復書局，1993），頁 132。

〔註 38〕潘朝陽：〈現象學地理學──存在空間的一個詮釋〉，頁 77。

　　由於人的「空間性」必須有一個「自我中心」點，即便要超越現
實的規制禁錮而向外感知世界的時候，詩人還是要依憑「家」作爲其
游心太玄的一種中心。房舍除了是感知世界的空間中心，還進一步成
爲心靈躍升超越的感知中心，傳統士人透過在一個房舍（「室」、「戶」）
之中的安頓就能開始其躍升馳想的心靈開拓：

　　　　居深山之間，積土爲室，編蓬爲戶，彈琴其中，以詠
　　先王之風，亦可以樂而忘死矣。〔註39〕

東方朔在此就提到，只要在「蓬戶」之中彈琴讀書，就可以「樂而忘
死」。在脫離人間俗世，尋求放逸超越的時後，傳統士人往往將其房
舍空間當成是自我的一種表徵，在自己的空間（房舍）之中，他們如
同找到了生命的根基與安定力量。這裡，「房舍」已由「家」的溫馨
意義跳躍出來（雖然基本上總是包含著那種「自我」中心的意義），
個人的住宅本身不僅是人的自我的一種表徵，而更成爲一種心靈超越
的中心軸點。

　　在許多「神韻」詩裡，屋舍這個空間概念正是作爲心靈轉化至超
逸曠放之境的起點，許多詩人在論及自己的隱逸之趣時，總是特別提
到自己的房舍（諸如王維的輞川別業）。當然，對於這些詩人而言，
他們作爲超逸感知的房舍多半是「別業」，有別於他們另一個塵俗的
「家」，只有完全歸隱者（如陶淵明）才把「家」與「別業」合而爲
一。王士禎也特別提到他的別業「草堂」及其名稱（「古夫于」）：

　　　　長白大谷之東，南北兩峰呀然中開，有小山突起，當
　　綰轂之口，曰于茲山，又曰魚子。其下有流水，即《水經
　　注》魚子水也，山之上有夫于亭，相傳陳仲子灌園處，予
　　別業在其下。坐臥草堂，朝夕與此山相對，遐思仲子之高
　　風，慨然如或遇之，因以「古夫于」名堂焉。〔註40〕

又如：

　　　　丙辰二月，過商邱宋子昭戶部，觀高房山小幅，有鮮

〔註39〕《漢書・東方朔傳》。
〔註40〕王士禎：《蠹尾續文》，《帶經堂詩話》，卷7，頁179。

　　于伯機題云：「素有煙霞疾，開圖見亂山，何當謝塵跡，縛
屋住雲閒。」〔註41〕

「何當謝塵跡，縛屋住雲閒」即是以屋舍爲中心表徵超逸閒適之感。
所謂謝絕塵跡的放逸之感並不是無所定止地向四方延伸流動，靜止往
往是掌握流動的開始，因而要達到「如雲閒」必須要先「縛屋」，以
定止的屋舍爲中心才能通向如雲流動的自由之境。

　　再如：

　　　　拙菴山居詩，有極似寒山子者，其佳句如：「竹窗來夜
月，茆屋隱春雲。」〔註42〕

「竹窗來夜月，茆屋隱春雲」正是將閒適之景物與心情融合在窗牖
與房舍兩個定止的中心，以此展開在月色與春雲中飄逸流動的心靈
意致。

　　詩人也常以屋舍爲中心展開其心靈的躍升。如：

　　　　昭覺，宋佛果大士道場，陸務觀詩：「靜院春風傳浴鼓，
畫廊微雨濕茶煙」，即題昭覺作也。〔註43〕

即是以兩個房舍概念（「靜院」、「畫廊」）爲首引出閒適之生活意境。

　　又如蘇舜欽的詩：

　　　　夜雨連明春水生，嬌雲濃暖弄微晴。
　　　　簾虛日薄花竹靜，時有乳鳩相對鳴。〔註44〕

這裡則以窗框（「簾」）與景物相互搭配表現虛靜閒適之感。

　　再如以下這首詩：

　　　　峨峨東嶽高，秀極沖青天，巖中閒虛宇，寂寞幽以元，
　　　　非工非復匠，雲構發自然，氣象爾何物，遂令我屢遷，
　　　　逝將宅斯宇，可以盡天年。〔註45〕

〔註41〕王士禛：《池北偶談》，《帶經堂詩話》，卷22，頁639。

〔註42〕王士禛：《居易錄》，《帶經堂詩話》，卷20，頁586。

〔註43〕王士禛：《秦蜀驛程後記》，《帶經堂詩話》，卷13，頁347。

〔註44〕蘇舜欽：〈初晴遊滄浪亭〉，王士禛：《池北偶談》，《帶經堂詩話》，卷
　　　　9，頁203。

〔註45〕謝道韞：〈登山〉，王士禛：《古今詩選》（上），卷5。

這首詩是進一步以自然之某一區塊（「巖中」）表徵抽象的房舍概念（「虛宇」），呈現大道靜寂之感。可見在寬闊廣袤的自然空間裡，詩人總是會先找到一個定止的空間做為自我中心，由此展開其由漠然蕭索到開闊放逸的心靈遠遊。

在山水自然中遊走往返之後，詩人最後也會回到屋舍空間中靜止，完成靜止到流動、流動而靜止的心靈歷程：

> 昏旦變氣候，山水含清暉，……。
> 披拂趨南徑，愉悅偃東扉，慮澹物自輕，意愜理無違，
> 寄言攝生客，試用此道推。〔註46〕

謝靈運在山水中遊歷一番，感覺心滿意足了，最後又再回到自己的屋舍中靜止安頓。他以「愉悅偃東扉」作為流動之後的靜止，並進而發抒「慮澹物自清」的超逸思想。

回到自家房舍安頓也用來象徵歸隱的決心，如孟浩然的名詩：

> 北闕休上書，南山歸敝廬，不才明主棄，多病故人疏，
> 白髮催年老，青陽逼歲除，永懷愁不寐，松月夜窗虛。〔註47〕

他以「南山歸敝廬」表徵歸隱，所以說屋舍常代表超越隱逸的一個回歸中心。

就連屋舍之旁的庭宇也作為詩人表現自我內心之閒適意境的空間：

> 汲井漱寒齒，清心拂塵服，……。
> 道人庭宇靜，苔色連深竹，日出霧露餘，清松如膏沐，
> 澹然離言說，悟悅心自足。〔註48〕

在這首詩裡，詩人以庭宇的安靜突出道人「清心拂塵」的心境。在「道人庭宇靜，苔色連深竹」兩句中，詩人利用道人、庭院空間與自然物象之間的連屬關係，表現出道人與自然合一而澹然自足的境界。

房舍是詩人感知世界的起點：

〔註46〕謝靈運：〈石壁精舍還湖中作〉，王士禎：《古今詩選》（上），卷7。
〔註47〕孟浩然：〈歲暮歸南山〉，《全唐詩》。
〔註48〕柳宗元：〈晨詣超師院讀禪經〉，《全唐詩》。

　　　　虛室無尋丈，青山有百層，迴峰看不足，危石恐將崩，

　　　　聽法來天女，依巖老梵僧，須彌傳納芥，觀此信還留。〔註49〕

詩人強調他所在的虛室很小，並不超過「尋丈」，但在此中卻可以看
到百層迴峰（「虛室無尋丈，青山有百層」），表現出尺幅千里之視域。

　　由以上的例子可以看到傳統「俯仰宇宙」的感知方式常是以屋舍
為中心而展開，詩人在屋舍的狹小空間範圍裡，往往能將自身的心靈
空間延伸至外在的廣大自然空間中，並因著一種與世俗對抗的快意而
堅定自我身處江湖的澹然無怨。

　　接下來我們要進一步將此依據一個屋舍（窗）作為中心的感知方
式再細分為兩種模式：（1）一種是以屋舍作為中心，一切都圍繞這個
屋舍中心的環繞形式。在這種環繞形式的感知方式中，屋舍中心往往
代表詩人自我，世界都圍繞在這個屋舍的四周，或者說都往屋舍中心
（詩人自我）匯集收攏進來。（2）另一種是朝水平向度延伸出去的感
知方式。在這種感知方式中，往往還是以屋舍乃至一個具有空間性質
的物象作為感知的中心，但是詩人自我與他所要感知的世界往往是間
隔這個中心而延展為一種水平方向的距離，這種水平向度的感知方式
並不是將一切都收攏到一個中心點（詩人自我），而是在詩人與所見
之物的間隔中帶出距離的朦朧之感。但不論是環繞式感知形式，還是
水平向度的感知方式，都是以一個中心展開間隔感知，都有依憑一個
空間作為間隔感知的取向。

一、「環繞式」感知方式

　　在依憑一個屋舍概念作為中心的感知方式中，其中有一種是屬
於環繞式的感知方式，即是詩人把握自己的屋舍作為一個定止的中
心，感覺四周的自然與宇宙之氣都環繞流動於四周。此種景物（世
界）全都集中到一個中心的感知形式，有時又偏重不同的感官知覺。
先以視覺感知來說：

〔註49〕蘇轍：〈熙寧壬子八月於洛陽妙覺寺考試舉人及還道出嵩少之間至許
　　　　昌共得大小詩 26 首：將出洛城過廣愛寺見三學演師〉，《全宋詩》。

　　　　樵隱俱在山，由來事不同，……。

　　　　卜室倚北阜，起扉面南江，激澗代汲井，插槿當列墉，

　　　　群木既羅戶，眾山亦對窗，靡迤趨下田，迢遞瞰高峰。

　　　　……。

　　　　唯聞蔣生逕，永懷求羊蹤。

　　　　賞心不可忘，妙善冀能同。〔註50〕

這裡詩人即是以房舍概念（室、窗、扉等）爲中心展開其心靈感知，外面的世界彷彿都圍繞流動在這房舍的四周（「群木既羅戶，眾山亦對窗」），詩人以著不同的俯仰角度就能收納感知四周之景。

　　又如謝朓的詩也表現出這種視覺感：

　　　　結構何迢遞，曠望極高深，窗中列遠岫，庭際俯喬林，

　　　　日出眾鳥散，山暝孤猿吟，已有池上酌，復此風中琴。〔註51〕

「窗中列遠岫」也是透過「窗」而見「遠岫」，彷彿遠山都陳列（集中）在這窗框中心（像在看一幅畫一般）。

　　除了視覺之外，很多詩人都是從聽覺上來進行這種「環繞式」的感知冥想，許多「神韻」詩都寫到以房舍爲中心而「間隔」聽聞：

　　　　青山忽已曙，鳥雀繞舍鳴。〔註52〕

韋應物在此即是寫環繞屋舍而鳴響之聽覺感知。至於：

　　　　時聞西窗琴，凍折三兩絃。〔註53〕

即是以「西窗」爲中心而聽聞琴音。

　　又如王士禛所舉的這首詩：

　　　　地爐旋撥通紅火，臥聽蕭蕭雪打窗。〔註54〕

對於「雪打窗」的聲音，詩人也是環繞「窗」而聽聞，並以此感受到蕭蕭疏放之境。再看丘爲的詩：

　　　　草色新雨中，松聲晚窗裏；及茲契幽絕，自足盪心耳。〔註55〕

〔註50〕謝靈運：〈田南樹園激流植援〉，王士禛：《古今詩選》（上），卷7。

〔註51〕謝朓：〈峻內高齋閒坐答呂法曹〉，《先秦漢魏晉南北朝詩》。

〔註52〕韋應物：〈幽居〉，王士禛：《古今詩選》（上），卷17。

〔註53〕王士禛：《香祖筆記》，《帶經堂詩話》，卷15，頁407。

〔註54〕王士禛：《蠶尾續文》，《帶經堂詩話》，卷12，頁305。

詩人把「松聲」都集匯於「晚窗」這個中心，並在視覺與聽覺交互輝映之中，突顯其心耳被自然之音響振盪所進入的幽絕之境。

再看柳宗元的詩：

> 老僧道機熟，默語心皆寂，……。
>
> 風窗疏竹響，霜井寒松滴，偶地即安居，滿庭芳草積。〔註56〕

除了寫環繞窗戶的風聲與「疏竹」之聲響，還包含以井爲中心所聽聞的寒松滴露之音。

在亭上聽水，詩人所關注的也是聲音包圍在那一個空間之中：

> 君家有盧亭，跨澗復面山，泉聲碎環玦，清繞窗戶間，……。
>
> 微吟對一枰，放此白日閒。〔註57〕

在這個「跨澗復面山」的亭子裡，詩人所聽到的泉音不僅如環玦碎地之聲清亮動人（「泉聲碎環玦」），而且詩人還進一步點出此聲響所發出的空間位置是「清繞窗戶間」，因而聽起來格外清麗曼妙。

再看王士禎所舉的詩例：

> 仲兄禮吉（士禧）少時，有和唐祖詠〈望終南殘雪〉
> 詩三首云：「微風打窗紙，凍雀鳴簷端。起看松竹色，蕭蕭
> 增薄寒。」「將雪無雪色，色在浮雲端。煨芋對新雪，骨與
> 梅花寒。」「遠山直西牖，高高出林端。朝來望新齋，四顧
> 清光寒。」〔註58〕

「微風打窗紙，凍雀鳴簷端。起看松竹色，蕭蕭增薄寒」即是先透過一個空間（窗）來感覺風的聲音，又聽聞雀鳥在「簷端」（亦是房舍延伸）鳴叫，最後透過「松竹色」的蒼茫視覺而引出一種蕭寒之感。

依憑房舍爲中心而聽聞常是「神韻」詩人進入心靈流轉之境的起點，王士禎的評論也指出這一點：

> 宛陵諸梅，自宋都官而後，散居宣郡諸邑。東渚之梅，

〔註55〕丘爲：〈尋西山隱者不遇〉，《全唐詩》。
〔註56〕柳宗元：〈贈江華長老〉，王士禎：《古今詩選》（上），卷17。
〔註57〕蘇舜欽：〈寄題周源家亭〉，《全宋詩》。
〔註58〕王士禎：《漁洋詩話》，《帶經堂詩話》，卷7，頁169。

> 所居傍稽嶺，俯臨大溪，爲**宛陵**山水最佳處。**梅君子翔，
> 東渚諸梅**之巨擘也，少耽墳籍，放意雲壑之間，構一樓下
> 瞰是谿，谿水如環如玦，遶樓徐逝；每當天籟忽發，山雨
> 欲來，飛流濺沫之聲，交集於耳畔。**愚山施先生取孟襄陽**
> 詩句名之曰「滿聽」，且爲之記，於是樓之名益著，而君之
> 詩亦因以傳。其詩絕遠世事，亦如風之習習然而生，水之
> 激激然而鳴，水石怒爭，鏗鞈嘈呟云。〔註59〕

這裡的例子即是以「樓」（房舍）爲中心，聽那溪水遶樓徐逝的清冷
之聲，在「飛流濺沫」的天籟聲「交集於耳畔」中感受到「放意雲壑」
與「絕遠世事」的閒事心境，由此也可看出依憑一個房舍空間而聽聞
常包含著特殊的心神體會與閒適意境。

　　「神韻」詩常體現依憑房舍或是一個空間性的場景作爲中心而感
受耳畔滿聽與心神流轉之感：

> 　　竹挖輯宋人小集四十餘種，自前卷所列江湖詩外，如劉
> 翼躔父〈心游摘槀〉：「問道論詩也一宗，燒柴煨芋佛家風，
> 要知眞樂人間少，聽雨空山破寺中。」(《山寺聽雨》)〔註60〕

這首詩寫在「山寺聽雨」的心情，簡陋的「空山破寺」成爲帶有放
逸江湖之特殊意義的空間。詩人在「聽雨空山破寺」之後，像是受
了心神洗禮之般恍然領悟「眞樂人間少」的超曠意境。

　　有些詩所寫的自我空間不是房舍，但也是在與房舍接近的包圍式
空間中感受聽覺聲響。如：

> 　　歐陽公云：「秋霖不止，文書頗稀，叢竹蕭蕭，似聽愁
> 滴。」蘇公云：「歲云莫矣，風雪淒然：紙窗竹屋，燈火青
> 熒。時于此間，得少佳趣。」此等寂寥風味，富貴人所不
> 耐，而予最喜之，正苦一年中如此境不多得耳。〔註61〕

這裡也是圍繞在一個包圍式的空間（「叢竹」）聽聞風吹竹林的蕭颯之

〔註59〕王士禛：《漁洋文》，《帶經堂詩話》，卷5，頁121。
〔註60〕王士禛：《居易錄》，《帶經堂詩話》，卷10，頁229。
〔註61〕王士禛：《香祖筆記》，《帶經堂詩話》，卷3，頁88。

音，並以此聽覺感受作爲一種與富貴相對的「寂寥風味」，而由「紙
窗竹屋」中「得少佳趣」的心得也可看出環繞屋舍爲中心以轉化心境
的感知方式。

其實，「神韻」詩的創作靈感本就與聽覺及空間有很大的關連
性：

> 唐鄭綮云：「詩思在灞橋驢子背上。」胡擢云：「吾詩思
> 若在三峽聞猿聲時也。」余少作〈論詩絕句〉，其一云：「詩
> 情合在空舲峽，冷雁哀猿和〈竹枝〉」，用擢語也。〔註62〕

王士禛在這裡提到，許多詩人的創作靈感常是在某個空間場域中（如
「灞橋」、「三峽」等）受到某種聽覺聲響的刺激而引發。可以說，靈
感的產生與某些特定的空間場景（「空舲峽」）、特殊物象（「冷雁」、「竹
枝」）及聲音感受（「哀猿」）往往是分不開的。

蔣捷的〈虞美人〉雖然是一首詞作，但可以作爲一種典型的範例
來觀察古典詩裡依憑某個空間作爲中心而聽聞的感知模式：

> 少年聽雨歌樓上，紅燭昏羅帳。
> 壯年聽雨客舟中，江闊雲低斷雁叫西風。
> 而今聽雨僧廬下，鬢已星星也。
> 悲歡離合總無情，一任階前點滴到天明。〔註63〕

蔣捷在此將環繞式空間的聽覺感知作爲表現人生境界轉化的關鍵比
喻，他以「歌樓」、「客舟」、「僧廬」三種不同的空間場域來作爲聽雨
的中心，並搭配三種不同的氣氛：溫暖熱鬧、天昏地暗、淒涼孤苦來
表徵人生在「少年」、「壯年」、「老年」各個不同階段的心情與境界。
藉著「聽雨」的感受，詞人所帶出的是生命由耽溺紅塵到蕭疏無奈的
變化，讀者可以感受到詩人由深入於「美人流盼、公子多情」的醉夢
到放任「無情」的生命轉化。

這種「環繞式」的感知方式有一個重要特徵就是彷彿要把四方天

〔註62〕王士禛：《分甘餘話》，《帶經堂詩話》，卷8，頁193。
〔註63〕蔣捷：〈虞美人〉。

地與風雲變態都收攏到自身所處的房舍中心（房舍、窗框），含有一種「以小統大」的精神。「窗牖使人通向永恆、通於無限」，〔註64〕藉著這個窗框的間隔距離，往往使人可以打破當下的侷限性，而進入「道通天地有形外」的境界。如王維詩：「枕上見千里，窗中窺萬室」即是相信以窗、枕爲中心的間隔觀看，如同「坐馳可以役萬象」那般能夠包納天地萬物之氣息與變化，此間隔觀看同時也體現著「天地爲廬」的精神。窗框使詩人的一般視覺感知通向超人式的感官，詩人甚而也透過窗框的視域，引出人事與自然的滄桑流變，如韋應物的詩：「窗裏人將老，門前樹已秋」即是。

詩人作爲間隔感知的空間框架常取代直接的行動，是心靈遠遊到具體行動之間的跳板：

兩個黃鸝鳴翠柳，一行白鷺上青天。
窗含西嶺千秋雪，門泊東吳萬里船。〔註65〕

在詩人的心靈視域中，窗與門這類屋舍概念中心往往可引人走向漫長的時間與廣大的空間（「千秋」、「萬里」），詩人不必具體行動，卻可以同時透過不同的方位（西、東）拓充心靈地圖，這正是窗框通往無限的功能。可以說，詩人利用窗框空間的間隔感達到了不用行動即可收納掌握世界的想望。

此外，這種「環繞式」間隔感知方式還暗含著「小空間」與「大空間」的對等意識。中國士人的俯仰宇宙觀可以說都是由空間，特別是小空間（諸如自身的房舍、庭院等）開始的，他們在其中晏坐冥想，在呼吸吐納中感受整個大空間（宇宙）的流變，並由中感到一種超越的精神境界。當傳統士人由政治權力中心游離出來，無可奈何地進入邊緣地帶的時候，他們只要守在自身的小房舍中就會感覺這狹小簡陋的空間實際上對等於天地宇宙的大空間，甚至比天地還遼闊，如杜牧

〔註64〕相較之下，牆壁則使人歸於當下，歸於獨特。程兆熊：〈牆壁與牆壁之正〉，《中國庭園建築》（台南：德華出版社），頁110。
〔註65〕杜甫：〈絕句四首〉之三，《全唐詩》。

的詩裡說：「蓬蒿三畝居，寬於一天下」，正說明這種心理空間的潛能。
而小空間所以可以對等於大空間，那是因為「非天地之寬，胸次之寬
也」。〔註66〕正是因為胸次浩然開闊，所以即使身處於一個小空間裡
也不會感到委屈，而且進而可以包容天地萬物。傳統士人常強調身處
小空間裡卻比在大空間之中自由逍遙，在這個脈絡中，所謂的「大空
間」往往是官場俗世的比喻：

> 鷦鷯小鳥也，生于蒿萊之間，長于藩籬之下，翔集尋
> 常之內，而生生之理足矣。色淺體陋，不為人用。形微處
> 卑，物莫之害。繁滋族類，乘居匹游，翩翩然有以自樂也。
> 彼鷲鶚鶤鴻，孔雀翡翠，或凌赤霄之際，或託絕垠之外，
> 翰舉足以沖天，距足以自衛，然皆負矰嬰繳，羽毛入貢，
> 何者，有用於人也！夫言有淺而可以託深，類有微而可以
> 喻大，故賦之云爾。〔註67〕

張華以在小空間與大空間的對比去表徵傳統士人的兩種尊卑處境。這
裡的大空間是指凡俗官場世界，在此看似寬闊的大空間中，雖然可以
發揮「鷲鶚鶤鴻，孔雀翡翠」的凌霄之志，甚而駕馭馳騁於眾人之上
（「或凌赤霄之際，或託絕垠之外，翰舉足以沖天」），但是卻必須受
到網羅的羈絆，總是不斷地受制於人，所以說並不能真正地逍遙。另
有一種小空間是在「蒿萊之間，藩籬之下」，因絕遠世事的幽情卻能
保有自身俱足的逍遙（「生生之理足矣」）。當傳統士人從世俗中心游
離出來的時後，他們所要強調的往往是自身所僅有的狹隘空間並不會
輸給身居官場高位者「凌赤霄之際，或託絕垠之外」的廣大空間，對
自家小房舍的心滿意愜是走向心靈奔馳躍升的起點。

　　又如歐陽修也提到：

> 夫壯者之樂，非登崇高之丘，臨萬里之流，不足以為
> 適。今吾兄家荊州，臨大江，捨汪洋誕漫壯哉勇者之觀，
> 而方規地為池，方不數丈，治亭其上，反以為樂，何哉？

〔註66〕清代洪亮吉評杜牧這首詩的詞語。見洪亮吉：《北江詩話》。
〔註67〕張華：〈鷦鷯賦〉。

> 蓋其擊壺而歌，解衣而飲，陶乎不以汪洋爲大，以爲方丈
> 爲局，則其心豈不浩然哉。夫視富貴而不動，處卑困而浩
> 然其心者，眞勇者也。然則水波之漣漪，游魚之上下，其
> 爲適也，與夫莊周所謂惠施游於濠梁之樂何以異，烏用蛟
> 魚變怪之爲壯哉！故名其亭曰游儵亭。〔註68〕

一般所謂的「壯者之樂」大多認爲必須在巍峨壯闊的空間場域之中
才能感到自適逍遙（「夫壯者之樂，非登崇高之丘，臨萬里之流，不
足以爲適」），但是歐陽修卻強調自己可以捨棄汪洋萬里之地，而能
夠在一小塊「方不數丈」的區域倘佯自適（「而方規地爲池，方不數
丈，治亭其上，反以爲樂」）。他認爲能夠不以汪洋之丈爲大，也不
以方丈之小爲局限，亦即打破一般的邏輯常規，大不以之爲大，小也
不以之爲局限，並能從小處見大，由小處聯想無限，這才是眞正具有
廣闊浩然胸次的人。而能夠破除地理環境的小大之分也才能夠處於富
貴而不迷惑心動，處於卑困卻也能保有浩然之心志，眞正達到「富貴
不淫貧賤樂」的境地。

二、「水平式」感知方式

依憑一個屋舍作爲中心的感知方式除了「環繞式」的感知形式，
還有另一種向水平方向延展的形式。以司空圖所說的「隔溪漁舟」爲
例來說，其中的「溪」與「漁舟」的相組呈現爲一種空間向度，並含
有心理空間拓展的可能性。如果拆解開來看，可以發現觀者與「漁舟」
之間其實以接近物理性質的空間（「溪」）當作間隔或距離。若就觀看
的感知角度來說，「隔溪漁舟」是隔著「溪」，一個向水平方向開展的
空間感來觀看，是透過一個具有水平距離的空間感（「溪」）而感受漁
舟的形貌。「溪」雖然不是一個具有上下包圍的物理空間，不過，它
在某一程度上具有一種水平空間的向度，至少不是平面的空間。若依
據亞里士多得的看法，整條河因爲靜止不動的性質也算是一種空間：
「空間意味著是不動的，因爲寧可說整條河是空間，因爲從整體著

〔註68〕歐陽修：〈游儵亭記〉。

眼，河是不動的。因此，包圍者的靜止的最直接的界面——這就是空間」。〔註69〕再以嚴羽所提到的「鏡花水月」來說，也是間隔著「鏡」、「水」而觀月，「鏡」、「水」雖為平面性質的物象，但其所映照的世界也具有空間的深度，也可算是以空間性作為一種中介。在這裡我們不是要強調在間隔的觀看中，詩人看到了什麼？而是強調詩人望向景物時，總是間隔著一種物象來觀看，而這個間隔著的物象，常常是具有某種空間向度的實體，此即是「水平式」的感知模式。透過某個實體的空間阻隔，一方面在間隔感中帶出深遠與距離感，同時也在虛實相間、有無共存、濃淡參半的朦朧不清的狀態中，進而喚起人們想一探究竟的無限心靈空間。

以下這首詩即是透過窗框而間隔觀看：

掃地開門松檜香，僧家長夏亦清涼，

修竹填窗藤罩綠，白蓮當戶石盆方。〔註70〕

詩人在這裡強調窗框為修竹所填滿，其實就是以此窗框間隔觀看修竹。

在這種「水平式」的感知模式中，其所作為間隔的中心除了屋舍（窗框）概念，還常是一個自然物象：

竹裏編茅倚石根，竹莖疏處見前村。

閒眠盡日無人到，自有春風為掃門。〔註71〕

這裡，「前村」與詩人之間的間隔正是一種向水平延展的距離，此與一望無阻礙的視野並不相同。詩人所見的「前村」是透過「竹莖疏處」這個類似窗框的縫隙所看到的，因而所見的前村變得隱約朦朧，只呈現部分形貌，在此現實視覺感不完整的情況下，自然會引起人們想再往前去探尋一番的好奇，因而產生無限心靈空間的延伸性。

又如楊萬里的詩：

〔註69〕見亞里士多得著，張竹明譯：《物理學》（北京：商務印書館，1982），頁104。

〔註70〕蘇軾：〈次韻子瞻病中遊虎跑泉僧居二首〉其一，《全宋詩》。

〔註71〕王安石：〈竹裏〉，《全宋詩》。

一晴一雨路乾濕，半淡半濃山疊重。

遠草平中見牛背，新秧疏處有人蹤。〔註72〕

這首詩前兩句同時兼具「一晴一雨」、「半淡半濃」，表現出「神韻」所追求的打破一般對立邏輯的思維心靈。後兩句則透過間隔地觀看，從「遠草」中見「牛背」，從「新秧疏處」的縫隙觀看「人蹤」，表現出虛實相間的朦朧感受。

水平向度的間隔感知方式往往帶出朦朧隱約之感覺：

小雨輕風落楝花，細紅如雪點平沙，

槿籬竹屋江村路，時見宜城賣酒家。〔註73〕

由於在具有空間深度的曲折路徑中，又間隔著「槿籬」而觀看，所以「酒家」是隱約而見，在空間上既被遮掩，如此就延展出讀者想一探究竟的心靈空間。

這種水平向度的間隔感知方式最能突顯「神韻」詩人照見世界的基本方式：「遠」的心靈意境。由於有所間隔，即使實際距離並不遠，所見之物也自然因為間隔的心理距離而若即若離，在朦朧之境中帶出不確定、也不執迷的心境：

御書賜吏部尚書庫勒納素扇詩云：「亂陰堆裏結茅廬，已共紅塵跡漸疏，莫問野人生計少，窗前流水枕前書。」末書「錄唐〈山中〉」，又賜大學士伊桑阿洋扇一，御書唐人朱慶餘詩云：「林居向晚饒清景，惜去非關戀酒杯。石淨每因杉露滴，地偏漸覺水禽來。藥蔬秋後供僧盡，竹杖吟中望月迴。紅葉閒飄離落迴，行人遠見草堂開。」賜大學士阿蘭泰素扇一，御書唐人方干詩云：「東南雲路落斜行，入樹穿村見赤城，遠近常時皆藥氣，高低無處不泉聲。映爐日向床頭沒，濕燭雲從柱底生。更有仙花與靈鳥，恐君多半未知名。」〔註74〕

〔註72〕楊萬里：〈過百家渡四絕句〉之四，《全宋詩》。

〔註73〕王安石：〈鐘山晚步〉，《全宋詩》。

〔註74〕王士禎：《居易錄》，《帶經堂詩話》，卷1，頁3。

朱慶餘的詩：「紅葉閒飄離落迥，行人遠見草堂開」即是間隔著「紅葉」而遠距離地觀看，也因「紅葉閒飄」而有一種迴旋飛舞的流動感。而方干的詩：「東南雲路落斜行，入樹穿沌見赤城」也是間隔著林間縫隙觀看「赤城」，詩人與所見之物間都是延展著水平方向的距離。

又如另一首唐詩：

> 幽意無斷絕，此去隨所偶，晚風吹行舟，花路入谿口，
> 際夜轉西壑，隔山望南斗。〔註75〕

「隔山望南斗」也是間隔著「山」而觀看「南斗」，並以此作爲詩人連綿不絕之「幽意」的總結。

在這種「水平式」的間隔觀看方式之中，有時暗含詩人的孤獨感以及與他人的隔離，例如王維的詩：

> 輕舟南垞去，北垞淼難即。
> 隔浦望人家，遙遙不相識。〔註76〕

「隔浦望人家，遙遙不相識」即是間隔地觀看，同時這種間隔感還進一步暗示出詩人內心的獨特心境。〔註77〕

在這種水平間隔的觀看方式中，含蘊著一種微茫不確定的感覺：

> 我來深處坐，剩覺有吟思，……。
> 猶見前山疊，微茫隔短籬。〔註78〕

由於隔著一個物體而觀看，因而有一種「微茫」之感。儘管這個物體只是個低矮的「短籬」，無實際的遮掩功能，但詩人卻可因爲這種間隔心理而有一種超越現場感的朦朧感覺。

〔註75〕綦母潛：〈春泛若邪溪〉，《全唐詩》。
〔註76〕王維：〈南垞〉，王士禛：《唐人萬首絕句選》，卷1，頁21。
〔註77〕斯蒂芬・歐文認爲此詩最末兩句暗示著詩人和其他人的隔離以及孤獨感：「此詩末句謎一般的涵義顯示了更爲成熟的詩歌技法。但王維對感覺相對性的興致保持不變。距離把詩人和他可能認識的人（那些農舍在他的別業內）隔開，從而使他得以隱姓埋名，這種逃名可能具有孤獨的否定涵義，也可能具有隱逸的肯定涵義」。參閱斯蒂芬・歐文：《盛唐詩》（哈爾濱市：黑龍江人民出版社，1992），頁35。
〔註78〕齊己：〈竹裡作六韻〉，《全唐詩》。

聽覺聲響也常以這種「水平式」的間隔方式被感知：

青衣江上水溶溶，隔岸遙聞戒夜鐘。

暫借竹床聽梵放，月華初到第三峰。〔註79〕

「隔岸遙聞戒夜鐘」即是間隔水岸而聽聞悠遠之鐘聲，在間隔聽覺之中帶出渺遠而不可真實把握的距離感。

又如韋應物的詩：

結茅臨絕岸，隔水聞清磬，山水曠蕭條，登臨散性情，

稍指緣源騎，還尋汲澗徑，長嘯倚亭樹，悵然川光暝。〔註80〕

詩人也是間隔著一段距離（「隔水」）而聽聞「清磬」之聲，如此而愈加能感受山水的蕭條，並由中疏放性靈。

這首詩也是間隔聽聞「鐘聲」之聲：

石路泉流兩寺分，尋常鐘磬隔小聞。

山僧半在中峰住，共占清猿與白雲。〔註81〕

這首詩前三句都呈現一種分裂不完整的現象，「分」、「隔」、「半」等詞語讓視覺與音響都被切割阻隔，但最後又回到「共」字，表現分裂之視覺音響已被心靈完整統合的意境。

又如姚合的詩：

閑齋深夜靜，獨坐又閑行，蜜樹月籠影，疏籬水隔聲，

斷猿時叫谷，棲鳥每搖檉，寂寞求名士，誰知此夕情。〔註82〕

詩人是隔著「疏籬」而聽聞水聲（「疏籬水隔聲」）。

再看歐陽修的詩：

北臨白雲澗，南望清風閣。

出樹見人行，隔溪聞魚躍。〔註83〕

這裡除了視覺上是隔著一個物象而觀看，聽覺上也是有所間隔。詩

〔註79〕王士禛：《池北偶談》，《帶經堂詩話》，卷11，頁273。
〔註80〕韋應物：〈義演法師西齋〉，王士禛：《古今詩選》（上），卷17。
〔註81〕權德輿：〈贈天竺靈隱二寺主〉，王士禛：《唐人萬首絕句選》，卷4，頁149。
〔註82〕姚合：〈夏夜〉，《全唐詩》。
〔註83〕歐陽修：〈和人三橋〉其二，《全宋詩》。

人先是透過樹林間的縫隙而觀見「人行」（「出樹見人行」），然後又隔著溪的空間而聽聞「魚躍」之聲（「隔溪聞魚躍」）。「魚躍」之聲應該不大，而此又是「隔溪」而聽，這樣的間隔感知方式一方面表現出四周環境的幽靜，同時也表現出詩人比常人更爲敏銳的知覺感知以及安詳悠然的心境。

　　這種「水平式」的間隔聽聞正體現「神韻」傳統裡所強調的「遠」的藝術境界：

> 覺聞繁露墜，開戶臨西園。
> 寒月上東嶺，泠泠疏竹根。
> 石泉遠逾響，山鳥時一喧。
> 倚楹遂至旦，寂寞將何言。〔註84〕

這首詩同時體現對於細微聲響的敏感知覺（「繁露墜」）以及對於「遠」的獨特體會。「遠」雖然使物理聲音變小，但是「遠」卻使視覺隱匿，這使詩人更能敏感於遠方自然的變化流轉，進而突出詩人身在此而心在彼的沉思冥想。

　　間隔而聽聞的聲音常帶動詩人想一探究竟而尋覓的心靈歷程：

> 隔谷聞溪聲，尋溪度橫嶺。
> 清流涵白石，靜見千峰影。
> 巖花無時歇，翠柏鬱何整。
> 安能戀潺湲，俯仰弄雲景。〔註85〕

這首詩一開頭，詩人便是隔著山谷而聽見溪水的聲音（「隔谷聞溪聲」），然後因著這聲音的引動，詩人便開始度越山嶺而「尋溪」（「尋溪度橫嶺」），以尋找聲音所傳出的地方。

　　又如這個例子：

> 停琴佇涼月，滅燭聽歸鴻。〔註86〕

爲了使間隔聽聞的聲響（「歸鴻」聲）更加清晰，詩人先把視覺光線

〔註84〕柳宗元：〈中夜起望係園值月上〉，王士禛：《古今詩選》（上），卷17。
〔註85〕歐陽修：〈下牢溪〉，《全宋詩》。
〔註86〕謝朓：〈移病還園示親屬〉，王士禛：《古今詩選》（上），卷9。

變暗，以使聽覺更佳敏銳。

聽覺乃至嗅覺被引出往往是在視覺有所阻礙的情境：

山光忽西落，池月漸東上，散髮乘夜涼，開軒臥閑敞，
荷風送香氣，竹露滴清響。

欲取鳴琴彈，恨無知音賞，感此懷故人，中宵勞夢想。〔註87〕

由於天色漸暗，視線模糊，因而詩人的嗅覺（「荷風送香氣」）與聽覺（「竹露滴清響」）特別敏銳。本來竹上露水滴下的聲音應該是很微細而不容易察覺的，但是詩人卻覺得清晰明亮。聽覺的敏感一方面常是在視覺感知不清晰的時候，同時，它還需要整個心靈特別澄靜才能夠敏銳的感覺，因而聽覺或嗅覺更能傳達與突出「神韻」詩人悠然漠然的心境。

又如陶淵明的詩：

露淒暄風息，氣澈天象明，往燕無遺影，來雁有餘聲。〔註88〕

這首詩即是在視覺到了極限（「無遺影」）而以聲音（「有餘聲」）繼之，在聲音的餘響中達到一種往返流動的心靈意境，並帶出詩意的無盡餘味。

聽覺的覺醒往往伴隨著視覺泯除的傾向，具有超越面對面的間隔特質：

水際柴門一半開，小橋分路入青苔。
背人照影無窮柳，隔屋吹香併是梅。〔註89〕

「水際」邊「半開」的「柴門」多少給予讀者一些遐想（「水際柴門一半開」），也許這「半開」未掩的門正被風吹得搖動，也許將有個人會探出頭來，也許這「半開」而未全開的門裡有著什麼令人驚奇的東西。最後的「背人照影無窮柳，隔屋吹香併是梅」似乎想要摒除視覺的直接面對面，利用視覺的迂曲或掩藏來達到超越當下的心靈感知。「背人照影無窮柳」是不直接與柳樹面對面，而是背對著它，透過柳

〔註87〕孟浩然：〈夏日南亭懷辛大〉，《全唐詩》。
〔註88〕陶淵明：〈九日閒居〉，王士禎：《古今詩選》（上），卷6。
〔註89〕王安石：〈金陵即事〉其一，《全宋詩》。

樹搖曳的身影去感覺超越形貌之上的無窮風致。最後的「隔屋吹香併是梅」則是以間隔著屋舍的嗅覺（「吹香」）去感覺不在眼前的梅花，如此反而能在斷斷續續的嗅覺感中體會梅花清高淡雅的香味。此即是超越視覺所見的形體狀貌，用其它的感官知覺，乃至心靈去更貼近物象無窮的神韻。

詩人在超越視覺的聽覺感知之中，往往也超越了當下的空間地點而間隔感知到遠方的訊息：

> 昏黑投林曉更驚，背人相喚百般鳴。
> 柴門長閉春風暖，事外還能見鳥情。〔註90〕

這裡，詩人不用視覺去直接面對面，而是背對著（「背人相喚百般鳴」）、閉著眼、關著門（「柴門長閉春風暖」）去感知外部的世界。視覺的隔絕一方面有一種超越人世糾紛的意味（「事外」），也因超越現實眼見形貌，度越「事外」，反而將心靈更拉近空靈而又貼近自然的境界（「事外還能見鳥情」）。最後用「見」字，但其實從頭到尾都不是用視覺來「見」，但卻能捉住自然氣息的變化流轉。

超越視覺面對面的形貌感知，轉而為聽覺感知，如此可以表達更為靜寂的心境：

> 江水深無聲，江雲夜不明，抱琴舟上彈，棲鳥林中驚，
> 游魚為跳躍，山風助清泠，境寂聽愈真，絃舒心已平，
> ……。
> 琴聲雖可狀，琴意誰可聽。〔註91〕

人在靜寂無掛礙的心境中其聽覺感知往往會更加地真實貼切（「境寂聽愈真」），在音樂琴音的旋律舒展中，人的內心也會更加平靜（「絃舒心已平」）。最後兩句「琴聲雖可狀，琴意誰可聽」指出了「神韻」的真諦，即是要超越具體形貌的把捉而進入「意」的感知。

在視覺到了極限窮盡時，聽覺聲響可能變成一種轉折生機：

〔註90〕王安石：〈金陵即事〉其三，《全宋詩》。
〔註91〕歐陽修：〈江上彈琴〉，《全宋詩》。

> 躡蹻上高山，探險慕幽賞，物驚澗芳早，忽望巖扉敞，
> 林窮路已迷，但逐樵歌響。〔註92〕

詩人在林窮路迷的情況，只能依著聲音（「樵歌」）重新尋找出口（「林窮路已迷，但逐樵歌響」）。林窮路迷乃因天色昏暗，視線受阻，在此視覺的，現實的盡頭，聲音可能成為另一種依憑，這就如同「柳暗花明又一村」那般，是一種絕望中重見生機的體驗。

間隔的遠方聲響打破了眼前視域的侷限，帶動了「神韻」詩人的心靈往遠方探尋的方向與標的。就算不是間隔一個物象或一段距離而聽聞，聽覺本身即具有不受現實當下侷限的超越特質。聽覺常具有超越面對面的取向而使心靈能夠穿越物理空間的限制而向外奔馳，追索著四周自然物象的律動與氣息。間隔朦朧的感知方式其中往往超越了感官的本能極限，是以著敏銳的知覺去感知自身所在之外的範限。有所間隔的距離是帶動詩人通往超越昇華之境的關鍵，同時也是想像的起點。

參、「無中心散漫式」感知方式

前面討論的是以「家」（自我）作為中心的感知方式，在此則要進一步探討「無中心散漫式」感知方式。上文所說的「中心式」是以一個「屋舍」（窗框）為中心觀看物象或聽聞聲音，其間可以很明顯地感覺詩人主體與其所在的屋舍中心有很緊密的關係。在此段所說的「無中心」的感知方式中，已看不到詩人主體作為中心，或者說，不以一個屋舍或物象作為中心，不但自我的中心已經泯除，而且詩人的精神像是進而散漫在廣大的空間之中。

在上文「中心式」感知方式中討論的重點是詩人所感知的「方式」，以聽覺來說，是在那裡聽聞？間隔什麼而聽？而此段所論「散漫式」的感知方式主要則不是說明詩人主體感知的方式，而是直接呈現詩人所感知到的物象與感覺在那裡？從何處來？又往那裡去？

〔註92〕歐陽修：〈遊龍門分題十五首〉其一，《全宋詩》。

此種心靈感知模式並不以一個物象或空間作爲感知的間隔中心，人的感官知覺、其所感知到的現象與外在空間都傾向是與主體平等的物象，主體像是隱匿了。同時，這種「散漫式」的感知模式不是依憑空間而間隔感知，而是靠著空間將感知到的物象呈現出來，詩人將其感知擴展爲一種空間意境，將空間變成爲承載所感知之對象的一種框架。或者說，前面所說的「中心式」感知方式是詩人依憑一個空間而感知，但這裡，依憑空間的不是詩人主體，而是物象本身。在「中心式」的感知方式中，物象與感覺都環繞一個中心點，或者必須穿透一個中心點而向水平方向延伸出去，但在這種「散漫式」的感知方式中，雖在一個區域之中，卻不凝滯在一個中心點上，感覺有一種飄散的感覺流轉出來。

　　這種將自我主體隱匿的「散漫式」感知方式既是一種超然的狀態（與「中心式」相較，主體不在其中），但也可以換一個角度看，像是將人的自我延伸爲空間的一部分，這在中國傳統之中若是要找一個源頭可以在盤古神話中看到：

　　　　天地混沌如雞子，盤古生其中，萬八千歲，天地開闢，陽清爲天，陰濁爲地。盤古在其中，一日九變，神於天，聖於地。天日高一丈，地日厚一丈，盤古日長一丈，如此萬八千歲。天數極高，地數極深，盤古極長，後乃有三皇。〔註93〕

在這則原始神話中，人的生命成長是與空間同步成長的。〔註94〕就中國人的原初觀點而言，天地間本來可以說是沒有空間概念，是「混沌」如「雞子」的（「大地混沌如雞子」）。其後「天地開闢」，空間概念慢慢形成，人的身體才相隨著空間概念的形成而成長（「天日高一丈，地日厚一丈，盤古日長一丈」）。也就是說，在中國人的原始

〔註93〕袁珂，周明編：《中國神話資料萃編》（四川：四川省社會科學院出版社，1985），頁6。

〔註94〕可參考張曉風：〈中國詩中時間與空間並峙的現象—乾坤萬里眼，時序百年心〉，《古典文學》第十一集（台北：台灣學生書局，1990），頁69。

心靈之中，人的身體與生命的成長是植基於宇宙空間的形成與擴大，而後，這個隨著宇宙之空間成長的身體就成為中國人的始祖「三皇」（「天數極高，地數極深，盤古極長，後乃有三皇」）。由此可看出在中國的傳統裡，人的身體、生命與空間有著不可分割的關係。

在中國傳統的思想脈絡中，很早就可以看到人們想要把身體（往後進而是精神）向整個宇宙空間擴展開來的想法：

> 元氣濛鴻，萌芽茲始，……，首生盤古，垂死化身，氣成風雲，聲為雷霆。左眼為日，右眼為月，四肢五體為四極五嶽，血液為江河，筋脈為地理，肌肉為田土，髮髭為星晨，皮毛為草木，齒骨為金玉，精髓為珠石，汗流為雨澤；身之諸蟲，因風所惑，化為黎甿。〔註95〕

原古神人盤古不只在身體的成長上與天地之開闢同步，其死後，身體也進而延伸為世界的各個部分，化為世界的空間概念（「左眼為日，右眼為月，四肢五體為四極五嶽」），所以說中國古早似乎就有以人的身體去延伸、佔領到空間之中的想法。然後，又從身體的延伸轉為精神向宇宙空間的吐納擴展，這些都是想把有限的人延伸到無限的空間之中的渴望。

這裡先以聽覺與空間的依憑關係來看此種「無中心散漫式」感知方式的特點。在許多「神韻」詩裡，寫到聽覺的時候往往在其前或其後都會引出空間場景：一種是先寫聲音，再引出空間區域；另一種是先寫空間區域，再引出聲音，此皆說明詩人感知聲音的方式常依憑著空間。然而在這種「無中心散漫式」感知方式中，詩中並不存在一個以詩人自我或房舍為中心的點，但是詩人通常會為他所感覺到的聲音找到一個空間作為起點或落點，又像是要把所感知到的東西與某一個空間組合起來的感覺。在聲音與空間相互依憑的表述（感知）方式中，我們可以看到詩人主體像是隱匿不見了，又像是詩人把自身的感官延伸為空間的一部分。

〔註95〕袁珂，周明編：《中國神話資料萃編》，同前，頁6。

　　連續的聲音在本質上應該是在時間之中流逝的，是必須在時間之中被感知的。以音樂來說，音樂的旋律感就像是一種隨時間而滑過的東西，不能停頓一個拍子，只要停一個拍子的時間就會走調。當然，不連續的聲音也可以錯失一些時間而變成為跳躍性的感覺，但是聲音在本質上畢竟與時間的關係或多或少是密切的。至於聲音與空間則不一定非要結合在一起，人可以不特別意識空間而感知聲音的存在。但是在這些「神韻」詩例之中卻有一個常見的現象，即是聲音常與空間相伴隨而感知，甚至有一種「聲音空間化」的傾向。聲音所被關注的不是它是否悅耳，而是它從那裡來，又在那一個空間場域中響起。可以說，「神韻」詩裡充滿「聲音空間化」的特質，詩人不只是聽到聲音就滿足，還要把它延伸為世界空間的一部分。而這種聲音與空間區域結合的方式，主要是靠聲音響透在某一個空間區範中，或是由某一個空間區範中傳響出聲音的方式，帶出人的感官與空間區域緊密結合的另類想像世界。「聲音」的本質是流動的，「空間」的本質是定止的，流動的聲音使原本固定不動的空間也跟著搖動起來，變成具有旋律與節奏的音樂性空間，因此在聲音與空間的搭配中，特別能突顯「神韻」追求流動與定止相結合的心靈律動。

一、先引「聲音」，再寫「空間」

　　先說「無中心散漫式」感知方式常見的一種模式：先引「聲音」再寫「空間」，看以下這首詩：

　　　　杪秋尋遠山，山遠行不成。
　　　　……。
　　　　秋泉鳴北澗，哀猿響南巒。
　　　　……。
　　　　儻遇浮丘公，長絕子徽音。〔註96〕

「秋泉鳴北澗，哀猿響南巒」是先引出聲音再引出空間，在這種感知

〔註96〕謝靈運：〈登臨海嶠初發彊中作與從弟惠連見羊何共和之〉，王士禛《古今詩選》（上），卷7。

方式中，詩人主體已經不是中心，而是呈現發出聲音的自然主體與空間之間的依憑關係。

又如以下的例子：

> 蜀道有花名龍爪，花色殷紅，秋日開林薄間，甚艷；又有蟲，其聲清越如擊磬然，予壬子初入蜀曾有絕句云：「稻熟田家雨又風，枝枝龍爪出林紅。數聲清磬不知處，山子晚啼黃葉中。」〔註97〕

「數聲清磬不知處，山子晚啼黃葉中」也是將聲音（「山子晚啼」）放在一個類似空間性質的包圍區域中（「黃葉中」）。聲音在本質上是空間範圍不確定的東西，「山子」之聲也可擴出「黃葉中」的範圍。但是強調一個空間範限，一方面可以點出發出聲音的物象所在的位置，同時也讓流轉的聲響有安頓停歇的著點，完成流動與定止的韻律組合。

在「神韻」的感知方式中，詩人所要把握的往往是在大自然的廣博萬象中找出最為美妙的瞬間與位置，因此光抓出一個自然聲響並不夠，還要賦予它最令人驚異的時間與空間的點，看王維的詩：

> 人閑桂花落，夜靜春山空。
> 月出驚山鳥，時鳴春澗中。〔註98〕

「山鳥」的聲音在時間上與空間上是不確定也不固定的，但是詩人卻以「月出」點出它的確定時間，而以「春澗中」點出它的空間場域（「月出驚山鳥，時鳴春澗中」），由此讓原本平凡的「山鳥之音」變得姿態婆娑起來。

在這種「散漫式」感知方式中，聲音既是來自他方的東西，也不環繞詩人主體：

> 鐘聲自仙掖，月色近霜臺。〔註99〕

詩人只是點出「鐘聲」來自那一個空間位置，「月色」又移向那一個

〔註97〕王士禛：《香祖筆記》，《帶經堂詩話》，卷16，頁460。
〔註98〕王維：〈鳥鳴澗〉，王士禛：《唐人萬首絕句選》，卷1，頁19。
〔註99〕錢起：〈和萬年成少府寓直〉，《全唐詩》。

位置，作者像是隱匿不見了，不像「環繞式」感知方式那樣可以明顯地感覺到作者的現場性。

在這類「散漫式」感知的詩中所展現的是聲音與空間的相互關係，不是詩人主體對空間的依靠性：

> 入高座寺，訪山雨上人。時晨雨方零，空山寂歷，宿鳥聞剝啄聲，撲剌驚起。坐僧樓，汎覽壁間衲子詩，有「鳥鳴山寺曉」之句，賞其幽絕。〔註100〕

「鳥鳴山寺曉」是先寫聲音（「鳥鳴」），再引出空間（「山寺」），並由前面的聲音引出後面之空間的變化狀況（「曉」）。因為聲音具有點醒的作用，因此讓人感受到「鳥鳴山更幽」的寂靜幽絕。

二、先寫「空間」，再引出「聲音」

另一種相反的表現方式是：先點出一個空間性的場景，然後才引出聲音。例如「神韻」詩論家司空圖的論述中即有這種表現方式：

> 采采流水，蓬蓬遠春，窈窕深谷，時見美人，碧桃滿樹，風日水濱，柳陰路曲，流鶯比鄰，乘之愈往，識之愈真，如將不盡，與古為新。〔註101〕

「柳陰路曲，流鶯比鄰」即是先點出一個曲折的路徑空間，然後才引出聽覺（「流鶯」），這正是「散漫性」感知方式的特質，並不環繞一個中心而展開感覺，而是把感覺分散到空間之中。雖然規區在一個空間範圍之中，但感覺好像到處飄散，沒有一個中心點。但因為已經將無限流轉的聲響限定了範圍，因而流動中不時地透出定止的意味。

又如這首詩：

> 向來松檜欣無恙，坐久復聞南澗鐘。
>
> 隱隱修廊人語絕，四山滴瀝雪鳴風。〔註102〕

最後兩句都是先寫空間（「修廊」、「四山」）然後引出聲音（「人語」、

〔註100〕王士禎：《漁洋文》，《帶經堂詩話》，卷20，頁578。

〔註101〕司空圖：〈纖穠〉，同前，頁8。

〔註102〕王士禎：《池北偶談》，《帶經堂詩話》，卷9，頁203。

「雪鳴風」），感覺上雖無特定中心點，但是卻可以限定在一個區域範圍中，而且因著兩者在時間上具有交替與接續之性質，如此在流動之中兼有間歇定止之感。

再看何遜的詩：

寒鳥樹間響，落星川際浮。〔註103〕

在此是以感知的對象與其所在的區域之間的依憑關係相組合，「寒鳥」的聲音是以「樹間」區範，「落星」的投影是在「川際」上懸浮飄蕩，兩句加起來則又帶出岸上與水中的空間距離。

又如以下這首詩：

蒼蒼竹林寺，杳杳鐘聲晚，荷笠帶斜陽，青山獨歸遠。〔註104〕

在「散漫式」感知方式中，一方面總是可以看到詩人在感知聲音的時候往往會先確認一個空間位置（「竹林寺」），同時其所感知的聲音有時還可以與空間成為一種對比，形成定止不動的空間（「蒼蒼竹林寺」）與流動飄蕩的聲響（「杳杳鐘聲晚」）的對比與映照。

這首詩也是先點出一個空間場（「長松」），再引出聲音（「梵聲」）：

軟草承趺坐，長松響梵聲。〔註105〕

確定某個空間範圍作為聲音發出的中心區域，雖看不到作者自己，但讀者可以感覺到作者好像已經散漫延伸到那「長松」的空間中，其心靈也和著「梵聲」而流轉。

再看王維的詩：

積雨空林煙火遲，蒸藜炊黍餉東菑，漠漠水田飛白鷺，
陰陰夏木囀黃鸝，山中習靜觀朝槿，松下清齋折露葵，
野老與人爭席罷，海鷗何事更相疑。〔註106〕

在這種先寫一個區域，再引出聲音的感知方式中，感覺上散漫無中心點，聲音像是要由此空間區域不斷流散出來（「陰陰夏木囀黃鸝」），

〔註103〕何遜：〈下方山〉。
〔註104〕劉長卿：〈送靈澈上人〉，《全唐詩》。
〔註105〕王維：〈登辨覺寺〉，《全唐詩》。
〔註106〕王維：〈積雨輞川莊作〉，《全唐詩》。

而且因著聲音的流轉，使原本不動的空間也變得有動感節奏。

　　以下這首詩也是在聲音（「人語」）之前標明一個空間區域（「空江」）：

　　　　眾嶺猿嘯重，空江人語響。〔註107〕

這裡，空間是確認聲音的位置標誌，不是作爲一個中心感知點。

　　在「散漫式」的感知方式中雖然沒有中心點，但空間位置常是聲音發響的依憑：

　　　　春巖瀑泉響，夜久山已寂。

　　　　明月淨松林，千峰同一色。〔註108〕

這首詩前兩句寫聽覺，後兩句寫視覺。「春巖瀑泉響」也是先點出一個空間性的場景（「春巖」）才引出聲音，「瀑泉響」之前因有「春巖」，而使泉音有拍打擊響的背景。

　　再如：

　　　　右丞詩：「萬壑樹參天，千山響杜鵑。山中一夜雨，樹
　　　　杪百重泉。」興來神來，天然入妙，不可湊泊。〔註109〕

「千山響杜鵑」是先寫一個類似空間性質的區域範圍（「千山」），再引出「杜鵑」之聲。這首詩藉著空間範圍的廣大（「千山」）特別突顯出「杜鵑」啼聲的壯闊，且由於聲音迴響的空間範圍甚廣，因而使整個原本靜止的空間像是震動流轉了起來，因而可謂「天然入妙」。

　　在這種「無中心散漫式」的感知方式中，先點出空間場景有時就像是給予聲音一個奔馳流轉的場域：

　　　　躋險築幽居，披雲臥石門，苔滑誰能步，葛弱豈可捫，
　　　　……。

　　　　俯濯石下潭，仰看條上猿，早聞夕飆急，晚見朝日暾，
　　　　崖傾光難留，林深響易奔。……

〔註107〕劉長卿：〈浮石瀨〉，《全唐詩》。

〔註108〕歐陽修：〈遊龍門分題十五首〉其七，《全宋詩》。

〔註109〕王士禛：《古夫于亭雜錄》，《帶經堂詩話》，卷18，頁518。

匪爲眾人說，冀爲智者論。〔註110〕

這裡是在視角的自由轉變中帶出感官的流轉（「俯濯石下潭，仰看條上猿」），「林深響易奔」是指出空間的深度可以使聽覺聲響有奔馳飛躍的場域。在「散漫式」的感知方式中，感知的對象若是不斷移動，也不會環繞一個中心，而是散漫奔放於自然空間之中。

以下這首詩則直接把聲音當作一種空間性的場域，而且詩人像是把自我延伸到此空間化的聲響裡：

百蟲聲裡坐，夜色共冥冥，遠憶諸峰頂，曾栖此性靈，

月華澄有象，詩思在無形，微曙都忘寢，虛窗日照經。〔註111〕

詩人坐在「百蟲聲」所發響的音域中，彷彿將聲音當成一種空間場域。此聲音的空間化體現出詩人自我、外在聲響、澹澹夜色已完全交融在一起，共同譜織出一種物我無分的「冥冥」之境，表現出詩人清朗澄澈的「性靈」。

在「散漫式」感知方式中，詩人在聽聞聲音的時候往往是先體會確認一個空間位置，可以說聽覺與空間有著一種相互依憑的關係，也有一種對比與相互映照的關係。而聲音與一個空間位置範圍結合起來，才能夠開創出流動與靜止相互平衡的美感心境。整體言之，不論是「中心式」的感知方式，還是「散漫無中心」的感知方式，都與空間有著密不可分的關係。

肆、晏坐與空間（場所）

最後我們可以在傳統中的「晏坐」觀與空間的密切關係中看到上述「中心式」與「散漫無中心」兩種感知方式的綜合。一般的情況裡，晏坐多半是在一個屋舍裡，這傾向於「中心式」的感知方式。但是有些晏坐所選擇的空間會有所擴大：由房舍的空間概念進一步

〔註110〕謝靈運：〈石門新營所住四面高山迴溪石瀨茂林脩竹〉，王士禎：《古今詩選》（上），卷7。

〔註111〕齊己：〈夜坐〉，《全唐詩》。

擴展到一片樹林裡，乃至自然中的一個位置或場所中，〔註112〕因而有時又接近「無中心」而成為「散漫式」的感知方式，但不論那一種方式都是依憑一個空間作為人們超越冥想與感知的起點。

　　先秦各家已談到「晏坐」的觀念，如《莊子》一書即談到「心齋」與「坐忘」：

　　　回曰：「敢問心齋？」仲尼曰：「…。唯道集虛，虛也者，心齋也。」…。瞻彼闋者，虛室生白，吉祥止止。夫且不止，是之謂坐馳。夫徇耳目內通，而外於心知，鬼神將來舍，而況人乎？〔註113〕

所謂的「心齋」即是坐處「虛室」的空間，但耳目心靈卻能夠「坐馳」遠想。

　　其後禪佛晏坐風氣的引入，對於傳統士人依憑空間作為中心以達到心神超越放逸的方式也有很重要的影響。這裡以晏坐風氣極盛的唐代為例來說明，「唐代文人晏坐之風極盛，且唐人習禪不一定在寺院裡」，〔註114〕由靜室到屋舍外面的小池畔、樹林、乃至園林都可以是士人「習禪」或進行超越之冥想的場所。由於「禪門的山寺叢林往往是當世文人遠離塵俗的地方，因而『林下』二字也成為習禪與清幽靜遠的代表」，〔註115〕如：「暝宿長林下，焚香臥瑤席」（王維：〈藍田山石門精舍〉）這首詩正表徵「林下風流」，由此可看出空間與心靈之超越冥想的密切關係。當然，中國傳統士人的晏坐與佛禪本身之真義的追求不一定是等同的，他們的晏坐也不一定在內心確實地追尋禪佛

〔註112〕可參考亞里斯多得對於場所所作的定義：場所是謂包涵者與被包涵者之間的界限，而連結著其兩者所佔的空間。見曾霄容：《超現實存在論——形上學基礎篇：時空論》（台北：青文出版社，1972），頁8。

〔註113〕《莊子·人間世》，郭慶藩輯：《莊子集釋》，同前，頁147～150。

〔註114〕唐人除了採維摩宴坐禪觀，也兼取北禪或小乘禪；道教的靜坐方法。參見蕭麗華：《唐代詩歌與禪學》（台北：東大圖書，1997），頁46。

〔註115〕「林下風流」也成為禪宗文化影響下的表徵。蕭麗華：《唐代詩歌與禪學》，同前，頁49。

之理，但是晏坐的目的總是一種超越凡俗之羈擾的清空冥想。傳統士人「晏坐」的空間除了具體的大空間（房舍、林下）之外，「庭竹、坐石、巖嶺都可是宴坐場所的象徵」，〔註116〕所以說「場所」對於晏坐是很重要的。當然，「物體」並不完全等同於「空間」，只是在這些詩中的物體至少具有「位置」的意味。〔註117〕整體來說，依憑一個小池畔或物象作爲晏坐場所的方式比較接近上文所說的「中心式」感知方式，而在諸如「林下風流」的宴坐方式中，詩人主體彷彿延伸到整個林中空間，又可以說是接近「散漫式」的感知方式。

以下這首詩的情況比較接近「中心式」感知方式，主要是以屋舍爲中心進行冥想：

林中空寂舍，階下終南山，高臥一床上，迴看六合間，
浮雲幾處滅，飛鳥何時還，問義天人接，無心世界閒，
誰知大隱客，兄弟字追攀。〔註118〕

詩人在「林中」的「空寂舍」中感知外面的世界，躺在屋舍裡的高床上「迴看」冥想宇宙六合。當人以「無心」之境來靜觀萬物，即可感受到世界的自得逍遙（「問義天人接，無心世界閒」），此即是所謂的「大隱」。

又如這首詩是以「石」這個物象作爲心靈修練的中心位置：

色相栽花視，身心坐石修。〔註119〕

所謂的「晏坐」並不只是身體的坐下，更是心靈放下與休憩的姿態。

再看蘇轍的詩：

〔註116〕 此外，諸如松風、白雲、水月都是禪心的代表，花色、猿啼、鳥啼、水波都是心境的映襯與象喻。蕭麗華：《唐代詩歌與禪學》，同前，頁65。
〔註117〕 關於空間與物體的區分，可參考亞里士多得的說法：「且說空間雖然有三維：長、闊、高──它們是定限一切物體的。但空間不能是物體」。又，「每一事物的空間既不是事物的部分，也不是事物的狀況，而是可以和事物分離的」。見亞里士多得：《物理學》，同前註，頁94～96）。
〔註118〕 王縉：〈同王昌齡裴迪游青龍曇壁上人兄院集和兄維〉，《全唐詩》。
〔註119〕 喩鳧：〈題弘濟寺不出院僧〉，《全唐詩》。

洞府無依水面開，秋潮每到洞門回。

幽人燕坐門前石，長看長淮船去來。〔註120〕

詩人坐在門前的石上（一個位置），以著不受鐘錶時間規制的漫長時間，觀察體會淮水岸邊船隻的來來去去（「幽人燕坐門前石，長看長淮船去來」）。「去來」二字除了指船隻的來去，更象徵詩人思考的破立與循環往復的心靈韻律。

以下這首詩也是以「磐石」作為心閒的表徵：

聲喧亂石中，色靜深松裏。……。

我心素已閒，清川澹如此，請留磐石上，垂釣將已矣。〔註121〕

至於這一首則以抽象空間（「白雲端」）作為「晏坐」的想像地點：

宴坐白雲端，清江直下看，來人望金剎，講席繞香壇。

虎嘯夜林動，鼉鳴秋澗寒，眾音徒起滅，心在靜中觀。〔註122〕

在晏坐的情境中，對於聲音的欣賞可以不用耳聽，而轉用「觀」的，這是由於用心去感知的緣故（「眾音徒起滅，心在靜中觀」），在心靜無罣礙的情況中，感官知能之間便可以流轉互對。

詩人晏坐的地方有時選擇在較大的自然空間場域中：〔註123〕

香岫懸金剎，飛泉界石門，空山唯習靜，中夜寂無喧。

說法初聞鳥，看心欲定猿，寥寥隔塵市，何異武陵源。〔註124〕

詩人在「空山」裡「習靜」，並指出自己所在的「空山」正如「武陵源」般，能使人的心境遠離「塵市」而進入寂靜而超越的境界。

在「晏坐」的感知方式中有時以屋舍或物象（坐石）作為中心，有時自我又像是延伸到整個廣大的空間之中（諸如庭竹、巖嶺、樹林等），所以可以說是上述「中心式」或「散漫式」兩種感知方式的綜合。由上述的討論可以看到，不論是「中心式」或「散漫式」感知方

〔註120〕蘇轍：〈和子瞻濠州七絕：浮山洞〉，《全宋詩》。
〔註121〕王維：〈青溪〉，《全唐詩》。
〔註122〕劉禹錫：〈宿誠禪師山房題贈〉，《全唐詩》。
〔註123〕「晏坐」除了精神上的養息，也包括身體上的養沛。如「病宜多晏坐」（元稹：〈悟禪三首寄胡果〉）。
〔註124〕宋之問：〈宿清遠峽山寺〉，《全唐詩》。

式都具有以空間作爲一種過渡中心的間隔特質，都是屬於「俯仰宇宙觀」的一種超越性知覺方式。

在進入神韻詩「呈現方式」的討論之前，這裡先將本章所提出的幾種感知方式與下文所要討論的幾種空間型態作一個簡單的對應關係。下文針對「神韻」詩的整體空間意境所劃分的兩種空間類型（「田園式」與「山水式」空間型態）可以放在本章一開頭所說的感知空間的兩種基礎類型上來看。相對而論，「田園式」空間型態比較接近以「俯仰宇宙觀」包納世界的方式，而「山水式」空間型態則傾向於以行動征服空間，並感到「徬徨不安」的類型。當然，這只是相對而論，其實中國傳統文人主要的感知方式基本上離不開「俯仰宇宙觀」，因此可以看到「山水式」空間型態中還是會在行動之中不時地浮現「俯仰宇宙觀」的感知模式。此外，若是把「俯仰宇宙觀」所延伸的幾種感知方式放到「田園式」空間型態中來看，下文所說的陶淵明詩式的「環狀空間」型態可以說是由「中心環繞式」感知方式而來；至於王維詩所開展的「未定解讀」畫式空間型態，則是將此「中心式」感知方式與「無中心散漫式」感知方式交融的類型。而「神韻」詩整體表徵言外意境的基礎方式：景物與位置之組合關係主要可以說是「無中心散漫式」感知方式的延伸。

第二章　由自然景物與情境論空間意境的基礎

前　言

　　「神韻」詩的感知方式往往是透過一個空間性的物象（乃至場景）作為一種中界與過渡，以此間隔朦朧地感知物象與世界。同樣的，「神韻」詩的呈現方式也有類似的特質，亦是透過展開空間性的感覺來朦朧間隔地呈現其言外意旨。由於「神韻」詩所呈現的空間意境與自然景物的運用有著不可分割的關係，所以本章首先說明自然景物在「神韻」傳統之中的意義與價值，並由自然情境——山水與田園來論「神韻」詩表徵空間意境的基礎，以此作為下文討論其「呈現方式」的前引。

壹、「言外之意」傳統與自然景物的關聯

　　「神韻」詩的呈現方式常是透過展開空間性的感覺來朦朧間隔地呈現其言外意旨，因此，必須先說明「神韻」詩與自然景物的密切關係。也就是論到「神韻」與空間概念的聯繫，首先要由「神韻」與自然的關連性說起。怎麼說呢？一方面是由於不論是在感知或呈現方式中，作為過渡的那一個具有空間性質的中介常都與自然物象

有關，﹝註1﹞另一方面則在於「神韻」詩的表述理想乃在於達到「言有盡，而意無窮」的境界，而這種間隔朦朧的美感意境，雖然可能依賴許多不同的方式構成，但其中有一個重要的組成原質之一即是自然景物的營造。若是捨去自然景物的運用，「神韻」詩中的空間感應該是無法展現的。職是，下文在說明「神韻」詩所透露的特殊感知方式與所展現的基本空間意境之前，必須先說明「神韻」傳統與自然景物的密切關係。

「神韻」詩最高的意境是要追求「言有盡而意無窮」、「不著一字，盡得風流」，「味外味」、「象外之象」的意境。但是，很顯然地，對於「言有盡而意無窮」的追求不單是「神韻」詩派的重心，也是中國古典詩論發展的主軸。這樣一種對於作品的表現方式與意境的要求，並不只是司空圖等人所獨創的，也是整個中國文學傳統一直在探討的問題，諸如「言意之辨」、乃至「含蓄」的美學都是這個理論的前導，或者說是相互牽引的相關探討。

中國從一開始就有著對於「意無窮」之境界的追求。打從先秦時代，《易》與《莊子》早已開始對這一問題有所探究。蔡英俊就爲「意在言外」的「含蓄」﹝註2﹞美典追索出一個發展概況，以之爲「中國古典詩論發展的主線」：從先秦的《莊子》、《易傳》對言意之辨的探討；到漢代學者對於《詩經》、《楚辭》取興或譬喻之手法的詮釋、或如〈毛詩序〉所倡言的「主文而譎諫」，及其引申而來的獨特用言方式；即至魏晉時代，「緣情」觀念提出之後，對於借助自然

﹝註1﹞ 關於景物與空間的基本關連性，我們首先可以由亞里斯多得的理論看到。可參閱導論。

﹝註2﹞ 值得注意的是，不論是「含蓄」、「寄託」還是「意在言外」等等說法雖然都是要解決語言的有限性，以達到無窮的意。不過，這些概念還可以作一個不同層次的區分，蔡英俊認爲：「意在言外」是代表一種獨特的驅遣語言的創作理念或創作模式，其所體現的是，「含蓄」的審美價值或審美理想，而「寄託」則應該被看成是成就「含蓄」美典的表現手法之一。見蔡英俊〈中國古典詩論中「含蓄」美典的理論基礎（Ⅰ）：語言與意義的論題〉，《文哲所集刊》，2001 年 4 月。

物象表達情志的思考（諸如劉勰倡言的「以少總多，情貌無遺」的觀念）等等，似乎每一個階段都爲「意在言外」的美典加入一些新的見解與成分，使之漸漸變得充實。〔註3〕此外，這當中其實綜合著兩種不同層面的交互發展：一是「含蓄」成爲一種美學典範的確立過程；一是用言方式的思考，即如何借助寓言、形象化喻示、自然物象等表現無盡之意的探索。這條發展路線可以說正是「神韻」派詩論家：司空圖的「韻外之致」與嚴羽的「興趣說」的前導。同時，這裡其實也交叉著中國兩大不同詩派的發展：「寄託」一派與「神韻」一派。〔註4〕這兩派雖在詩的內容精神上完全不同（「寄託」總是包含著對於君國之憂思，「神韻」卻主張性情解放），但是卻都追求「含蓄」的美典。

　　循上而論，「神韻」詩的發展與傳統古典詩的發展是交錯的（其實「神韻」詩自也是傳統古典詩的一部分），它們基本上都是以「言外意境」作爲最高要求。所以，「神韻」詩到底該如何界定，該如何突顯其特殊的性質，似乎是在於是其特殊的「言外意境」的內容爲何？以及其表現言外意境的特殊方式爲何？

　　若是先不論「神韻」詩其特殊的「言外意境」的內容爲何，單就其表現言外之意的媒介（方式）來說，「神韻」詩與傳統詩歌都有著以自然景物作爲表意媒介的方式，如此該如何界定「神韻」的特質呢？似乎必須找出自然景物在「神韻」傳統之中是否有那些突出的意義與價值，以及「神韻」詩運用自然景物有何特殊的方式。

　　先就整個追求言外意境的傳統來看，它是用什麼方式或借用什麼媒介來達到言外之音的呢？自然景物可以說是一個最基本而主要的原質。這裡簡略以幾個與意在言外理論相關的論點：諸如「象外象」、

〔註3〕蔡英俊：〈中國古典詩論中「含蓄」美典的理論基礎（Ⅰ）：語言與意義的論題〉，同前。

〔註4〕關於「寄託」，可參閱施逢雨：〈「旁通」與寄託——兩種解讀詩詞的特殊方式〉，《清華學報》新23卷第一期（1993年3月）。

「情景交融」等問題來探討這個問題，整體來說這些命題都與自然景物有關。

「象外之象」是常與言外之意相提的術語。先就「象」的概念來說，對於「象」的最初緣起：《周易》中的「象」的概念的解釋，學界多半認為是「指涉具體的自然物象」。〔註5〕至於所謂的「象外之象」（乃至「景外之景」）的意義，若是將前後的「象」分開來說明就可以很清楚：「前一個象和景，指的是詩歌形象中具體的有形的描寫，後一個象和景，指的則是由前一個象和景所暗示和象徵出來的一個無形的、虛幻的景象」。〔註6〕所以說，「象外之象」這言外之意的表出是利用實象、實景表徵抽象之意境，而這實象、實景與自然景物當然不可分割。

此外，傳統言外之意的路線與自然景物的聯繫，還可以「情」、「景」的概念來說明。因為「情」、「景」的討論本就是要就方法上與意境上討論詩歌的感情如何運用自然景物達到某種高妙的境界（這自是言外之意的終極目標）。雖然「情景交融」的觀念獨立成詞，大約要到南宋中晚期才正式提出，〔註7〕但是就中國文學批評的理論發展來說，探討詩歌的情感與自然景物關係的批評觀念，其實起源甚早。〔註8〕在「情」、「景」概念的討論中，主要也是「以景物作為一種與情感相互觸引、感發」的對象或手段。〔註9〕

由以上幾個概念可大體看出「意在言外」的傳統是以自然景物作為創作時感物的對象，或是作為呈現情感的重要媒介。在整體的大方

〔註5〕蔡英俊：〈中國古典詩論中「含蓄」美典的理論基礎（Ⅰ）：語言與意義的論題〉，同前。

〔註6〕張少康：〈象外之象，景外之景——論司空圖的《詩品》〉，《古典文藝美學論稿》（台北：淑馨出版社，1989），頁340。

〔註7〕諸如南宋黃昇的《中興以來絕妙詞選》。參閱蔡英俊：《比興物色與情景交融》（台北：大安出版社，1986），頁2～6。

〔註8〕譬如兩漢經學家對於「比」、「興」觀念的檢討等等。參閱蔡英俊：《比興物色與情景交融》同前，頁1。

〔註9〕蔡英俊：《比興物色與情景交融》同前註，頁17。

向上，中國詩歌傳統是以自然景物作為一種表達詩歌意境的手段，但並不特別強調以景物作為一種特殊的價值。總合來說，傳統這一條追求含蓄的美學線路，常是透過具體的、自然景物的描寫來達到的，而「神韻」作為古典詩的一部分，自也有以「景」物作為傳達感情之媒介的方式。然而，除此之外，自然景物是否還有一些意義與價值是「神韻」詩所特別強調的呢？以下我們就根據這個方向探討「神韻」傳統對自然的界定。

貳、自然景物在「神韻」傳統中的超越意義與價值

上文已論及，若是就表現言外意境的媒介（方式）來說，顯然「神韻」詩與傳統詩歌都有著以自然景物作為表意媒介的主要傾向。因此，要突顯「神韻」的特質，似乎還要尋找在「神韻」傳統中自然景物有何特殊的意義。導論中曾提到，「神韻」傳統在表達超越之意境的過程中，所遇到的主要問題是必須要找一個形式來依託，而在各種形式之中，有一個主要方向即是自然景物。但是，整體來說，在「神韻」詩中自然景物不止是手段，有時還是詩的內容與主體，因為「神韻」傳統曾經過一個階段是在放逸雲壑間感受自然的啟迪，也因此其發展為以「清淡閒遠」之風格為主。可以說自然景物是「神韻」詩中很重要的依託，具有內容與形式上的重要性。

一、自然山水的「超越」意義

要說明自然景物對於「神韻」的特殊意義，我們首先必須放在「神韻」的最基本原質：「超越」特徵上來看。由於下文所要討論的主要是「神韻」詩作的呈現方式，所以必須把「神韻」的超越特質放到文學上來定位。

若要瞭解「神韻」詩在中國文學傳統中的超越性，我們首先可以放在中國文學傳統中的主要線索來說明。傳統詩歌有一條最重要的線索即是，在創作與理論上均「不斷與現實政治發生關連、互為

變項」的特性。〔註10〕而文學之創作與理論不斷與現實政治發生關連、互為變項的更替結果，使得中國文學傳統中對於詩歌功能的期許大致分化為兩大類型：一類是「強調詩歌的社會意義與教化功能」；另一類是「強調詩歌的美感意義與藝術效果」。〔註11〕傳統詩歌正是有時靠向政治現實，以政教為主；有時則欲脫離政治，尋求以美感意境為主。如果把「神韻」放在傳統詩歌的這兩類功能上來定位，可以這麼說，當詩歌由政教實際功能解脫出來，意欲朝向美感意境超越的那一個階段中，即可以說是最廣義的「神韻」。或者說，在每一次文學想要脫離政治的那一個階段或過程中，總是為「神韻」帶入一些超越的意境與成份，而「神韻」詩的特徵正是如此間歇性地在文學脫離政教系統的階段中不斷成長茁壯。當然，並不是每一次脫離政教現實的束縛都可以算是「神韻」詩的脈絡，但是「神韻」的因子總是或多或少可以在這些企圖超越現實的追求之中尋找到。在對於政教現實這一範圍的衝破與超越中，「神韻」首先就找到了一個屬於它自己的內容，接下來即是如何更為精確地找到它自己的重要質素，自然景物可以說正是「神韻」傳統在超越的努力之中，在形式上與內容上所找到的一個重要的依憑。

接下來正式說明自然山水的超越意義。上文已經說明中國傳統中存在著一條不斷地從詩歌政教化、現實功能化偏離而出的線路，我們

〔註10〕蔡英俊認為這種文學史與政治史緊緊結合的現象，正是我們了解傳統詩歌的重要線索。見蔡英俊：《比興物色與情景交融》，同前，頁164。這可以「情景交融」的理論基礎之一：「比、興」概念來說明：「在漢代知識份子的解經觀點下，詩的六義（包括「賦」、「比」、「興」這三類指稱情感表現手法的創作「技巧」）有意被賦予政治道德倫常的內容與價值，就具有了政治寄託、道德寓意的性質，而詩歌也就具有反映政治實相、倫理結構的象徵與暗碼的作用。」同前，頁117〜118。當然，這兩大類對於詩歌功能的期許，是由於多種因素所造成的，不光是比興觀念的影響。

〔註11〕這基本上是由「比」、「興」所分化成的種種特殊觀念而來。見蔡英俊：《比興物色與情景交融》，同前，頁117。

稱之為廣義的「神韻」。但是，從政教功能偏離的文學追求可以再分別往各個不同的方向散去，還可以有許多不同的選擇，可以消散分路而莫衷一是。因此可以再問，中國詩歌傳統在政教化的系統之外，是否還存在著另一條截然不同的線路？而「神韻」傳統在偏離政教系統之後又以追求什麼為主線？

　　在中國傳統中存在著一系列對於自然景物深為嚮往企慕的文學脈絡，但如何說明追求自然的線路與「神韻」是同一系統？這可以「自然」的超越特徵來說明。在傳統追求「言外之意」的脈絡裡，由「情與景」的關係看自然，整體來說是把自然景物當作一個中介。但是，中國傳統之中還有另一條脈絡，它不只重視自然本身，更把自然視為一種「超越」的價值。徐復觀在《中國藝術精神》中就曾提到中國傳統中存在著利用自然來表徵「超越」之精神意境的發展脈絡，他認為這是以莊學為基礎的精神，這種精神正是「從形中發現神，乃至忘形以發現神」（即「神韻」）的基礎。〔註12〕自然在中國傳統之中正是具有超越價值意義的一面，傳統士人對於自然的追求嚮慕，其中有一個主因即是出於「對以君權為核心的社會政治的不滿」，故而嚮往自然是「尋求一種精神上的超越與自由」。〔註13〕自然山水作品往往「具有反政治、反體制，甚至反都市、反文明」的意義。〔註14〕在追尋自然之下所潛藏的這種「逃離深淵」的精神動因，〔註15〕正是「神韻」的基本精神。可以說，對於嚴格定義下的「神韻」來說，自然景物具

〔註12〕莊子由超越而虛、靜、明之心，乃至魏晉人的清、虛、簡、遠，正是藝術發見能力的主體。見徐復觀：《中國藝術精神》，同前，頁155。

〔註13〕李春青：《烏托邦與詩：中國古代士人文化與文學價值觀》（北京：北京師範大學出版社，1996），頁334。

〔註14〕李豐楙：〈山水詩傳統與中國詩學〉，《中國詩歌研究》（台北：中央文物供應社，1985），頁108。

〔註15〕任仲倫從老子、莊子"逍遙遊"的追求、屈原之《遠遊》、陶淵明、蘇軾為例來說明這種"逃離深淵"的心態，就是拋棄現實壓抑，回到個人生活和內心索求中陶然自得。參見任仲倫：《遊山玩水－中國山水審美文化》（上海：同濟大學出版社，1991），頁122～129。

有一種特殊的超越意義，但是就比較廣義的「神韻」來說（只要脫離政教之詩歌功能的階段即可充屬「神韻」），自然景物對於「神韻」而言是追尋美感意義與藝術效果的方式與手段。

　　雖然說整體來看，自然景物在中國傳統之中具有超越之意義，但是，這是一種整體而「共時」性的判斷，這當中其實具有歷史演化的階段性。我們若是要進一步細說傳統文人對於自然景物所持觀點的轉變，可以魏晉南北朝時代作爲一個重要的轉折點。魏晉是中國人自然觀轉變的重要時期，早期的自然大多作爲一種媒介，還沒有獨立之價值，中國人「眞正將大自然作爲審美對象，實始於魏晉南北朝時期」。〔註16〕而「人與自然」能夠「融合」，這當中有一個重要的因素是「玄學」的影響，以「神韻」來說，早期所重的「傳神」都是以人爲中心而演變的，但由於魏晉時玄學盛行，基於莊學中「人在自然中可得到安頓」的理念的影響，人與自然進而融合在一起。〔註17〕就如對於「情」與「景」之觀念的自覺，也算是始於魏晉時代（雖然情景觀念起源甚早）。〔註18〕詩歌之中「間接婉轉借用自然物象或具體事例以呈示言外之意的表現模式」，必須要到魏晉以後才得以重新開展，其中陸機、劉勰、鐘嶸等人的論點都分別爲此利用自然景物的用言方式增添許多重要意義。〔註19〕

〔註16〕葉桂桐：《中國詩律學》（台北：文津出版社，1998），頁298。

〔註17〕徐復觀認爲：由人倫品藻，轉爲繪畫中的「傳神」理論（顧愷之之說），再進而爲謝赫六法中的「氣韻生動」，這都是「以人爲中心」而演變的。但自竹林名士開始，玄學實以《莊子》爲中心，而莊學的藝術精神，只有在自然中方可得到安頓。所以玄學對魏晉及其以後的另一重大影響，乃爲人與自然的融合。參閱徐復觀：《中國藝術精神》，同前，頁225。

〔註18〕張國慶提到：在作品中自發地創造意境畢竟不同於理論上自覺地認識意境。參見張國慶：〈論意境說的源流〉，《中國古代美學要題新論》（北京：中國社會科學出版社，1994），頁205。

〔註19〕諸如劉勰之「物色」與「以少總多」的用言觀念，以及鐘嶸以「文已盡而意有餘」來解說「興」的意義。蔡英俊：〈中國古典詩論中「含蓄」美典的理論基礎（Ⅰ）：語言與意義的論題〉，同前註，同前。

　　而自然在魏晉南北朝時期具有較爲獨立的價值，可以自然山水作品（包括詩與山水畫）〔註 20〕的出現作爲一種判斷的指標。〔註 21〕整體而論，只有在魏晉以後，「詩人與自然才能達到水乳交融的境界」，「狹義的自然詩」並未在先秦及漢朝出現。在魏晉之前，詩人「絕少純就自然本身來描繪，而只是把它當作人類活動的背景來處理」。〔註 22〕當然，山水詩只是一個概括的說法，這還可能牽涉到定義的問題：即是山水詩、田園詩、自然詩該如何界定區分，〔註 23〕以及自然詩的始祖是誰的論爭。〔註 24〕

　　自然山水詩的出現既然是一個重要的指標，這裡就先以山水詩作爲代表，以此探究自然景物對於「神韻」傳統的特殊意義。山水詩若是放在歷史的發展進程之中來看，可以說是一系列「逃避現實，虛談黃老」之傾向的作品（諸如「遊仙」、「玄言」詩等）的延續。〔註 25〕此即是劉勰《文心雕龍》所說的：「莊老告退，山水方滋」的

〔註 20〕就如早期的畫也很少以山水爲主體，魏晉時代首先有以山水爲主的畫。參閱徐復觀：《中國藝術精神》，同前。

〔註 21〕關於自然詩出現的歷史因素，可參考陳鵬翔：〈自然詩與田園詩傳統〉，《文學史學哲學：施友忠先生八十壽辰紀念論文集》（台北：時報文化出版事業有限公司，1982），頁 258。

〔註 22〕王瑤：〈玄言、山水、田園〉，《中古文學風貌》（香港：中流出版社，1973），頁 61。

〔註 23〕參閱陳鵬翔：〈自然詩與田園詩傳統〉，同前，頁 258。亦可參閱李豐楙〈山水詩傳統與中國詩學〉，同前，頁 90。此外，葉維廉也提到，詩中的山水（或山水自然景物的應用）和山水詩是有別的。他對所謂的「山水詩」的定義乃在於山水解脫其襯托的次要的作用而成爲詩中美學的主要對象，本樣自存。詳參葉維廉：〈中國古典詩中山水審美意識的演變〉，《中國詩學》（北京：生活·讀書·新知三聯書店出版，1992），頁 84。

〔註 24〕大多數學者都認定謝靈運是第一位山水詩人，如李豐楙認爲謝靈運所以能完成山水之作，乃是綜合多種題材（包括雛形的山水詩、遊仙詩、隱逸詩等）始能創新。參閱李豐楙：〈山水詩傳統與中國詩學〉，同前，頁 93。

〔註 25〕林文月認爲遊仙、玄言詩、山水詩都可算是亂世的產物，大約從正始以來逐漸流行，至永嘉而達於顛峰狀態，過江以後仍然持續。見林文月：〈中國山水詩的特質〉，《山水與古典》（台北：三民書局，1996），

另一層意義。就山水詩延續玄言詩的初跡來看，此時，自然山水景物可以說開始被用來表徵某種超越之意義。怎麼說呢？因為作為玄言詩的延續，山水詩在剛開始出現的階段有一部分的意義即是要用自然山水表徵玄理。山水詩人可以「透過生動美麗而變幻莫測的自然景象，以更富於藝術的方式表現玄理」。〔註26〕或許也可以說，此時的「玄言」是一種內容，自然景物是表徵玄言之境界的主體。如此，自然山水除了是一種表徵言外之意的手段與形式之外，更轉而作為一種中心內容的象徵。在這類山水詩中，並不是要用自然景物表徵現實的感情，而是要用自然山水表徵「玄言」（一種具有超越性質的內容）。徐復觀先生就指出早期的玄言詩與山水詩都是表現老莊思想的，只是玄言詩仍在「抽象」的「概念性」時期，因而「僅有思辯」，到了山水詩的出現才真正能夠將思辯落實為在自然景物中的安頓。〔註27〕

以山水詩人謝靈運的作品為例來分析：

> 客遊倦水宿，風潮難具論，洲島驟迴合，圻岸屢崩奔。
> 乘月聽哀沴，浥露馥芳蓀，春晚綠野秀，巖高白雲屯，
> 千念集日夜，萬感盈朝昏。
> 攀崖照石鏡，牽葉入松門，三江事多往，九派理空存。
> 靈物危珍怪，異人秘精魂，金膏滅明光，水碧綴流溫，
> 徒作千里曲，絃絕念彌敦。〔註28〕

謝靈運的山水詩「有一種井然的推展次序：記遊→寫景→興情→悟理」，〔註29〕由這種寫作方式來分析，或許可以這樣解釋：那就是謝靈運詩中的玄言（「悟理」的部分）像是對於前面的「記遊」、「寫景」

頁58。

〔註26〕所以說山水詩之興起，正革除了玄言詩的缺點。參見林文月：〈中國山水詩的特質〉，同前，頁59。

〔註27〕他認為「山水方滋」正是老莊思想在文學上落實的必然歸結。見徐復觀：《中國藝術精神》，同前，頁229。

〔註28〕謝靈運：〈入彭蠡湖口〉，王士禛：《古今詩選》（上），卷7。

〔註29〕參閱林文月：〈中國山水詩的特質〉，同前，頁64。

部分的一種註解，用來說明他所寫的一連串的自然景物是具有某種超越之意義的。這也可以說明此時自然景物才剛開始用來表徵某種超越放逸的意境，其所具有的超越昇華特質還未穩固，也因爲自然景物的「超越性」地位還沒有穩固，所以要在旁邊加上說理性質的詩句，來註解說明這些自然景物具有超越的性質。這也是「神韻」在找到自然山水作爲一種接近內容主體的形式之時，剛開始還有一些拙劣，技巧還沒有成熟的特徵。或者說，詩人剛開始是採用玄理論說的形式來表現「超越」之精神，但是基於對於言外之意境的理想的追求，不滿足於直接說理直陳，最後在自然景物中找到主體與形式，「神韻」也就和「自然」的表述分不開。

　　以上是由「玄言」過渡到「山水」來解釋山水詩的特質，但山水詩並不是一直都是這樣含著玄言的成分，那只是就其剛出現的狀況來說，山水詩後來已慢慢失去玄言成分，變成對於「物」的描寫。〔註30〕不過，或許也可以換一個角度想，此時（南朝）山水詩中的超越意義的內容已由說明的狀態，變成爲一種比較確定的本質狀態，自然景物的超越性已不太需要用玄言在旁邊加註說明，它自身已在某一個程度上具有清淡閒適的印記。當然，並不是說，所有用自然景物描寫的詩都具有此超越閒適的特徵，還要看其中情與景的搭配狀況，以及作者所欲表達的心境爲何。

　　自然景物具有「超越」之特質，我們可以由《世說新語》中一則有名的論述看到這個現象：

　　　　顧長康畫謝幼輿在巖石裏。人問其所以？顧曰：「謝

〔註30〕林文月提到：鮑照、謝朓以後，詠物、宮體詩終至取代了山水詩的地位，梁陳的風景詩已變成對於景物的「摹描鋪敍」，與宋齊時代的山水詩在精神上已有所不同。根據林文月的統計：鮑照、謝朓的詩也有謝靈運山水詩的那種在山水詩中含著莊老哲理的表現，只是在這一百年之間，山水詩中含著莊老哲理者更呈每下愈況之勢（二謝之時代相距約百年）。參閱林文月：〈中國山水詩的特質〉，同前，頁63～64。

云：『一丘一壑，自謂過之。』此子宜置丘壑中」。〔註31〕

爲了表徵謝幼輿放逸閒遠的風度氣韻，顧愷之就將他畫在自然景物中（「巖石中」），這是基於畫家（乃至詩人）那時模糊地意識到要用自然景物表達一個人的超越之風度氣韻（「神韻」本起於一個人的氣度），但剛開始不知該如何運用，所以拙劣地將人畫在石頭上作爲一種象徵。這就如同某種花代表了清高，只要配戴這朵花即是清高的象徵，這都是「技巧上無可奈何的表現方法」，這也說明「所遇到的技巧對意境的抗拒性，還沒有完全克服下來」。〔註32〕也就是當時自然景物已開始慢慢確定其「超越放逸」之特質，然而畫家詩人雖然想用它表現人的某種精神境界，但是還在一種朦朧的理想狀態，在技巧上還未能克服。此外，由這一則論述也可以看到，早期的「神韻」發展不僅有著利用自然景物來表現某種閒逸之言外意境的傾向，而且有一個很重要的方式是這些自然景物所放置的空間位置一直是「神韻」詩人所要思考的問題。

由自然景物在魏晉六朝之文獻的運用中，也可看出「神韻」慢慢由人的風度氣韻轉向自然景物之作爲主體描寫的轉變階段，此時許多的資料都是開始用自然景物比喻人的風神氣度。〔註33〕也因爲自然景物與人的精神（神韻）聯繫起來，「神韻」才能由最初的對於人的精神的關注慢慢轉向自然與外部世界。整體來說，在魏晉以前，自然對於傳統文人而言，是由「比興的作用生發的，是片斷的，偶然地關係」，〔註34〕魏晉以後，山水才成爲美的對象與精神的主體。

〔註31〕見《世說新語・巧藝》。「一丘一壑」出自《世說新語・品藻》：「明帝問謝鯤：『君自謂何如庾亮？』答曰：『端委廟堂，使百僚準則，臣不如亮；一丘一壑，自謂過之』。」

〔註32〕又如爲了要表現裴叔則（裴楷）的「雋朗有識具」，遂在裴的「頰上益三毛」（見《世說新語・巧藝》），都是「跡不逮意」（謝赫《歷代名畫記》對顧愷之的批評）。參見徐復觀：《中國藝術精神》，同前，頁 161。

〔註33〕詳參徐復觀：《中國藝術精神》，同前，頁 160。

〔註34〕參照徐復觀：《中國藝術精神》，同前，頁 230～231。

這種情形或許也可以用來說明自然景物對於「神韻」的特殊意義，即是「神韻」中的自然景物與人的心境與情感不單是「片斷的，偶然地關係」，也不單是表現情感的媒介，它本身即具有一種「超越」的主體性。

中國傳統之中一直有著努力從自然景物中發掘「超越」意趣的脈絡，早從老、莊開始，自然景物就具有某種超越性的特徵，不過此意義並不是非常穩固而確定的。直到六朝，經過謝靈運等山水詩人的努力之後，自然景物才變而爲具有一種肯定的超越意義，特別是在其本身的主體地位上。其後，唐代的田園山水詩也才能因著這樣的基礎，不必再用說理證明的方式，而直接將自然景物轉化爲一種狀態情境式的表現模式，並因渾然天成的自然塑景而大放異彩。王士禎也提到這一點：

> 《詩》三百五篇，於興觀群怨之旨，下逮鳥獸草木之名，無弗備矣，獨無刻畫山水者，間亦有之，亦不過數篇，篇不過數語，如「漢之廣矣」、「終南何有」之類而止。漢魏間詩人之作，亦與山水了不相及。迨元嘉間，謝康樂出，始並爲刻畫山水之詞，務窮幽極渺，抉山谷水泉之情狀，昔人所云：「莊老告退，而山水方滋」者也。宋齊以下，率以康樂爲宗。至唐王摩詰、孟浩然、杜子美、韓退之、皮日休、陸龜蒙之流，正變互出，而山水之奇怪靈閟，刻露殆盡；若其濫觴於康樂，則一而已矣。宋君牧仲視権虔州，放衙無事，時時與客登高望遠，形爲歌詩。今讀《雙江倡和集》，山水之奇秀，康樂以還諸家之體製，綜括無遺，非西江山水之厚幸哉？〔註35〕

唯有經過六朝諸如謝靈運等詩人對於山水之「窮幽極渺」，「抉山谷水泉之情狀」的刻畫描寫，才能開展出唐詩「正變互出」，「奇怪靈閟，刻露殆盡」的山水之作，而自然山水在「神韻」的脈絡中所具有的「超越」意涵也才能夠完全確立下來。

〔註35〕王士禎：《漁洋文》，《帶經堂詩話》，卷5，頁115。

二、「神韻」之主要內容：「清淡閒遠」之風格

在對於詩歌教化之功能這一範圍的衝破與超越中，並且在自然山水中經過長時間的尋尋覓覓之後，「神韻」終於找到了一個屬於它自己的獨特風格（也可以說是內容），那就是平淡空靈、自然閒適的風格。整體來說，「神韻」詩所追求的主要是「風懷澄淡」、「平淡」、「自然閒遠」的風格，這類風格既是一種心境，同時也是一種主題內容。這種風格正是「神韻」詩有別於其它詩類的主要內容，在這種風格之下，自然景物就不只是技巧，同時還常以主體的方式呈現。

雖然就風格上來說，「神韻」詩一般都被認爲是以平淡閒逸的詩風爲主，但是到了王士禎又加入一些變化。就內容上來說，王士禎所選的「神韻」詩顯然不單是那些純粹抒發超脫意境的寫景作品，他所選的作品有時還包含著超越（閒適、寫景）與現世（淡淡哀愁、寫情）的綜合，如此看來他所謂的「神韻」似乎與現實的情感哀愁並不是完全切斷的。這裡先舉一例供讀者參考：

> 冷于陂水淡于秋，遠陌初窮見渡頭。賴是丹青無畫處，
> 畫成應遣一生愁。〔註 36〕

王士禎所認定的「神韻」常是同時包含著超越之精神與對於情感或人生的深刻體驗。他說：「閒遠中沈著痛快，唯解人知之。」〔註 37〕「閒遠」即是一種超越的意境，而「沈著痛快」則是包含著某種人生歷練的現世感。其實，在王士禎所常用的術語中，諸如「古、深」等字眼，就同時蘊含「優遊不迫及沈著痛快」這兩種質地。〔註 38〕或者說，王士禎所引的作品即使提到憂愁，也往往不會像「濁水泥」那般越陷越深，其中的憂愁往往能以「蜻蜓點水」的姿態被昇華拂略而過。

〔註 36〕司馬和中池：〈行色〉，王士禎：《池北偶談》，《帶經堂詩話》，卷 9，頁 203。

〔註 37〕王士禎：《居易錄》，《帶經堂詩話》，卷 3，頁 86。

〔註 38〕參閱黃麗卿：〈王漁洋「神韻說」探論─以批評術語、推尊詩家、得詩家三昧爲中心〉，《文學與美學》第三集（台北：文史哲出版社，1992），頁 499。

　　儘管就作品的選擇而言，王士禛所選的作品風格（或說內容）不光是以寫景爲主的閒適心境，但是，王士禛基本上在大方向上還是有依循著閒適自然之風格的傾向。例如在司空圖的二十四《詩品》中，他所特別標選的三格主要還是清淡自然的風格：

> 司空表聖作《詩品》，凡二十四，有謂「沖澹」者，曰：「遇之匪深，即之愈稀。」有謂「自然」者，曰：「俯拾即是，不取諸鄰。」有謂「清奇」者，曰：「神出股異，澹不可收。」是品之最上者。〔註39〕

「沖澹」、「自然」、「清奇」三品都是屬於閒適自然的風格，而這類風格與自然景物的描寫關係也最爲密切。或許可以這樣解釋，在中國的傳統之中曾經走過這樣的歷程，那就是有些詩人想要超越現世的束縛羈絆，並進而找到一種閒適恬遠的風格來呈現其內心的超越意境。或者有些文人的原意不一定要超越什麼，然而就在自然山水之遊中受到啓發而展開了這樣的風格。當然，往後又往這個基本方向外延伸，並發展出許多不同的狀況，標舉「神韻」的論家與詩人也許不一定只依循這種平淡閒適的風格作爲唯一的準則，但是這種自然閒遠的風格卻是「神韻」在成形發跡的時候所找到的一種基本而主要的表現方式。

　　「神韻」傳統所重視的這種自然閒適的風格（也可以說是內容）與自然景物當然有著很密切的關係，因爲自然景物是造就清淡閒遠之風格的基礎。或許就是基於這樣一種對於平淡的風格與心境的要求，所以「神韻」詩與自然景物很自然地就聯繫在一起（當然還有其它許多的因素導致「神韻」與自然景物的不可分割，這裡僅就風格與自然的關係而論）。也許可以反過來說，「神韻」傳統所重視的風格是由自然啓發而來的，自然景物對於「神韻」傳統其實具有內容與形式上的雙重意義。

　　這裡先就王士禛的觀點來觀察自然景物在「神韻」詩中的重要

〔註39〕王士禛：《蠶尾文》，《帶經堂詩話》，卷3，頁72。

性。作爲一個主張「神韻」的大師，王士禛多處提及自然景物的重要性，並以描寫自然的詩作爲「神韻」的發展主軸。從他特別強調的「山水之癖」中可以看到對於自然山水意境的追求是「神韻」詩人的共同理想，王士禛說：

予豈敢望古人，若山水之癖，則庶幾近之耳。〔註40〕

「神韻」詩人的主要癖好即是愛好山水之遊，也能從自然山水中得到林壑幽趣，王士禛所選的「神韻」論家，包括他自己總是想窮極自然之奧秘：

京口、三山及招隱、鶴林諸寺，予十年夢寐而不獲一至，而得放舟大江，躡屐幽壑，窮極煙風雲水之變態，斯遊也，可謂不徒矣。〔註41〕

這裡所謂的「窮極煙風雲水之變態」即是對於自然風雲之變化與意趣的體會探索。王士禛所肯定的詩人也多半是愛好山水幽壑的詩人，例如：

馮開之先生（夢正）《快雪堂集》，頗得禪悅山水之趣，予少時極喜之。〔註42〕

門人編修喬君子靜，以康熙二十年冬典粵試，往返半歲，有詩若干篇，編爲一通，自洞庭、瀟湘、南嶽、九疑以至零陵、桂林諸名蹟，梨然皆具。而其詩又奇秀，與其山川相似。〔註43〕

這些詩人都能掌握到山川林木的「奇秀」之氣，或在山水中找到類似「禪悅」的超越意境。

王士禛對於王維的高度評價也是基於他對於自然的深刻體悟：

謝在杭肇淛《小草齋詩話》：「王右丞律選歌行絕句種種臻妙，圖繪音律獨步一時，尤精禪理，晚居輞川，窮極

〔註40〕王士禛：《居易錄》，《帶經堂詩話》，卷7，頁177。
〔註41〕王士禛：《漁洋文》，《帶經堂詩話》，卷7，頁175。
〔註42〕王士禛：《居易錄》《帶經堂詩話》，卷28，頁804。
〔註43〕王士禛：《漁洋文》，《帶經堂詩話》，卷5，頁121。

山水園林之樂，唐三百年詩人僅見此耳」。〔註44〕

「窮極山水園林之樂」即說明王士禛所認定的詩人大都是從自然山水之中領悟放逸之禪理妙境的類型，此即是「神韻」一脈相承的主軸。

王士禛對於許多前代詩人的標舉與重視幾乎都是以田園山水詩人為主：

> 古人山水之作，莫如康樂、宣城，盛唐王、孟、李、杜及王昌齡、劉眘虛、常建、盧象、陶翰、韋應物諸公，搜抉靈奧，可謂至矣。然總不如曹操「水何澹澹，山島竦峙」二語，此老殆不易及。〔註45〕

> 予撰五言詩，於魏獨取阮籍為一卷，而別於鄴中諸子，晉取左思、郭璞、劉琨為一卷，而別於三張二陸之屬，陶淵明自為一卷，宋取謝靈運為一卷，附以諸謝，鮑照為一卷，附以顏延之之屬，蓋予之獨見如此。〔註46〕

所以說，王士禛所標舉的「神韻」主要是依循著「山水之作」為主的路線，這些作品大都能從自然山水之中感受到清澹靈秀之氣（「搜抉靈奧」）。

再就王士禛對於唐代詩人的評賞而論，多半也是以田園詩人為「大匠」：

> 唐五言詩，開元天寶間，大匠同時並出，王右丞而下，如孟浩然、王昌齡、岑參、常建、李頎、蔡母潛、祖詠、盧象、陶翰，之數公者，皆與摩詰相詰頏。〔註47〕

> 嘗戲論唐人詩，王維佛語，孟浩然菩薩語，劉眘虛、韋應物祖師語，柳宗元聲聞辟支語，李白、常健飛仙語，杜甫聖語，陳子昂真靈語，張九齡典午名士語，岑參劍仙語，韓愈英雄語，李賀才鬼語，盧仝巫覡語，李商隱、韓偓兒女語；蘇軾有菩薩語，有劍仙語，有英雄語，獨不能

〔註44〕王士禛：《香祖筆記》，《帶經堂詩話》，卷2，頁59。
〔註45〕王士禛：《古夫于亭雜錄》，《帶經堂詩話》，卷1，頁37。
〔註46〕王士禛：《池北偶談》，《帶經堂詩話》，卷1，頁36。
〔註47〕王士禛：《居易錄》，《帶經堂詩話》，卷1，頁40。

作佛語、聖語耳。〔註48〕

在前一段評論中所舉出的一連串的詩人都是山水田園或邊塞派詩人；而後一段所使用的評論術語，又多半以「佛語」、「菩薩語」之類當做一種最高標準的作品意境，此足以見得從自然景物與山水之遊中體悟人生意趣，或超脫一般的塵俗之累始終都是「神韻」一脈相傳的主軸路線。所以說，在「神韻」詩追求「言外意境」的理想上，自然景物不單只是一種傳達言外意境的形式因素，更是帶出閒適內容不可或缺的活水源頭。

瞭解了自然景物對於「神韻」有著內容（主體）與形式上的重要性，下文進一步說明「神韻」詩裡利用自然景物感知與表徵空間意境的基本方式。既然王士禛所選的作品其實不光是寫閒適心境的作品，也有所謂的含著人生哀愁體悟的作品，若是要將兩者都與自然景物聯繫起來，或許可以將「神韻」作品的意境分為兩類：一是對於自然情趣與美感律動的發掘與體會；二是從自然中體悟、發掘與人生相似的律動或哲理。可以說，「神韻」一方面是對大自然的草木煙雲其瞬息萬變的敏感把捉，同時，不可忽視的是，「神韻」始終都是參透型的綜合體會，它總是包含著人與自然相互流轉的生命氣息，也包含人從自然中轉化情緒的生命昇華。

參、「田園」與「山水」情境；定止與流動

上文是就自然景物的超越意義來看自然與「神韻」的關係，以下再就自然山水作為情境的基點來看「神韻」詩所呈現的空間意境。這裡先從「神韻」詩所呈現的整體空間感說起，再把這種空間感與自然情境連結起來。

王士禛曾舉出幾則抽象而富有情境性質的詞語來總說「神韻」詩的整體感覺：

戴叔倫論詩云：「藍田日暖，良玉生煙。」司空表聖云：

〔註48〕王士禛：《居易錄》，《帶經堂詩話》，卷1，頁42。

「不著一字，盡得風流」，「神出古異，澹不可收」，「采采流水，逢逢遠春」，「明漪見底，奇花初胎」；「晴雪滿林，隔溪漁舟。」劉蛻〈文冢銘〉云：「氣如蛟宮之水。」嚴羽云：「如鏡中之花，水中之月，如羚羊挂角，無跡可求。」姚寬《西谿叢語》載古琴銘云：「山高谿深，萬籟蕭蕭；古無人蹤，唯石嶕嶢。」東坡《羅漢贊》云：「空山無人，水流花開。」王少伯詩云：「空山多雨雪，獨立君始悟。」〔註49〕

這些抽象的陳述都可以視為是對於「神韻」詩最高意境的情境模擬，這些藝術造境包括司空圖所說的「不著一字，盡得風流」以及嚴羽所提到的「如鏡中之花，水中之月，如羚羊挂角，無跡可求」等言外意境。我們可以借助這些抽象意境將「神韻」詩的整體空間感覺分為兩類：（1）一類是傾向定止而且具有三維深度的空間感：如「晴雪滿林，隔溪漁舟」、「山高水深，萬籟蕭蕭：古無人蹤，唯石嶕嶢」、「空山多雨雪，獨立君始悟」等情境。（2）一類是體現流動而且不斷向四周發散的空間氛圍：如「空山無人，水流花開」、「采采流水，逢逢遠春」、「氣如蛟宮之水」等情境。

又如以下兩則「琴鳴」也可以歸入上述所論兩大空間類型：

「山虛水深，萬籟蕭蕭，古無人蹤，唯石嶕嶢。」右古琴鳴，「攫之幽然，如水赴谷，釋之蕭然，如葉脫木。」右文與可琴銘。二銘造語之妙，不減蘇黃〔註50〕

「山虛水深，萬籟蕭蕭，古無人蹤，唯石嶕嶢」整體而言傾向於定止而具有深度的三維空間感。而「攫之幽然，如水赴谷，釋之蕭然，如葉脫木」整體而言則傾向於流動蕩漫式的空間感。

其實「神韻」詩常常是由流動感帶入靜止的空間感，或由靜止空間轉為流動飄蕩的感覺，即是定止空間與流動氣氛合一的綜合類型：

洪覺範作〈夾山本禪師銘〉云：「白塔林間，矯如飛鶴；

〔註49〕王士禛：《漁洋詩話》，《帶經堂詩話》，卷3，頁91。
〔註50〕王士禛：《居易錄》，《帶經堂詩話》，卷3，頁90。

　　不涉春綠，碧巖花落。」宛然坡谷語。〔註51〕

「白塔林間，矯如飛鶴」兩句是先造出一個具有三維實感的固定空間，然後以飛翔流動的「飛鶴」形象將定止引向流動的感覺，形成靜與動的整合。而「碧巖花落」一句，也是先指出一個定止的物象（「碧巖」）作爲位置再引出流動感（「花落」），此兩者都是將深度空間與流動飄蕩之感綜合起來的型態。不過，這一類型整體來說傾向於流動感，所以我們歸爲第二類型的流動空間來處理。當然，這類詩在基礎上也可以說是下文所說的景物與位置的組合方式的延伸。由於這些詩作借助不同類型的空間感，將心靈感覺轉化爲非直說的境界，在表述方式上，也可以說是一種間隔朦朧的方式。

　　在諸如「晴雪滿林，隔溪漁舟」這類以具體情境來陳述「神韻」特點的詩論中，就其中的元素與組合方式來說，可以看到自然景物是造就其空間意境的基礎。如果我們要將其中所歸納出來的「定止」與「流動」兩類空間型態歸回自然的原始處境來說明，或許可以用田園情境與山水情境來說明。在這個層次上，自然與「神韻」詩所呈現的空間意境之間的關係就在於詩人身處的環境與詩歌表現的空間模式之間的關係。田園與山水正是產生「神韻」詩的兩大基本自然環境，王士禎就提到：

　　　　遠觀六季、三唐作者，篇什之美，大約得江山之助與
　　田園之趣者，什者六七。〔註52〕

他認爲歷代的美篇佳作多半是從自然山水之趣中得到啓發的，「神韻」詩的精妙處正是來自於所謂的「江山之助」與「田園之趣」。〔註53〕此外，還可以參考另兩則論述：

　　　　五言感興宜阮（籍）、陳（子昂），山水閒適宜王、韋，

〔註51〕王士禎：《古夫于亭雜錄》，《帶經堂詩話》，卷3，頁90。
〔註52〕王士禎：《東渚詩序》。
〔註53〕李豐楙指出，王士禎交相使用「山水閒適」、「田園丘壑」等詞説明中
　　　　國詩中以山水、田園爲主的傳統。見李豐楙：〈山水詩傳統與中國詩
　　　　學〉，《中國詩歌研究》（台北：中央文物供應社，1985），頁90。

亂離行役，鋪張敘述宜老杜。〔註54〕

　　五七言詩有二體：田園丘壑當學陶、韋；鋪敘感慨當
學杜子美〈北征〉等篇也。〔註55〕

職此，本論文將「神韻」詩依據自然作為背景而產生的空間型態分為
兩類：第一類型的空間感，在此稱它為「田園式」空間型態；第二類
型的空間感，則稱它為「山水式」空間型態。這裡先大致區隔這兩大
空間類型的基本特性，第一類「田園式」空間型態的主要特徵是：傾
向方形，具有物理空間的三維（長寬高）感，或是有某一程度的界線
範圍，傾向「閉瑣型態」。在內容上以「平淡閒適」之心境為主，有
一個「家」作為觀照或區隔世界的中心，是屬於以田園農莊為中心的
定點觀照，整體而言，傾向渾融一體的感覺。第二類「山水式」空間
型態的主要特徵是：傾向於如同路徑般的「狹長」型態，是流動飄蕩
的空間類型，傾向「開放型態」。其內容大多是在「閒遠」中包含著
「沈著痛快」的人生哀愁，常包含著許多散漫跳躍的地點，是屬於山
水之遊賞的非定點觀看方式，整體而言有一種斷斷續續的流動之感。
這類詩大多是在自然山水之中掌握與永恆之人生哲理相似的律動，將
情緒感情轉化為自然哲理。

　　我們可以陶淵明的〈桃花源記〉來總括這兩種空間類型：

　　　　晉太元中，武陵人，捕魚為業，緣溪行，忘路之遠近。
　　忽逢桃花林，夾岸數百步，中無雜樹，芳草鮮美，落英繽
　　紛。漁人甚異之，復前行，欲窮其林。林盡水源，便得一
　　山。山有小口，彷彿若有光，便捨船，從口入。初極狹，
　　纔通人，復行數十步，豁然開朗，土地平曠，屋舍儼然。
　　有良田、美池、桑、竹之屬。阡陌交通，雞犬相聞。……。
　　　〔註56〕

在〈桃花源記〉中，詩人是先經過一個狹長型態的空間（「初極狹，

〔註54〕王士禛：《池北偶談》。
〔註55〕王士禛：《帶經堂詩話》，卷29，頁836。
〔註56〕陶淵明：〈桃花源記〉，王士禛《古今詩選》（上），卷6。

－103－

縕通人」的隧道通路），〔註57〕才發現一個理想的超越塵世的四方空間。又如陸游的詩：

> 莫笑農家臘酒渾，豐年留客足雞豚，山重水複疑無路，
> 柳暗花明又一村。
> 簫鼓追隨春社近，衣冠簡樸古風存，從今若許閒乘月，
> 拄杖無時夜叩門。〔註58〕

這裡也是經過一個接近狹長空間型態（「山重水複」）的尋覓才發現一個空曠的四方空間（「又一村」）。陸遊是在官場受挫之後，偶然在山西村發現心靈的安憩之所，桃花源的尋獲只有在一個人對於俗世名位與繁華世界徹底地絕望之後，只有在「山窮水盡」之後才會發現它並肯定它。桃花源常是藏在柳暗蔭曲之後，要經過一個狹窄曲折的空間才可能在不經意中發現。

第一種「田園式」的空間型態正如同步入「柳暗花明又一村」的情況，已經尋獲桃花源甚而身處其中，既是一種已然在理想中的狀態，基本上不需要克服曲折往複的路程，因而具有比較安定的特質。而第二種「山水式」的空間型態則像是正在尋覓桃花源的過程，身處狹長性質的路徑空間裡，既是屬於發掘的階段，往往必須克服幽深迂迴的重重山水，因而有著不安動盪之感。這兩種空間型態都體現出「神韻」的基本內涵：想要超越塵俗禁錮的渴望。相對而言，第一種「田園式」空間類型傾向已然安頓於桃花源之中的狀態，而第二種「山水式」空間類型則是處於還在尋覓桃花源的過程與路途之中。當然，「神韻」不是一種既定而不變的超越狀態，人的超越渴求也一直在變動，沒有已然完全滿足的桃花源，所以第一種空間型態是一種暫時的理

〔註57〕顏崑陽認為這一段「狹長型」空間是「次要空間」，從「土地平曠」到「不足為外人道也」的空間是本文的「主要空間」。參閱顏崑陽：〈桃花源記研析〉，《古典詩文論叢》（台北：漢光文化事業，1983），頁188。本文認為要到達這一個「廣闊」的空間（境地）往往必須通過一個狹長空間。

〔註58〕陸游：〈遊山西村〉，《全宋詩》。

想，而第二種空間型態則體現出現實中常見而普遍的情況：尋覓與追索理想的過程。而「神韻」詩裡安定與流動之特質的交互表現或許也可說是尋覓理想的過程與暫時安於理想的交互狀態。這也可以用來解釋爲什麼在王士禛的評論之中，陶淵明與王維的田園詩都是一種最高的典範，因爲他們以渾然天成的筆調表現出在自然中找到安頓的桃花源式的理想狀況。至於在王士禛自己的作品與其所甄選的作品之中有很多則是屬於第二類「山水式」空間型態的作品，所體現的正是人生的普遍現實：人總是在一個尋覓理想的過程狀態之中。此外，「田園式」與「山水式」空間型態若是放在感知空間的兩種基礎類型上來看（詳第一章），相對而論，「田園式」空間型態比較接近以「俯仰宇宙觀」包納世界的方式，而「山水式」空間型態則傾向於以行動征服空間，並感到徬徨不安的類型。

　　在正式說明「神韻」詩所展現的空間類型之前，這裡先舉早期的山水自然作品（魏晉六朝詩）來觀察「山水」與「田園」之基本質素；流動與定止。在早期的山水詩裡，有一大部分的詩作表現出把自然當成一種行動遊歷的空間。以魏晉六朝的自然山水詩爲例，詩人一方面把山水當作是一個行旅遊賞的現實空間，另一方面山水又像是一個超越塵俗而有別於現實的空間，詩人常欲進入自然之中以尋求心境上超越解脫的可能性。由於詩人常是以冒險的精神深入山林之間，因而筆下的山水常充滿了徬徨不安，其景色甚至傾向幽慄淒怖的氣質。

　　早期出現的山水詩作，其中以荒塗與昏路的「狹長型」空間爲主，以鮑照的作品爲例：

> 荒塗趣山楗，雲崖隱靈室，岡澗紛縈抱，林障杳重密，
> 昏昏磴路深，活活梁水疾，幽隅秉晝燭，地牖窺朝日，
> 怪石似龍章，瑕璧麗錦質，洞庭安可窮，漏井終不溢，
> 沈空絕景聲，崩危坐驚慄，神化豈有方，妙象竟無術，
> 至哉鍊玉人，處此長自畢。〔註59〕

〔註59〕鮑照：〈從庾中郎遊園山石室〉，王士禛：《古今詩選》（上），卷8。

這裡由荒塗昏路以及水疾林隱的山水旅途，在「驚慄」感中引向幽絕的神仙之境。〔註60〕

早期的山水詩作大多表現動盪不安的羈旅情境：

風急訊灣浦，裝高偃檣舳，夕聽將上波，遠極千里目，
寒律驚窮蹊，爽氣起喬木，隱隱日沒岫，瑟瑟風發谷，
鳥還暮林諠，潮上冰結澪，夜分霜下淒，悲端出遙陸，
愁來攢人懷，羈心苦獨宿。〔註61〕

在羈旅之情境中，自然山水多是淒厲之景或蕭瑟之狀，詩人的心境也驚苦淒清。

在跋涉山水的行動序列中所描寫而出的自然情境多半是幽苦淒絕的，但是詩人似乎也想藉助險峻的環境轉換內在的心境：

朝登魯陽關，狹路峭且深，流澗萬餘丈，圍木數千尋，
咆虎響窮山，鳴鶴聆空林，淒風為我嘯，百籟空自吟，
感物多思情，在險易常心，揭來戒不虞，挺彎越飛岑，
王陽驅九折，周文走岑崟，經阻貴勿遲，此理著來今。〔註62〕

這裡詩人即是迷亂竄走，沿著深峭狹窄的山路遊走，但在此窮山狹路中，卻可能引導人們改變在日常生活環境中一成不變的心境（「在險易常心」）。

謝惠連的作品也體現動盪不安的氣氛：

屯雲蔽曾嶺，驚風湧飛流，零雨潤墳澤，落雪灑林丘，
浮氛晦崖巘，積素成原疇，曲汎薄停旅，通川絕行舟。〔註63〕

把山水當作一個行動的空間，不論是實際遊歷還是夾雜想像之遊，所描繪而出的山水多半傾向晦澀幽暗之景，例如這首詩就寫出在風雨交加中河川急流的自然風暴，如同烏雲滿佈天昏地暗的感覺。

又如謝朓的詩：

〔註60〕讀者另可參考鮑照：〈登大雷岸與妹書〉，其中所寫的自然充滿了「愁魄脅息，心驚慄矣」的特質。

〔註61〕鮑照：〈還都道中〉，王士禎：《古今詩選》（上），卷8。

〔註62〕張協：〈雜詩〉，王士禎：《古今詩選》（上）卷4。

〔註63〕謝惠連：〈西陵遇風獻康樂〉，王士禎：《古今詩選》（上），卷7。

習余侍君子，歷此遊荊漢，山川隔舊賞，朋僚多雨散，
圖南矯風翮，曾非息短翰，移疾觀新篇，披衣起淵玩，
惆悵懷昔踐，彷彿得殊觀，頳紫共彬駁，雲錦相凌亂，
奔星尚未窮，驚雷下將半，迴潮漬崩樹，輪菌軋傾岸，
巖條或傍翻，石菌蕪修幹，澄澄明浦媚，衍衍清風爛，
江潭良在目，懷路興累歎，歲暮不我期，淹流絕岩畔。〔註64〕

這首詩裡的自然充滿了失序之感，使用一些諸如「漬」、「軋」、「翻」
「蕪」之類的詞彙，用詞古怪中又摻入遊仙玄言之色彩。

　　由以上的例子可以看到，早期山水詩中的自然傾向是一種被探索
揣測的對象，詩人一方面希望在自然之中尋得解放，但還處於觀念的
階段，當他們真正走入山水之中總是感覺其中佈滿險惡詭異，因而其
筆下的自然多半為窮山惡水，充滿幽秘迂迴之感。所以說，直到六朝
時期，進入自然中並希望能在其中獲得安頓或超越仍處於一種觀念與
動機的階段，在真正實行與進入詩歌表現的實況中還有一些技法上的
困難。如果我們想要從這些自然山水作品中看到詩人意欲藉著深入山
水自然而達到心靈的超越性，那麼，此時的山水詩所呈現的山水律動
與文人內心所嚮往的心靈解放之間似乎仍有著明顯的斷裂性，「神韻」
詩所追求的流動特質多以動盪不安的型態出現，並未能達到一種超逸
玄妙的流動美感。但是無論如何，魏晉六朝時期的山水詩中所呈現的
狹長空間型態與流動感是往後「神韻」詩創造飄逸清新之流動美感的
重要原型與前導。

　　早期山水詩大多有一個特質，即是一方面對於山水的描寫離不開
山水之險惡與曲折，但又會跳開險惡的感受而突然轉向超越之思考或
冥想：

懸裝亂水區，薄旅次山楹，千巖盛阻積，萬壑勢迴縈，
巃嵸高昔貌，紛亂襲前名，洞澗窺地脈，聳樹隱天經，
松磴上迷密，雲竇下縱橫，陰冰實夏結，炎樹信冬榮，

嘈囋晨鵾思，叫嘯夜猿清，深崖伏化跡，窮岫闋長靈，

乘此樂山性，重以遠遊情，方躋羽人途，永與煙霧并。〔註65〕

這首詩前半部對自然的描寫著重於山水之險惡與曲折，但詩人最後卻
又發抒其愛好山水的遠遊情（「乘此樂山性，重以遠遊情」）。同時，
在充滿險阻的山水之遊中間偶爾又會出現對於自然之清淡閒適的描
寫：「雞鳴清澗中，猿嘯白雲裏，瑤波逐穴開，霞石觸峰起」，並轉向
神仙之境的追求。詩人一方面在自然中感到畏懼，但同時又相信它可
以使人精神超越，這都說明文人在剛開始轉向自然尋求超越的時候，
還沒有取得協調之感，還不能完全將自然與人生律動結合起來。

謝靈運其筆下的自然也是一種行動遊歷的空間，雖然沒有鮑照所
寫的景色那樣詭慄，但是他所描寫的山水特質與其內心希求解放的追
求似乎也有某一程度的斷裂感，這自也是山水詩作為玄言詩之延續所
表現的特質：

猿鳴誠知曙，谷幽光未顯，巖下雲方合，花上露猶泫，

逶迤傍隈隩，迢遞陟陘峴，過澗既厲急，登棧亦陵緬，

川渚屢經復，乘流翫迴轉，蘋萍泛沈深，菰蒲冒清淺，

企石挹飛泉，攀林摘葉卷，想見山阿人，薜蘿若在眼，

握蘭勤徒結，折麻心莫展，情用賞為美，事昧靜誰辨？

觀此遺物慮，一悟得所遣。〔註66〕

這首詩所使用的動詞暗示著詩人想要窮盡山水的曲折險要，一方面告
訴讀者他經歷克服了多少險峻之路途，但同時也表現出詩人藉著行動
慢慢抒發解脫自己內心之憂愁鬱積的過程。早期山水詩人對於自然山
水的遊歷較傾向是身歷其境的遊玩，而非距離的審美觀照，其所表徵
的多半是一種心靈解放的過程，而不是超然飄逸的昇華狀態。詩人藉
著遊歷進駐自然，走過每一個據點以表徵其內心的感受，是以行動去
佔據自然的空間位置，而非以心靈去遐想停留。此外，在其行動的涉
入中往往暗含時間的推移與流逝，讓人感受到詩人在跋涉山水時像是

〔註65〕鮑照：〈登廬山〉，王士禛：《古今詩選》（上），卷8。

〔註66〕謝靈運：〈從斤竹澗越嶺西行〉，王士禛：《古今詩選》（上），卷7。

在時間的流逝中一點一滴地發散他的悲哀，然後藉此慢慢轉化心情。

又如這首詩也是在寫出山水的崎嶇變化之後，轉向希冀閒逸的心情。：

> 裹糧杖輕策，懷遲上幽室，行源逕轉遠，距陸情未畢，
> 澹瀲結寒姿，團欒潤霜質，澗委水屢迷，林迥巖逾密，
> 眷西謂初月，顧東疑落日，踐夕奄昏曙，蔽翳皆周悉，
> 蠱上貴不事，履二美貞吉，幽人常坦步，高尚邈難匹，
> 頤阿竟何端，寂寂寄抱一，恬如既已交，繕性自此出。〔註67〕

早期的山水作品多是以行動推展山水空間，所寫之自然多半是蕭瑟幽迷之情狀，但中間常突然穿插清逸閒適之景色的描寫，或者夾雜詩人想要從中舒放的思想論述，如此令人感覺有一種思想意境上的斷裂感。此時像是在尋覓桃花源或理想之境的過程中，詩人還沒有完全在山水之中找到韻律。不過，在這種過程中，自然山水其實已經是一種通向超逸之境的重要通道，也確立了「神韻」依託自然作為其呈現清雅超脫之境的主要方向。

又如這首詩：

> 宵濟漁浦潭，旦及富春郭，定山緬雲霧，赤亭無淹薄，
> 溯流觸驚急，臨圻阻參錯，亮乏伯昏分，險過呂梁壑，
> 洊至宜便習，兼山貴止託，平生協幽期，淪躓困微弱，
> 久露干祿請，始果遠遊諾，宿心漸申寫，萬事俱零落，
> 懷抱既昭曠，外物徒龍蠖。〔註68〕

這首詩也是在登臨山水的行動過後，跳接到尋求心靈解放的「說理」部分（「懷抱既昭曠，外物徒龍蠖」），這都說明六朝文人筆下的自然山水一方面用以反映詩人內心的幽曲，但詩人又期盼在山水跋涉遊賞的行動世界之中消解憂傷，如「江山共開曠，雲日相照媚」〔註69〕此即是一種期盼在山水之中解放的超越意識。

〔註67〕謝靈運：〈登永嘉綠嶂山詩〉，王士禎：《古今詩選》（上），卷7。
〔註68〕謝靈運：〈富春渚〉，王士禎：《古今詩選》（上），卷7。
〔註69〕謝靈運：〈初往新安桐廬口〉，王士禎：《古今詩選》（上），卷7。

　　上述所論的這種山水韻動與詩人內心的斷裂性質，還在於遊仙情境的插入。早期的山水詩除了承續「玄言詩」的特質，一方面也承「遊仙詩」的傳統，詩人常把在自然山水中的遊歷過程想像成遊仙的情境。但不論是「玄言」還是「遊仙」的插入，都代表早期的山水詩人已經把自然當作一個超越性質的主體，只是此時在體現與表現自然上又進入一個新的技術階段。

　　在這類引向遊仙情境的山水詩中，自然也是作為一種遊歷的場景，而遊仙情境的加入也使得詩人對於山水的感悟與其內心的期盼有著一種斷裂的特徵。看郭璞的遊仙詩：

　　　逸翮思拂霄，迅足羨遠游，清源無增瀾，安得運吞舟，
　　　珪璋雖特達，明月難闇投，潛穎怨清陽，陵苕哀素秋，
　　　悲來惻丹心，零淚緣纓流。〔註70〕

在遊仙情境中，詩人感知自然的方式常是用身體的感官去陳述想像（觸摸），展開一種動作化的程序，人與自然之間仍有一段心靈距離，只是要掌握它，還沒有進入它的生命脈絡之中，所以最後又容易跳回現實的哀傷之中（「悲來惻丹心，零淚緣纓流」）。

　　再看另一首遊仙詩：

　　　翡翠戲蘭苕，容色更相鮮，綠蘿結高林，蒙籠蓋一山，
　　　中有冥寂士，靜嘯撫清絃，放情凌霄外，嚼蘂把飛泉，
　　　赤松臨上游，駕鴻乘紫煙，左把浮丘袖，右拍洪崖肩，
　　　借問蜉蝣輩，寧知龜鶴年。〔註71〕

這裡是以仙道之物零碎地連接自然。在遊仙情境中，仙人凌駕世界之上，撫摸浮雲，拍打山崖，但在自然與人之間似乎存在著某種分隔。此時，詩人重視的似乎不是描寫自然之景色，而是仙人的飄然風姿，並以人在自然之中的一些行動姿態來表示其超越之意境（「排雲出」、「揮玉杯」、「拍洪涯」）。〔註72〕

────────────

〔註70〕郭璞：〈遊仙詩〉，王士禛：《古今詩選》（上），卷5。
〔註71〕郭璞：〈遊仙詩〉，王士禛：《古今詩選》（上），卷5。
〔註72〕郭璞〈遊仙詩・雜縣寓魯門〉，王士禛：《古今詩選》（上），卷5。

　　遊仙詩中的自然雖不是悽怖之景，但主要是把自然當作一種行動的空間，或者作為詩人轉換抒解心情的通道：

　　　明發心不夷，振衣聊踟躕，踟躕欲安之，幽人在浚谷，
　　　朝采南澗藻，夕息西山足，輕條象雲構，密葉承翠幄，
　　　激楚佇蘭林，回芳薄秀木，山溜何泠泠，飛泉漱鳴玉，
　　　哀音附靈波，頹響赴曾曲，至樂非有假，安事澆淳樸，
　　　富貴苟難圖，稅駕從所欲。〔註73〕

這首詩把自然當作「幽人」行動遊走的環境空間，描述的也是動作化的程序，包括「朝采南澗藻，夕息西山足」等早晚的行動。

　　又如謝朓之作：

　　　既從陵陽釣，掛鱗驂赤螭，方尋桂水源，謁帝蒼山垂，
　　　辰哉且未會，乘景弄清漪，瑟汨瀉長淀，潺湲赴兩岐，
　　　輕蘋上靡靡，雜石下離離，寒草分花映，戲鮪乘空移，
　　　興以暮秋月，清霜落素枝，魚鳥余方翫，纓綏君自縻，
　　　及茲暢懷抱，山川長若斯。〔註74〕

也是在暢懷的過程中夾雜遊仙情境，藉著另一個世界來表徵詩人超越的心境。但因為是把山水當成另一個世界（遊仙之境），所以由快樂到悲傷的情緒之間似乎有所斷裂，詩人主體與自然客體並沒有完全相容，超越與現實之間也形成距離。可以說早期的自然山水若不是暗示詩人情緒的悲哀與孤獨，就是作為脫離現實的仙境。

　　整體來說，魏晉六朝的自然山水詩常是描寫詩人身臨其境的幽曲之感，此時詩人多半處在行動遊歷的序列之中，其心靈也傾向忐忑不安。也就是此時的山水呈現大部分都還未完全地與詩人內在生命境界的提升結合在一起，詩人還是把自然當成驚險之地，或是把山水作為其抑鬱紆曲之心境的一種寫照。詩人雖然也想把自然當成一種可以使人愉悅的對象，但大部分還處在觀念階段，所以要特別用玄言說理或遊仙情境強調出來。

〔註73〕陸機：〈招隱詩〉，王士禛：《古今詩選》（上），卷4。
〔註74〕謝朓：〈將遊湘水尋句溪山〉，王士禛：《古今詩選》（上），卷9。

　　對於早期山水詩中所呈現的自然特性有了初步的認識，以下再加入田園情境以作爲對比。我們可以發現詩人在田園情境中的安頓性往往比較穩固，在陶淵明的〈飲酒〉詩中就提到山水與田園的對照：

　　　　在昔曾遠游，直到東海隅，道路迴且長，風波阻中塗，
　　　　此行誰使然，以爲飢所驅，傾身營一飽，少許便有餘，
　　　　恐此非名計，息駕歸閑居。〔註75〕

陶淵明在田園之中安頓以後，回想過去在山水之中到處遊歷的經驗（「在昔曾遠遊，直到東海隅」），只覺得充滿險阻之感（「道路迴且長，風波阻中塗」）。在田園之中雖然不免有農事勞動，但比起在山水情境中的飄蕩之感，畢竟是傾向一種定止的「閑居」狀態。由此可以看到「田園」與「山水」情境的最基本差異乃在於一個是定止穩固的，一個是流動不安的。

　　其實在上述所提到的山水詩裡，中間偶爾有一些段落會呈現較爲安定閒靜的特性，讀者若是觀察這些段落會發現其中大多會提到屋舍概念，詩人以山林中的屋舍爲中心來觀察世界，因此在山水之遊中往往會出現一段傾向田園定止的心境，看謝靈運的詩：

　　　　拂衣遵沙垣，緩步入蓬屋，近澗涓密石，遠山映疏木，
　　　　空翠難強名，漁釣易爲曲，援蘿聆青崖，春心自相屬，
　　　　交交止栩黃，呦呦食萍鹿，傷彼人百哀，嘉爾承筐樂，
　　　　榮悴迭去來，窮通成休感，未若常疏散，萬事恒抱朴。〔註76〕

這首詩一開始點出「蓬屋」作爲中心，所以傾向田園式的定止觀察，緊接其後所引出的自然景色較爲閒適幽靜（如「近澗涓密石，遠山映疏木」）。

　　謝靈運的詩若是寫到對於自然之可愛生機的描繪，其前後多半會出現房舍之類的詞彙：

　　　　暮春雖未交，仲春善遊遨，山桃發紅萼，野蕨漸紫苞，
　　　　嚶鳴已悅豫，幽居猶鬱陶，夢寐佇歸舟，釋我客與勞。〔註77〕

〔註75〕陶淵明：〈飲酒〉，王士禛：《古今詩選》（上），卷6。
〔註76〕謝靈運：〈過白岸亭詩〉，王士禛：《古今詩選》（上），卷7。

如這首詩中的「山桃發紅萼，野蕨漸紫苞」寫出看見植物生長的喜悅，其後點出「幽居」的情境。

又如以下這首詩：

> 昏旦變氣候，山水含清暉，清暉能娛人，游子憺忘歸，
> 出谷日尚早，入舟陽已微，林壑斂暝色，雲霞收夕霏，
> 芰荷迭映蔚，蒲稗相因依，披拂趨南逕，愉悅偃東扉，
> 慮澹物自輕，意愜理無違，寄言攝生客，試用此道推。〔註78〕

「林壑斂暝色，雲霞收夕霏，芰荷迭映蔚，蒲稗相因依」這都像是回到田園式的安定狀態之中所見的景象。

可以說在自然或山水詩裡，「田園」與「山水」的特質：定止與流動其實常是在一起的，因此要判定何者應歸屬於「田園」或者歸屬於「山水」，是依據以何者爲主的差異：

> 結宇窮岡曲，耦耕幽藪陰，荒庭寂以閒，幽岫峭且深，
> 淒風起東谷，有渰興南岑，雖無箕畢期，膚寸自成霖，
> 澤雉登壟雊，寒猿擁條吟，溪壑無人跡，荒楚鬱蕭森，
> 投耒循岸垂，時聞樵採音，重基可擬志，迴淵可比心，
> 養眞尚無爲，道勝貴陸沈，游思竹素園，寄辭翰墨林。〔註79〕

前四句即是由田園之屋舍然後引向山水之幽峭（「結宇窮岡曲」），進而把自然看成人世間之憂苦或不順的反照。也就是詩人一方面寫田園屋舍之定止（「耦耕幽藪陰，荒庭寂以閒」），但心思又向外面的山水險峻延伸（「幽岫峭且深」）。最後在一片蕭森之氣中，詩人又引向希冀超越的說理論述（「養眞尚無爲，道勝貴陸沈」）。

「田園」與「山水」之定止與流動的特質常交替出現的現象，其實在許多山水詩中所常出現的現象：由山水自然景色之幽曲跳躍至詩人內心渴望超脫的斷裂性中就可以看到：

> 束髮懷耿介，逐物遂推遷，違志似如昨，二紀及茲年。

〔註77〕謝靈運：〈酬從弟惠連〉，王士禛：《古今詩選》（上），卷7。
〔註78〕謝靈運：〈石壁精舍還湖中作〉，王士禛：《古今詩選》（上），卷7。
〔註79〕張協：〈雜詩〉，王士禛：《古今詩選》（上），卷4。

> 緇磷謝清曠，疲薾慚貞堅，拙疾相倚薄，還得靜者便，
> 剖竹守滄海，枉帆過舊山，山行窮登頓，水涉盡迴沿，
> 岩峭嶺稠疊，洲縈渚連綿，白雲抱幽石，綠篠媚清漣，
> 葺宇臨迴江，築觀基層巔。
>
> 揮手告鄉曲，二載期歸旋，且爲樹枌檟，無令孤願言。〔註80〕

詩人一方面以身歷其境的遊歷而非遠觀的角度，寫出他在山水跋涉過程中所感到的幽深崎嶇，寫出山勢水勢的迂迴深曲，然後中間突然停下來，把山水當成美的對象來觀察。「窮」、「盡」的動詞像是極爲努力地要探索整遍山林水流，是流動不安的，但在登峙山水的行動過程中，詩人偶爾又會停頓下來，進入一個美感的世界來描寫自然（「白雲抱幽石，綠篠媚清漣」），這正像是由山水的流動特質轉到田園式的定止觀照。

早期的山水詩在一連串騷動不安的行動序列裡，中間有時突然會停下來，進入定止的美感安歇。所以說定止與流動，田園與山水之心境在實際的情況之中常是交織在一起的。在曲折變動的山水路途中，詩人常會穿插以安定俯仰的心境品味自然情趣的詩句：

> 戚戚苦無悰，攜手共行樂，尋雲陟累榭，隨山望菌閣，
> 遠樹曖阡阡，生煙紛漠漠，魚戲新荷動，鳥散餘花落，
> 不對芳春酒，還望青山郭。〔註81〕

這首詩由行動開始（「尋」、「陟」、「隨」），然後又轉向悠閒之景色的描寫。中間穿插描寫清新可愛的自然景物，可以說是進入一種距離的美感觀照中。

就現實的自然環境來說，田園與山水其實常是合在一起的。田園畢竟是在山水之中開闢的，在田園之中只要向外延伸就是山水。就心靈的感知來說，在山水的遊歷中只要停下來就可能轉向田園的安頓心境，由流動的感覺轉向田園式的定止觀照。職是，本文所論的「山水」與「田園」之空間型態，除了就其生成的實際環境背景

〔註80〕謝靈運：〈過始寧墅〉，王士禛：《古今詩選》（上），卷7。
〔註81〕謝朓：〈遊東田〉，王士禛：《古今詩選》（上），卷9。

而論，還以作品展現的空間類型的主要特點來歸類，此特點包括是
「封閉」還是「開放」型態，空間型態是「四方」感還是「狹長」
感，以及其中的動靜之感整體而論是傾向「流動」還是「定止」。下
文即以這兩種特性為基礎說明傳統自然山水詩所表現出來的兩種基
本空間型態：「山水式」狹長流動空間與「田園式」四方定止空間。
當然，「山水式」流動空間中偶爾會出現定止的特質，「田園式」定
止空間中也會有流動的韻致，在定止與流動的綜合對照中，一方面
可以看到田園與山水特質的互見，同時也可看到「神韻」的本質是
流動與定止相結合的美感韻律。

　　不過，要加強說明的是，下文所說的流動空間雖然是建基在山水
跋涉中傍徨不安的行動序列中，但其中所表現出來的流動感絕對不止
於只是在行動中冒險所感到的傍徨不安感而已，而主要是在行動的過
程中轉化昇華心境後的一種流動韻致，因為「神韻」的本質是超越與
昇華的一種狀態，不能只是原始動盪不安之感的單純呈現。以上所舉
的早期山水之作可以說是詩人企盼走向自然以找到超脫的練習曲，讀
者雖然可以觀察到山水環境背景中所可能產生的流動特質，但也可以
看到詩人的內心期盼與外在景物的特質有些斷裂，其中的流動韻致還
未成熟，詩人內心並沒有完全與自然的律動合起來，是未完全成熟的
「流動空間」美感。但下文所討論的「流動」空間是屬於昇華之後的
流動韻致，是把人生與自然律動合起來，並且兩者之間沒有斷裂的一
種方式。整體來說，就山水詩的流動特色來說，六朝之後的山水詩基
本上朝兩種不同的方向發展：（1）一種是以山水當作行動的世界，並
以之呈現詩人內心的傍徨不安，詩人內心所希求的解放與山水景物之
樣貌中間有著一種距離與區隔的型態。（2）將山水行動中的崎嶇與變
動特性轉為一種昇華的面向，在山水中找到流動的韻味，甚而將內在
心情、人生感悟與山水變勢合而為一，共同融會滑行而出一種飄逸曠
放的流動空間。其實，在早期的山水作品中偶爾也有接近第二類型的
流動空間出現：

　　　　林斷山更續，洲盡江復開，雲峰帝鄉起，水源桐柏來。〔註82〕
「斷」、「續」、「起」、「來」這些動詞的運用使整首詩像是掌握了山林
自然之動勢與氣韻，不過，這在早期山水詩中畢竟是少數。

　　　　整體而論，在「神韻」的脈絡中，對於山水自然的體會與表現雖
然是主要的歸趨，但是並不是以表現純粹的「第一自然」為目的，詩
人總是努力嘗試從自然中找到一種新的生命活力與律動，以表現自然
與人文活動相互生發的韻致：

　　　　嚴穴無結構，丘中有鳴琴。……。
　　　　非必絲與竹，山水有清音。〔註83〕

「神韻」的美學典範是嘗試在自然之中找到與人文活動相似的一種精
神。「嚴穴無結構，丘中有鳴琴」即指出藝術美與自然美的精神是相
通的，自然不是被當成一個純粹的第一自然本身，而是它本身的律動
之中會傳達出一種與人文活動相通的美感。「非必絲與竹，山水有清
音」則是說，不一定要在人文藝術的活動中才能體會到音樂藝術所傳
達的超越精神與韻律。下文所要說的「山水式」空間型態，正是一方
面在山水之中行動遊走，但詩人卻又找到一種人文韻致，使得人生之
體悟與山水之音可以一起向前共響流動，完成一種超越的「人文山水」
的創造。

　　　　整體而論，在早期的山水詩裡，詩人在自然山水的跋涉行動中表
徵其心靈努力走向解放超越的過程，但因為是觀念剛起步的階段，還
有許多技法的問題，因而並未完全找到一種超然散逸的理想情韻。當
然，若是反過來思考，早期山水詩中以實際的行動遊走本身推展山水
空間的型態，其實是往後山水詩裡心靈遠遊的基礎，同時其在不成熟
的神韻之味中有其清新可愛的特質。要到比較晚，詩人才能超越山水
的幽暗險惡。當山水之登臨變而為以遠觀之方式而非身臨其境的攀爬
的時候，「神韻」的真諦就找到了，也克服了呈現方式上的技術性問

〔註82〕王融：〈江皋曲〉，王士禛：《古今詩選》（上），卷9。
〔註83〕左思：〈招隱〉，王士禛：《古今詩選》（上），卷5。

題。在走向自然，於山水中解放身心的體悟中，「神韻」傳統的主要走向是企圖把山水田園化或規格化，使人的心靈可以超越行動的限制而逼近傳統的「俯仰宇宙觀」，亦即要超越具體行動的遠遊，而成為心靈的遠遊客。也就是要以「定止」去掌握自然與世界的「流動」，把山水規格為人心所想要的模式。因此可以說，「定止」是掌握「流動」的開始。

　　下文將分為兩個層面來說明「神韻」詩利用空間感表現言外意境的方式。在第一層面上，我們要提出「神韻」詩裡常見的一種基本的表述方式：由景物與空間位置的組合關係來表徵閑適意境的方式，在這種最基本而普遍的表述方式中，即可看到自然景物與空間概念最緊密的關係。在這種基礎方式上，進入第二層面，我們要將「神韻」詩所表現的整體空間意境分為兩大類型來說明：一類是「田園式」空間型態；另一類是「山水式」空間型態。就生成的環境而言，這兩種空間型態的產生都是以自然環境作為背景，前者是在自然田園之氛圍中產生，後者則在自然山水之遊中造就，兩者都與自然不可分割。再就其表述方式來說，下文在第一類「田園式」空間型態中所論的「環狀空間」與自然物象的陳列與排列組合當然密切相關，而由物象（名詞）之相組所產生的心理空間，其實就是前面所說的由景物與位置之組合關係表徵言外意境之基礎方式的延伸。至於第二類的「山水式」狹長空間型態，更是由自然與人文之物象交織合而為一種流動性質的空間，也可以說是由自然景物造就空間意境。在下文的討論中，我們一方面可以看到「神韻」詩利用空間感表出其「言外意境」的幾種基本方式，同時也可以由這些空間型態中看到自然景物是造就「神韻」詩空間意境的基礎。可以說，自然景物對於「神韻」詩有著內容與形式上的雙重意義，是「神韻」的基本原質。

第三章 「神韻」詩的基礎表現方式：
景物與位置（方位）之組合關係

前　言

　　由上文的討論可以看到，「神韻」詩的感知方式往往是透過一個空間性的物象（乃至場景）作爲一種中界與過渡，以此間隔朦朧地感知物象與世界。同樣的，「神韻」詩的陳述方式也有類似的特質，也是透過展開空間性的情境來朦朧間隔地呈現其言外意旨。以下幾章都是要說明「神韻」詩所展現的空間類型，以此可以更深入地了解「神韻」是利用什麼形式來表徵其內容。本論文分爲兩個部分來說明「神韻」詩表現言外意境的方式，第一部分首先說明「神韻」詩最基本而普遍的表述方式，即是利用景物與位置的組合關係表徵言外意境的方式，這是基於「神韻」詩所呈現的空間感與自然景物的運用有著不可分割的關係。「神韻」傳統從一開始不僅有著利用自然景物來表現曠放開逸之言外韻致的傾向，而且這些自然景物所放置的空間位置一直是詩人所努力思索的問題，因而景物與位置的組合關係可以說是「神韻」詩呈現清朗閒適意境的一種最基本而普遍的方式。第二部分則進一步從整體空間意境來看「神韻」詩，總說「神韻」詩所呈現的空間型態：即是「田園式」四方空間以及「山水式」狹長空間型態。此種

利用自然，乃至自然景物之空間位置的排列來表現閒適意境的方式，本身都可說是一種朦朧間隔的表現方式。也可以說，「神韻」詩表徵朦朧的「言外意境」的一個重要的方式是依據自然而營造空間感。

壹、景物與空間位置之兩種組合方式

第二章已總說自然景物對於「神韻」詩的重要性與特殊意義，並了解自然景物與空間概念的緊密關聯，以下則進一步分析具體的詩例以了解「神韻」詩如何運用自然景物來達成一種空間意境的營造。這裡首先就自然景物與空間位置的組合關係來分析「神韻」詩表現言外之意的方式（此所謂的空間主要是指處所、位置或方位），這部分的討論一方面可以說明「神韻」詩如何利用自然景物來達到言外意境，同時也體現「神韻」詩中自然景物與空間概念最緊密的結合關係。

「神韻」詩裡有一種基本而特殊的寫景方式是利用物象與空間區域的關係位置來呈現詩境，讀者也許會問：有物體就有位置，這種組合方式有何特殊與作用呢？其實，在物象與區域位置的組合關係中，有時含著一種存在性的問題，即是到底是以物象證明區域之存在，還是以區域證明物象之存有，這就依照當時的情況而定。不過，依照亞里斯多得的看法，物象與空間區域有著一定的關係（詳參第一章），或許正因為有這種依存關係，所以這種組合方式就帶著一種「中立」特質，也因而「神韻」詩可以利用這種「中立」特質的模糊與不定之語意完成平淡閒逸的言外意境。或者說，「神韻」詩人所創造出來的情境與境界，分析起來有一種獨特的方式就是將景物與空間搭配起來，而這搭配出來的意境是抽象而沒有固定意旨的，如此就可能傳達出較為豐富寬廣的韻致與意義。當然，這種搭配也可能成為物理組合而變成毫無韻致，也不一定引向平淡閒適之意境，所以要利用景物與位置的組合來達成一種高妙的意境還要靠詩人的獨特慧心與技法。

在傾向「中立化」的呈示方式中，可以看到「神韻」詩對於自然的關注不單是著眼於自然景物的顏色、質地，也不單是感覺景物

所給予的感官刺激，而是著力於將景物與空間概念單位搭配起來，使之成爲一種特殊的情境。而這種利用自然，乃至自然景物之空間位置的排列來表現閒適意境的方式，本身即是一種朦朧間隔的表現方式，因爲詩人不直接陳述他的閒適心境，轉而將讀者帶入一種空間情境的遊想中。如果承上文所說的「感知方式」來看這種景物與空間位置之組合關係的呈現方式，大體上可以說是由「無中心散漫式」感知方式延伸而來。

　　「神韻」詩常是先點出一個空間區域，然後指出一個現象，或是先寫出一個物象，然後說明它的位置落點。此外，此空間區域可以再分爲兩類情況來說：第一類是以「一般性」物象空間爲主，即沒有特定人文或文化意義的空間。第二類是以「一般性」物象空間爲主，即具有特殊文化意義的地點。此兩者都是「神韻」詩表現超越之意涵的基本方式之一，關心一個物象從那裡出來，又歸向那裡去始終是「神韻」詩人觀察的重心，彷彿物象找到了位置就是一種安定心境的象徵。也就是重視空間位置（方位）的標示以及區域限定是「神韻」詩的重要特徵之一，是其表述言外之意的一個重要方式，至於如此陳述所引出的意義則依不同情況而定。至於下文所要討論的兩種空間類型（「田園式」與「山水式」空間型態）也都是由這種基本模式延伸而來的。整體來說，這些組合方式都包含「神韻」的特性：「流動」與「定止」的對照與交替，並有一種歸屬安定感在其中。

一、先寫物象再劃定區域的陳述方式

　　在「神韻」詩利用自然景物表現言外意境的方式中，有一種是先把物象乃至現象點出，然後再劃定一個區域。在這種將某個物象安置在一個區域範限的描寫方式中，像是引出一個「中立」性質的陳述，並由此帶出一種抽象的空間感。而最後劃定區域位置就代替本來無方向的漂泊、未知、不確定的焦慮感，使得原始情感不再成爲被關注的中心，意義也變得朦朧不確定。當然，如此的表現模式在每一首詩中

都有不同的意義，要看前後句子的狀況而定。

最基本的來說，景物與位置之間總是存在著某一程度的依存關係。有時詩裡景物與位置的組合關係是要以景物定出某一個位置的存在：

> **南城陳伯璣**（允衡）清羸如不勝衣，雙瞳碧色，最工五言，如：「寒日明孤城，斜風下飛鳥。」「籃輿望歸鳥，日莫空城曲。」「疏鐘荒寺在，澹月空床得。」此類數十句，皆**王韋**門庭中語也。〔註1〕

其中的「疏鐘荒寺在，澹月空床得」，即是先寫一個物象（或聲音）然後引出一個空間區域，似乎是要藉由前面物象的沖澹意義（「疏鐘」、「澹月」）而突出後面一個空間（「荒寺」、「空床」）不被人注意的存在性，並以此依存關係表現身處荒疏卻又清朗悠然的境界。

又如以下這首詩：

> 川原一片綠交加，深樹冥冥不見花。
> 風日有情無處著，初迴光景到桑麻。〔註2〕

詩人先是將視野放到一片廣闊無阻礙的「川原」上（「川原一片綠交加」），然後將注意力引到深密之處（「深樹冥冥」），往具有深密向度的空間尋覓。但不是寫出找到了什麼，而是寫出找不到什麼（「不見花」），這意味著在隱蔽處尋找的過程本身即是樂趣所在，而不在於尋覓的結果。在這首詩的下半部，詩人先讓「風日」在空中作一個盤旋，流動而不知該在何處落腳（「風日有情無處著」），最後選定在「桑麻」上作為落腳處，如此就使自然風物有著由流動到定止的情韻，也使讀者注意到平凡農作物的光景。

一個物象所坐落的位置常是「神韻」詩表徵言外意境所不可或缺的部分，「神韻」詩常出現的基本模式是，探問或說明物象在那一個位置上：

〔註1〕王士禛：《漁洋詩話》，《帶經堂詩話》，卷12，頁292。
〔註2〕王安石：〈出郊〉，《全宋詩》。

> 洞庭木落萬波秋，說與南人亦自愁。
>
> 欲指吳淞何處是，一行征雁海山頭。〔註3〕

「欲指吳淞何處是，一行征雁海山頭」即是以物象（「一行征雁」）所坐落的位置（「海山頭」）表徵吳淞的位置。這首詩前頭有一種淡淡的哀愁，但後來藉著把哀愁轉移到一個地點位置上（「何處是」），內在情感就轉爲外在客觀景物。此正體現「神韻」詩的特徵，將情感轉移到寫景之中，轉移到景物坐落的位置上，情感就能自然而然地如「蜻蜓點水」般消散而去，留下一片清風朗月。

空間位置的安排與定位往往用來象徵詩人安詳超越的心境，如以下這首詩就是以物象在一個位置上表徵灑落之感：

> 獨憐幽草澗邊生，上有黃鸝深樹鳴。
>
> 春潮帶雨晚來急，野渡無人舟自橫。〔註4〕

這首詩以「野渡無人舟自橫」的位置安頓對比前一句「春潮帶雨晚來急」的動亂之感，以「動」中顯「靜」的方式突顯暴風雨中的寧靜感。不論是自然，還是人自己，可以自己的方式，不管外面任何風雨的干擾而悠然漠然，就是一種超然而安頓的心境。

「神韻」詩常以物象的位置安放表示一種閒適放逸的心境：

> 高談清虛即是家，何須須占好煙霞，無心於道道自得，
>
> 有意向人人轉賒，風觸好花文錦落，砌橫流水玉琴橫，
>
> 但知如此還如此，誰羨前程未可涯。〔註5〕

例如這首詩在寫到「玉琴橫」的安置中將閒適而悠然的心境帶到最高潮（「風觸好花文錦落，砌橫流水玉琴橫」），而物象在某一位置上的客觀陳述也正能表現出「無心於道」的境界。

以物象所在位置的安排作爲呈現心境的方式，又如以下這首詩：

> 月好好獨坐，雙松在前軒。〔註6〕

〔註3〕王士禛：《池北偶談》，《帶經堂詩話》，卷9，頁203。
〔註4〕韋應物：〈滁州西澗〉，王士禛：《唐人萬首絕句選》，卷3，頁122。
〔註5〕貫休：〈野居偶作〉，《全唐詩》。
〔註6〕白居易：〈松聲〉，《全唐詩》。

這裡是以「雙松」這個物象所在的位置（「在前軒」）來象徵詩人獨坐悠賞的心境。

此外，許多禪趣詩也都以物象位置的安排表徵無所拘執的道心，如以下這首詩就是以物象之地理位置的安排來表徵超逸之感：

靈境信為絕，法堂出塵氛，自然成高致，向下看浮雲，
迤邐峰岫列，參差閭井分，林端遠堞見，風末疏鐘聞，
吾師久禪寂，在世超人群。〔註7〕

對於「在世超人群」的「禪寂」之境，詩人是以對於位置空間的掌握來表徵。詩人以從天上下看人間的角度來透徹世界之地理位置的安排（「迤邐峰岫列，參差閭井分」），以此表徵心靈得道的境界。

詩人表徵自由如飛的放逸之心，常以動靜對比的方式呈現，而物像在某個空間的定止狀態多半作為此動靜對比中的「靜」，如這首詩：

練得身形四鶴形，千株松下兩函經，我來問道無餘說，
雲在青霄水在瓶。〔註8〕

詩人以「兩函經」放在松下的位置所呈現的「靜」來對比第一句「練得身形四鶴形」的「動」，以此表徵詩人得道自得而又安詳的超越境界。最後一句的「雲在青霄水在瓶」也是以兩個自然物象各自在它的空間位置上來表徵「道」的旨意。

在「神韻」詩中景物與位置的組合方式除了隨意運用自然裡的一般區域，有時也特別選取具有特殊文化歷史意義的地點，這種人文地點的選擇讀起來的感覺又不一樣。選用一般的空間區域所重視的是一種與整體自然合一的意境，不重實際遊歷的經驗與特定山水的意義。而實際人文地點的選用則多半是要突顯詩人遊歷過那一個山水地點的實際體驗，如這則論述就特別強調詩人所經歷過的許多山水勝跡：

曾子固曾通判吾州，愛其山水，賦詠最多，鮑山、鵲

〔註7〕裴迪同詠（王維）：〈青龍寺曇璧上人兄院集〉，《全唐詩》。
〔註8〕李翱：〈贈藥山高僧惟儼〉，《全唐詩》。

山、華不注山皆有詩，而于西湖尤惓惓焉，如鵲山亭、環
波亭、芍藥廳、水香亭、靜化堂、仁風廳、凝香齋、北渚
亭、歷山堂、濼源堂、閱武堂。下新渠、舜泉、趵突泉、
金絲泉、北池、郡樓、郡齋，皆有作，及遷知襄州，尤不
能忘情，離齊州後云：「千里相隨是明月，水西亭上一般
明。」〔註9〕

「千里相隨是明月，水西亭上一般明」是把物象（明月之光）定在一
個區域中來欣賞，而這個位置又是特定的名勝（「水西亭上」）。「明月」
之光本來千里普照而無須限定範圍，但詩人卻把它放在特定而具有名
勝意義的地點上來觀察，似乎要突顯自己走過的足跡與經歷。

　　物象定止於一個特別的地點是「神韻」詩營造意境的一部分：

　　　　予曰：「『扁舟洞庭去，落日松江宿』此誰語？」愚山
　　曰：「韋蘇州、劉文房耶？」予曰「乃公鄉人梅聖俞耶？」
　　（施）愚山爲爽然久之。〔註10〕

「落日松江宿」即是先寫出物象，然後引出一個位置，最後的動詞：
「宿」有將物象在一個範圍內實實地落定住、安置住的意味，如此與
第一句「扁舟洞庭去」形成動靜對比，完成流動到靜止的韻律。

　　「神韻」詩常出現一個物象在一個範圍內落定的表述方式，雖然
我們無法確切說明這象徵什麼意義，但是整體來說，可以感覺此中常
有一種歸屬感與安定性，此靜態定止感若是與前後的動態流勢感作爲
對比，往往能讓人感受到動靜相合的心靈生機。此外，物象在一個位
置上的呈現方式有一種簡潔明朗的特質，因此在此實象實指的客觀陳
述中，能夠把道心的簡潔性完全而具體地呈現出來。

二、先寫地點再引出物象的陳述方式

　　關於物象與區域之間的組合方式，還有另一種相反的形式即是
先標出位置與方位才說明物象（或狀況）的情況。前一種方式好像

〔註 9〕王士禛：《居易錄》，《帶經堂詩話》，卷 14，頁 357。
〔註10〕王士禛：《池北偶談》，《帶經堂詩話》，卷 1，頁 43。

在飄動之中有歸屬安定性，後一種狀況有時則像是由一個範圍之中
向外展開流動之感，此兩者都是「神韻」詩表現自然與人生律動之
靜止與流動韻致的交替搭配方式。

看以下這則例子：

> 和靖詩特工五言，如「晝巖松鼠靜，春棧竹雞深」，「水
> 風清晚釣，花日重春眠」。何減昔人所舉「草泥行郭索，雲
> 木叫鉤輈」耶？若〈詠梅〉「疏影、暗香」之句，及「雪後
> 園林才半樹，水邊籬落忽橫枝」一聯，七言唯此可稱絕唱，
> 他殊不類何也？〔註11〕

其中的「晝巖松鼠靜，春棧竹雞深」即是先寫一個區域，再把物象的
狀態點出。先劃定一個區域，如此讀者所先捕捉到的是一種定止的空
間印象，而這首詩在空間區域之後緊接著呈現物象，然後又是形容詞
「靜」、「深」，如此更加深一種厚實不動的「靜」、「深」之感。

描述在某個空間位置有何物象或狀況的表述方式是以「中立」特
質來表徵一種閒適的意境，其整體的效果不是廣闊的空間感，而是詩
人在某個瞬間對自然有所體悟的定位感：

> 深院無人鎖曲池，莓苔繞岸雨生衣。
> 綠萍合處蜻蜓立，紅蓼開時蛺蝶飛。〔註12〕

「綠萍合處蜻蜓立」是先指出空間之點是在「綠萍合處」，而「紅蓼
開時蛺蝶飛」是先指出時間之點是在「紅蓼開時」。因為前面所指出
的空間與時間中的特殊焦點或瞬間，如此就使原本很平凡的現象（「蜻
蜓立」與「蛺蝶飛」）綻放出某一種亮度，也表現出詩人觀照平凡物
象的細膩，更看到此特殊角度下充滿生趣的心境。

「神韻」詩中對於某一空間位置的標示，有時具有與時間相對的
意謂，例如以下這首詩就將焦點集中於一個較小的空間位置上，並將
人生之感放入其中：

> 梨花淡白柳深青，柳絮飛時花滿城。

〔註11〕王士禎：《蠶尾續文》，《帶經堂詩話》，卷12，頁286。
〔註12〕歐陽修：〈小池〉，《全宋詩》。

惆悵西闌一株雪，人生看得幾春晴。〔註13〕

前兩句的「梨花淡白柳深青，柳絮飛時花滿城」是寫一種散佈式的廣闊空間，後兩句的「惆悵西闌一株雪，人生看得幾春晴」則將感覺集中到一個邊緣角落中的小物象上（「西闌一株雪」），並且將人生閱歷放入其中。透過一個邊陲的位置，詩人突出了人的年歲有限而賞物也有限的無奈（「人生看得幾春晴」）。

對於自然景色的美好體會，詩人常是限定在某一個特殊的處所上來陳述它，所以說在「神韻」詩裡，空間處所的描述是基礎的元素：

楊柳杏花何處好？石梁茅屋兩初乾。

綠垂靜路要深駐，紅寫清陂得細看。〔註14〕

詩人先問「楊柳杏花」在那裡會特別使人感到愉悅（「何處好」）？然後給予一個答案是「石梁茅屋兩初乾」。這個答案其實不光是限定在一個空間範圍內（「石梁茅屋」），同時還包含著一個特定的時間點（「兩初乾」），由此可以看到一個特定的處所與時間瞬間的點出可以使原本平凡無奇的物象頓時綻放一種新的光亮。其後的「綠垂靜路」和「紅寫清陂」，也是把「楊柳杏花」放在一個特定的處所上，然後以此指引讀者根據這個區範作聯想。

呈現一個特定的空間處所，有時用來作為發現驚異之處，或是象徵人生處境之轉折：

蘇穎濱和孔武仲〈濟南四詠〉，〈環波亭〉云：「過盡綠荷橋斷處，忽逢朱艦水中央。」〔註15〕

這裡先指出一個位置（「綠荷橋斷處」），以此引出一個突然的發現（「忽逢朱艦水中央」）。而這突然出現的「朱艦水中央」，也是由景物與位置的組合關係來呈現。

景物與位置的組合方式，在有些詩裡蛻化為更為省淨的方式，是

〔註13〕蘇軾：〈東欄梨花〉，王士禎：《池北偶談》，《帶經堂詩話》，卷9，頁203。

〔註14〕王安石：〈楊柳〉，《全宋詩》。

〔註15〕王士禎：《香祖筆記》，《帶經堂詩話》，卷14，頁358。

以單獨名詞並列的語法呈現：

> 回家何所樂，簑笠日相親，望歲占風色，寬徭知政仁，
>
> 樵漁逐晚浦，雞犬隔前村，泉溜滕間動，山田樹杪分，
>
> 鳥聲梅店雨，野色柳橋春。
>
> ……。
>
> 焚魚酌自醴，但坐且懽忻。〔註16〕

「鳥聲梅店雨，野色柳橋春」的語法即是物象與區域的組合方式的濃縮。本來，「雨」和「鳥聲」都是自然之中無所限定範圍的東西，現在，中間夾了「梅店」，就使「鳥聲」與「雨」有了集中的限定範圍。而由於「梅店」是屬人文的建築，所以這兩句詩讀起來會讓人感覺像是自然與人文相融合的氣質。「鳥聲」與「雨」若是單獨被寫只是純粹的自然，但是加上「梅店」就會令人感到在自然輕鬆之中，彷彿增添了某種人文之氣質，而「梅店」也因「鳥聲」與「雨」而變得充滿疏逸之氣。「鳥聲梅店雨，野色柳橋春」是將自然限定在一個人文的空間位置（建築）之中，將自然之現象賦予一個人文背景。如此，自然因為有了一個人文焦點就不再是普通而散漫的。人文建築變成了畫面的一個中心點，一切都環繞著它而迴蕩，因而有一股灑落之感。所以在物象與空間相組合的陳述方式中，具有特殊意義的位置常使得一個普通的景物從平凡而具有特殊的氣質與光亮。

這首詩也是用類似的省淨語法，以地點「蘇臺」形容物象：

> 夜暗歸雲繞檜牙，江涵星影雁圍沙。
>
> 行人悵望蘇臺柳，曾與吳王掃落花。〔註17〕

在一個物象（「柳」）之前加上地點名詞「蘇臺」，就使得普遍的「柳」變得特殊。

又如以下的例子也是把物象與地點名詞直接連接在一起，中間沒有加上任何動詞與形容詞，如此形成三個名詞並列相組而成的一

〔註16〕歐陽修：〈過張至祕校莊〉，《全宋詩》。

〔註17〕姜夔：〈姑蘇懷古〉，王士禛：《池北偶談》，《帶經堂詩話》，卷9，頁203。

種心理空間：

> 漢太尉橋玄故宅，在濛山北三里彰法山。山麓溪流紆
> 折，松竹鬱秀，今改爲廣教寺，寺前有井，相傳二喬梳妝
> 之所，至今水胭脂色，土人號爲胭脂井，山谷詩云：「松竹
> 二喬宅，雪雲三祖山。」〔註18〕

「松竹二喬宅、雪雲三祖山」即是三個名詞並列相組的語法形式，
因其中的地點名詞含有歷史的印記（「二喬」、「三祖」），因而使得松
竹、雪雲、山等自然變得具有另一種色彩。

以下這個例子也是在物象之前加上一地名方位：

> 杜茶州（濬）〈送人入蜀〉云：「古意淮南葉，他鄉劍
> 外州。」不減古作。〔註19〕

一般性的物象常因冠上位置或地名才能生發新的意義，例如「淮南
葉」、「劍外州」都是在物象之前著一地名方位。「葉」本來是一個廣泛
的一般物象，之前加冠一個地名，就被限定爲某一個地方的特殊物象。

由以上的討論可以看到，景物與位置之間的組合方式按照每一首
詩的狀況而有許多不同的意義。不過，就整體美感與意境來說，以景
物與空間位置相組的搭配方式，多半都體現著「神韻」詩流動與靜止
之交互搭配的美感律動。因著空間位置的靜止特徵，景物與位置之間
的關係就有著創造靜止與流動之變化的可能性，充分展現傳統詩歌裡
重視「動」、「靜」相結合的美學意境。所以說，從哪裡開始，又落腳
於何處，始終是「神韻」詩的一個重要而基礎的陳述方式。

貳、方位概念與言外之意

「神韻」詩裡中利用景物與空間位置之間的組合關係以表徵心靈
意境的方式，還可以由景物與位置的關係進一步講到景物與方位的搭
配關係。也可以說，在景物與位置的諸多組合方式中，其中有一種即

〔註18〕王士禎：《皇華記聞》，《帶經堂詩話》，卷13，頁334。
〔註19〕王士禎：《漁洋詩話》，《帶經堂詩話》，卷11，頁254。

是在位置處所之後再加上一個方位詞的形式。由於方位詞的使用在傳統詩文中有其特殊的意義，所以在此特別將區域加上方位的組合方式另文討論。

一、「方位詞」的兩種特殊意義與運用

談到方位詞在傳統詩歌裡的運用，歸納起來主要有兩種不同的意義：（1）一是用來表徵「生存空間」的意義。（2）二是用來表現「心靈超越」的意義。前者表現出有所依歸之感，後者則傾向漂流旋轉之感，此兩者都對「神韻」詩裡景物與方位之組合方式的運用有所影響，體現出「神韻」詩的兩個面向：以生存空間（「家」）為中心的俯仰感知以及不斷流轉飄動的變化感。

（一）方位的「生存」意義

人常是以「我」為中心，產生前、後、左、右以及上、下等方位，如此形成空間意識的初基。在人文地理之「存在空間」中常提到所謂的聚落空間形式即是以「中心」配合方位所組合而成，在此「中心－四方」的空間形式中，人的「存有意義遂獲得開顯」。這種概念放到中國的傳統之中，還形成一種由「五行」哲學與「五方」相互涵容、撐舉的生存空間架構，並成為中國人二千年來「生活世界的空間性指導原則」。〔註20〕人之聚落以此「中心－四方」的向心性結構，人便獲得了「存在於世的安全感」〔註21〕。由此可看出方位概念與生存空間有很大的關係，對於人的生活、生命有重大的意義。

方位在中國傳統詩文中常有類似「存在空間」的運用，以方位作為政治秩序之確認可以說是上述之概念的延伸。中國人自古就認為要在不同的方位「上」、「下」察看，如《中庸》就說：「詩云鳶飛戾天，

〔註20〕潘朝陽：〈「中心——四方」空間形式及其宇宙論結構〉，《師大地理研究報告》第 23 期（1995 年 3 月），頁 84。另可參考林會承：〈漢民族空間模型之建立概說〉，《賀陳詞教授紀念文集》（1995）。

〔註21〕潘朝陽：〈「中心——四方」空間形式及其宇宙論結構〉，同前註，頁 88。

魚躍於淵，言其上下察也」。就文學作品而論，詩經、楚辭也都有方位詞的運用，詩經已普遍使用到各類方位詞，〔註22〕楚辭也很完整地運用方位概念。〔註 23〕不過，論到空間秩序之「蓄意經營」，到四方的大量鋪寫還是以漢賦爲主。在此舉一例：

> 雲夢者，方九百里，其中有山焉⋯⋯，其東則有蕙圃衡蘭⋯⋯，其南則有平原廣澤⋯⋯，其西則有湧泉清池⋯⋯，其北則有陰林巨樹⋯⋯，其上則有赤猿蠷蝚⋯⋯，其下則有白虎玄豹⋯⋯。〔註24〕

這裡「中、東、南、西、北、上、下」等幾乎全部的方位詞都有出現。

　　而漢賦之中充滿方位的陳述，其中有一個意義即在於類似上述之「存在空間」的致序感的確認：

> 蓋詩有六義焉：其二曰賦。揚雄曰：「詩人之賦麗以則」。班固曰：「賦者，古詩之流也。」先王采焉，以觀風土。見綠竹猗猗，則知衛地淇澳之產。見在其版屋，則知秦野西戎之宅。故能居然而辨八方。⋯⋯。余既思摹二京而賦三都，其山川城邑，則稽之地圖。其鳥獸草木，則驗之方志。〔註25〕

〔註22〕曹淑娟提到：「《詩經》中已普遍使用上、下、東、西、南、北、中等方位詞，唯聯節出現鋪陳四方形勢者終屬少數」。參見曹淑娟：《漢賦之寫物、言志傳統》（台北：文津出版社，1987），頁 152。她根據南嶽出版社之十三經引得統計的結果是：篇題、人名不計，《詩經》中「東」字凡五十四見，「西」字十七見，「南」字六十七見，「北」字二十二見，多單獨表方位用，連結出現者只有少數。而如〈大雅・文王有聲〉：「鎬京辟廱，自西自東，自南自北，無思不服，皇王烝哉。」兼有四方，則爲僅見。同前，頁 169。

〔註23〕曹淑娟以〈楚辭・招魂〉爲今見文學作品中，最早關懷完整宇宙之文，例如《楚辭招魂》已有明確之空間認識，依東、西、南、北、上、下、中而鋪排，以完整系統解釋所存在之空間。參閱曹淑娟《漢賦之寫物、言志傳統》，同前註，頁 152。

〔註24〕司馬相如：〈子虛賦〉。

〔註25〕左思：〈三都賦序〉。

左思提到漢賦裡關於地理位置與景觀的描寫，是因於可以讓帝王了解八方四面的情況（「能居然而辨八方」）。顯然此關於地理位置的描寫與世界的掌握有關，而方位詞的運用可以更加確定帝國權力範圍與秩序感的確認。

對於「四方」的描寫，若是放到中國詩的傳統之中來看，它的意義也有著對於世界之秩序與生存空間之掌握的意義：

> 文章者，所以宣上下之象，明人倫之敘，窮理盡性，以究萬物之宜者也。……。周禮太師，掌教六詩：曰風，曰賦，曰比，曰興，曰雅，曰頌。言一國之事，繫一人之本，謂之風。言天下之事，形四方之風，謂之雅。……。〔註26〕

詩六義中的「雅」就是要掌握四方的消息，以確保世界的秩序（「言天下之事，形四方之風」），〔註27〕由此可窺見運用四方之形勢的描述，是與世界秩序及帝國政治之關懷密切相關的。

（二）方位的「超越」意涵

不過，方位在傳統詩文之中還有一層與上述「生存空間」完全不同的意義，即是運用於表徵超越閒適之意境。雖然漢賦已蓄意運用方位詞語形成一種空間性質的描述，但是，它卻是用來表徵帝國的勢力確認，方位的運用還不是用來表徵超越的意涵。若是把方位放到中國的超越傳統之中來看，可以由遊仙詩與禪趣詩中看到詩人進一步運用方位表徵自由與閒逸之感的狀況。

先說遊仙詩。在遊仙詩裡，詩人一方面以自然空間作為仙境在其中行動遊賞，同時也以心靈的想像來完成對世界的征服。在遊仙傳統

〔註26〕摯虞：〈文章流別論〉。
〔註27〕曹淑娟提到：此種對六方形勢之關懷應與戰國時風有關，七雄並峙，各有勢力範圍，縱橫兼并之際，不可不明天下形勢，士人遊說議論，每扣緊地理形勢陳言，戰國策中即多其例。大漢雖一統，然開邊未已，益拓疆域，漢人對此廣袤幅員充滿驚奇，既關懷其繁複內容，亦留意其四方形勢：賦既與大帝國關係密切，作者亦每於篇中顯現對地理形勢之關切」。見曹淑娟：《漢賦之寫物、言志傳統》，同前註，頁152。

之中，詩人還進一步利用左右、上下、方位的變換加上行動詞語表徵超逸自由之感覺。

　　嵇康的〈贈秀才入軍〉裡就已經用方位（左右南北）的全面籠罩來表徵一種玄遠放逸之感：

> 良馬既閑，麗服有暉，左攬繁弱，右接忘歸，風馳電逝，躡景追飛，凌屬中原，顧盼生姿，攜我好仇，載我輕車，南凌長阜，北屬清渠，仰落驚鴻，俯引淵魚，盤于游田，其樂只且。〔註28〕

詩人利用左右（「左攬繁弱，右接忘歸」）、南北（「南凌長阜，北歷清渠」）等方位的全面描述來表徵超逸自由之感，其中也包括視角的轉換（「仰落驚鴻，俯引淵魚」）。這裡的左右南北等方位詞不是用來描述景物，而是表徵一種行動無束縛之感覺。

　　大體而言，方位配合著不斷的行動（大致上是想像的行動）是遊仙詩表徵超逸之感的方式之一。但由於其中的方位詞不是運用在景物的描寫中，它的意義比較確定，創造言外之特殊意境的潛能也比較微弱，但是方位的運用卻在遊仙詩裡與超逸之印記有了初步的聯繫。看一則遊仙詩的例子：

> 翡翠戲蘭苕，容色更相鮮，綠蘿結高林，蒙籠蓋一山。
> 中有冥寂士，靜嘯撫清弦，放情凌霄外，嚼藥挹飛泉。
> 赤松臨上遊，駕鴻乘紫煙，左挹浮丘袖，右拍洪崖肩。
> 借問蜉蝣輩，寧知龜鶴年？〔註29〕

這裡是以左右方位配合動作表徵自由飛逝之感。詩中以「冥寂士」作為中心，以他在左右四方各邊都能夠自由動作表徵其心靈以想像超越的一種方式（「左挹浮丘袖，右拍洪崖肩」）。同時，在心靈解放的境界，感官也是可以上下四方相互流轉的。

　　再看禪趣詩中的方位運用。方位的表述既具有「超逸」之印記，同時又能在詩中達成無盡之「言外意趣」的不確定狀況，以在具有禪

〔註28〕嵇康：〈贈秀才入軍〉其一。
〔註29〕郭璞：〈遊仙詩〉，王士禛：《古今詩選》（上）卷5。

趣的作品中表現得最爲突出。可以說方位的表述對「神韻」詩影響最大的應該是禪趣詩的表述方式，「神韻」詩派從嚴羽到王士禛都提到「詩禪一致」的觀念。王士禛就提到：「詩禪一致，等無差別」，並且常用禪語比喻詩歌的創作或意境。

　　佛在六世紀傳入中國之後，其思考與表述方式對於傳統士人有一定程度的影響。不論是佛教思想還是佛教與中國思想相結合後的禪學，其表述方式都與「神韻」詩的理想非常接近，都接近婉轉含蓄而朦朧間隔的方式：

> 　　佛理不可直陳只能意會自悟的要求使詩人摒棄一般直陳說理方式而通過自然山水客觀意象去顯示禪理，也絕不會是簡單地一對一地以某種自然意象去體現那隱去的某種禪理。如果還是鮮明確定，還可以直接找出對應關係，這就還只是一般的暗喻，如以山泉喻佛性，雖不明說佛性，但對應關係顯然。那麼，這樣的山水詩就還不是富於意境的高級的禪趣詩。因此，必須明確這類純山水景色詩絕非是確定地暗喻式 簡單對應關係的詩。迷離朦朧不確定無特指才是其特色。它只是隱約地模糊地表現出極不確定的某些東西，或者說它即是以不定的迷離的意象表現佛性本體的特色，從而這類詩才達到了言有盡而意無窮。〔註30〕

佛理「不可直陳」，只能「意會自悟」的要求，使得詩人常是通過「自然山水客觀意象」去顯示禪理，形成一種「迷離朦朧不確定無特指」的特色。

　　禪趣詩在語言的運用上可以說也是傾向「中立化」的語言，是一種「不即不離」，「既肯定，又否定；既不肯定，又不否定的模糊邏輯」：

> 　　禪家既重視語言文字的圓活，故在說明、表現對象時，往往採用“不即不離”的不二法門。所謂“不即不離”用法藏《三峰漢月藏禪師語錄》中的話來說就是“下手只在

〔註30〕李淼：《禪宗與中國古代詩歌藝術》（高雄：麗文文化，1993），頁143。

兩頭去不得處"。明確地說，它要求禪子在語言文字的運
用中對對象不作是非明確的二值邏輯判斷，而是採用既肯
定，又否定；既不肯定，又不否定的模糊邏輯，盡可能地
保持語言文字的彈性、活性，借此接近事物的真理性。朱
自清在上文中曾指出禪家好說"兩面兒話"，"模稜兩可
的話"，這正是就此而言的。〔註31〕

在禪理眾多的表述方式之中，方位的陳述是表徵言外意境的一個重
要方式。許多的禪詩都用自然景物配合方位的描述表徵一種道心。
例如這則有名的問答：

> 《五燈會元》卷：問："如何是祖師西來意？"師（指
> 趙州從唸？禪師）曰："庭前柏樹子"。

這裡，弟子就是以方位詞（西）設問，而禪師的回答，也是以一個景
物在一個方位的位置來表徵。其實，「庭前柏樹子」與「西來意」之
間實在看不出什麼聯繫，要說明解釋其明確旨意是難的，〔註32〕但這
正是禪趣詩利用景物與方位的連結引出「無特指性和多義性」的重要
描述方式之一。這與遊仙詩運用方位詞語配合動作表徵自由之感的方
式有些類似，但是這些禪趣詩是把方位放到景物的描寫上，其所造成
的語義模糊性就更深了，不論是放在定止的物象還是移動的物象上，
都脫離直陳的表述方式：

> 白牛常在白雲中，人自無心牛亦同。
> 月透白雲雲影白，白雲明月任西東。〔註33〕

這裡先以物象在一個位置上表示一種安頓，以「白牛常在白雲中」表
徵一種「無心」之感（「人自無心牛亦同」）。接著又運用方位詞的加

〔註31〕覃召文：《禪月詩魂：中國詩僧縱橫談》（北京：生活・讀書・新知三
聯書店，1994），頁21。

〔註32〕李淼提到：「"庭前柏樹"即是一些柏樹，怎麼會是"西來意"呢？
要解釋其意是難的。對這個象徵意象即可有種種理解，這即是庭前
柏樹子作為象徵意象的無特指性和多義性」。見李淼：《禪宗與中國
古代詩歌藝術》，同前註，頁97。

〔註33〕李淼：《禪宗與中國古代詩歌藝術》，頁77引《五燈會元》普明禪師
詩。

入讓定位感產生移動，以一個物象可以自由地遊向任一方位（「白雲明月任西東」）表現一種自由閒逸之感。由此可看出，自然景物配合方位詞語是禪趣詩表徵某種超越之言外意境的重要原質之一。

唐代許多詩人都習禪，他們對於禪語是很熟悉的，唐詩人在表達道心的時候，也常使用方位詞表徵一種悠遊的境界。先舉詩僧的作品：

> 時人尋雲路，雲路杳無蹤，山高多險峻，澗闊少玲瓏，
>
> 碧嶂前兼後，白雲西復東，欲知雲路處，雲路在虛空。〔註34〕

能夠在方位上同時兼前、後、南、北是一種表徵悠然道心的方式。這裡運用一個空間意象（路）的尋覓，藉「雲路」之「無定止」、「無定向」表徵在空間之中的不確定感，以此引出含蓄無盡的意蘊。方位詞在此的作用，像是用來迷惑讀者，詩人先要讀者尋找一個空間定位（「時人尋雲路」），卻又把讀者一下子帶到東，一下子帶到西（「碧嶂前兼後，白雲西復東」），但最後卻又指陳「道」根本就不在現實可尋的空間位置上（「雲路在虛空」）。詩人運用方位詞以及物象的空間感來引發「道」的聯想，把「道」放在空間之中指引讀者，但最後又指出它不是在具體的、實質的空間之中。也就是一方面運用物理的具象空間來說明「道」，但卻又以方位之不斷轉變的「未定位」來打破「道」的實質性，以各個方位來去迴轉的過程告訴讀者：「道」原來在虛空之中，萬法皆空才是道的本質。

在不同方位的跳躍或往復中，可以表現一種悠然自在的道心：

> 宜陽城下草萋萋，澗水東流復向西。
>
> 芳草無人花自落，春山一路鳥空啼。〔註35〕

詩人以澗水東流又向西的「東」、「西」不同方位的往復，表徵自然之物自在來去的悠然漠然，以此表徵其內心的閒適空靈之感。

以下這首詩將東、西、南、北、前、後、上、下等多方位一起運

〔註34〕寒山：〈時人〉。

〔註35〕李華：〈春行寄興〉，《全唐詩》。

用，更可以清楚看到不斷**轉移**方位的呈現方式常被用來表徵超逸無拘執的道心：

> 一山門作兩山門，兩寺原是一寺分，東澗水流西澗水，
> 南山雲起北山雲，前臺花發後臺見，上界鐘聲下界聞，
> 遙想吾師行道處，天香桂子落紛紛。〔註36〕

在方位的不斷**轉移**變化之中，自有一種如水流**轉**之感在其中，同時，將所有的方位都收納進來，也是眼界廣大的象徵。在前可見知在後的物象（「前臺花發後臺見」），在上可聽聞在下的聲響（「上界鐘聲下界聞」），此即是一種自由放達的道心與境界。

二、「神韻」詩中的方位運用

由上文的論述我們可以大致看出由方位概念所引出的空間感在遊仙詩與禪趣詩中，常用來表徵閒適超曠之意境。在此進一步來探討「神韻」詩裡運用方位表徵言外意境的狀況。其實在「神韻」詩論中，早有以方位表徵超逸意境的論點。如司空圖說：

> 玉壺買春，賞雨茅屋，坐中佳士，左右修竹，白雲初晴，幽鳥
> 相逐，眠琴綠陰，上有飛瀑，落花無言，人淡如菊，書之歲華，
> 其曰可讀。〔註37〕

其中的「坐中佳士，左右修竹」就是以左右兩個方位為修竹所環繞之感作為一種自然意趣，同時也表徵「佳士」悠閒的心境。

以下就延伸上文所說的景物與位置的組合關係，以景物與方位之組合關係來看「神韻」詩表徵閒適意境的方式。當然，方位的作用與意義是依作品的實際情境而定，這裡只是大略說明幾種狀況。

（一）表徵閒適之意境

以物象在一個位置上靜止以表徵閒適意境的方式中，方位詞常是被使用的。物象的定位方式正是「神韻」詩常用的表現手法：

〔註36〕白居易：〈寄韜光禪師〉，《全唐詩》。
〔註37〕司空圖：〈典雅〉。弘征：《司空圖《詩品》今譯・簡析・附例》，同
　　　前，頁19。

> 敷水出羅敷谷，谷受秦嶺以北諸水，樂天詩「上得籃
> 輿未能去，春風敷水店門前」。〔註38〕

「春風敷水店門前」是以一個物象在一個定點之前的組合表徵一種意
境。在此，「敷水」既是一專有地名詞語，同時它在字面上的意義與
「春風」搭配起來還可以造成春風溫柔地拂過水面的感覺。

將物象坐落在一個位置上是「神韻詩」表徵特殊意境的基本模式：

> 廬山滔滔水沉肥，水遶禪床竹繞溪，一段秋禪思高柳，
> 夕陽元在竹陰西。〔註39〕

這首詩最後以「夕陽」的方位所在作結。

此外，如果許多方位詞同時連用也可能造成另一種韻致，這種呈
現方式頗能彰顯「神韻」重視流轉之感的傾向。例如：

> 尺木禪師者，名性休，明宗室也。……。嘗題〈漁父圖〉
> 云：「東西南北任遨遊，萬里長江一葉舟。夢裏不知身是客，
> 醒來天水一般秋。」〔註40〕

東西南北各個方位同時運用，即能表現出自由遨遊之感。

南、北、前、後多種方位同時使用的情況在詩中常用來表徵隨物
流轉的閒適意境：

> 水南水北重重柳，山後山前處處梅。
> 未即此身隨物化，年年長趁此時來。〔註41〕

這裡是先指出方位地點（「水南水北」、「山後山前」），然後才說這些
地方有什麼（「重重柳」與「處處梅」）。不過，詩中所先指出的地方
不單只是一處地點，反而是「處處」，同時包括南也包括北，既是在
前也是在後，這就產生一種流轉之感，與上文所論禪趣詩引用多種方
位以表徵自由之感的表述方式很像。

（二）「心理空間」的整合

〔註38〕王士禎：《秦蜀驛程後記》，《帶經堂詩話》，卷14，頁378。

〔註39〕黃山谷：〈題學海寺〉，《全宋詩》。

〔註40〕王士禎：《居易錄》，《帶經堂詩話》，卷20，頁590。

〔註41〕王安石：〈庚申正月遊齊安〉，《全宋詩》。

在景物與方位的組合方式中，有一種常用的方式是上下兩個句子裡分別有一個方位詞在其中，如此形成一種上下相連對照之感。在此對照感之中，常由於方位詞的運用而形成一種很獨特的對照空間，此在古典詩中頗爲常見。最常見的是「A 中（間）＋B 上（下）」之語法。「中」（間）的運用，常引出一種包圍似的空間感，像是有一個範圍，而上（下）的運用則引出一條隱形的界面線作爲指標。當然，這些方位的對照意義還是要依實際的詩例而定。看以下這些詩例：

> 嚴滄浪以禪喻詩，余深契其說，而五言尤爲近之。如王裴輞川絕句，字字入禪。他如：「雨中山果落，燈下草蟲鳴」，「明月松間照，清泉石上流」，以及太白：「卻下水晶簾，玲瓏望秋月」，常健：「松際露微月，清光猶爲君」，浩然：「樵子暗相失，草蟲寒不聞」，劉虛：「時有落花至，遠隨流水香」，妙諦微言，與世尊拈花，迦葉微笑，等無差別。通其解者，可與上乘。〔註42〕

王維〈秋夜獨坐〉是寫在朦朧昏暗情境（「雨中」、「燈下」）中的鳴響之聲，運用先寫空間再引出物象的方式來造成一種意境。不過，這裡又將方位加在物象詞語（而非空間）之後，如此引出的空間性則更接近抽象與心理空間。此外，由於「雨中」的空間範圍可以很大，「燈下」的空間範圍很小，如此也引起「小／大」兩種空間的對照感。這種將兩個方位放在上下句的組合方式，正體現著「神韻」超越一般感官知覺的特質。兩個方位的同時運用，像是要把不同方向、區域、範疇的東西都合在一個心理空間中，並在心理空間中合爲一種「境」，此正代表著心靈意境的提升。至於王維的〈山居秋暝〉：「明月松間照，清泉石上流」也是指出一個物象是在那個確定的空間方位之中流動，所以說在「神韻」詩裡，空靈清朗的超越意境多半是植基於物象所在空間與方位上的狀況變化。

　　以下這首詩也是運用先點出物象與其所在方位，再把狀態與動態

〔註42〕王士禛：《蠶尾續文》，《帶經堂詩話》，卷 3，頁 83。

感引出的方式，詩人以觀測物象在那個方位上的變化引出心中的境界：

暫解塵中緩，來尋物外遊，搴蘭流水曲，弄桂倚山幽，

波影巖前綠，灘聲石上流，忘機下鷗鳥，至樂翫遊儵，

梵響雲間出，殘陽樹杪收。

溪窮興不盡，繫榜且淹留。〔註43〕

「波影巖前綠，灘聲石上流」體現出「神韻」詩以標示一個自然物象是在什麼位置上來表現詩人融入自然的心境。詩人指出他所要說明的物象（「波影」、「灘聲」）是在什麼方位（前、後、上下等）上有什麼變化。例如「波影」是在那裡（「巖前」）特別綠，「灘聲」是在什麼位置（「石上」）流淌著。再如最後的「梵響雲間出，殘陽樹杪收」兩句，也是先點出物象與其方位，再把動態引出的語法。詩人對自然的描摹與欣賞集中於觀察聲音（「梵響」）是由那裡（「雲間」）而出，視覺（「殘陽」）是集中在那個區域位置（「樹杪」）上收束。物象本隨著時間的流衍而變化，現在詩人把自然的變化特別安頓在空間的定點上，就如聲音也以它從那裡傳出作為其所以超凡清朗的關鍵（「灘聲石上流」、「梵響雲間出」），此皆可看出「神韻」詩人捕捉一個物象的生姿氣息，總以它們是在那裏的方位（空間）興起變化作為觀察的基礎。

以下則是運用「A中（間）＋B上（下）」的語法形成靜止與流動之對照：

余以順治庚子爲江南同考官，得太倉崔莘不雕，工詩畫，常有句云：「一寺千松內，飛泉屋上行。」「欹牆坐清晝，薄冷出蘋間。」又「谿水碧于前渡日，桃花紅似去年時。」「丹楓江冷人初去，黃葉聲多酒不辭。」此例甚多，余目爲「崔黃葉」。〔註44〕

「一寺千松內」整體上傾向包圍定止感，而「飛泉屋上行」則是流動不定感，都是表現一物象在那一個區域範圍內定止或移動，以形成動靜相合的完整意境。

〔註43〕歐陽修：〈龍門泛舟晚向香山〉，《全宋詩》。

〔註44〕王士禛：《漁洋詩話》，《帶經堂詩話》卷十二引，頁299。

又如這則論述中的詩例，也是「A 中（間）＋B 上（下）」的語法：

> 林君復詩：「陰沈畫軸林間寺，零亂棋枰葑上田」，寫
> 景最工，近程孟陽（嘉燧）有句云：「古寺正如昏壁畫，層
> 湖都作水田衣。」語意本林，而工又過之。〔註45〕

（三）「確定」之經驗範圍與「不確定性」的結合

　　上文論景物與位置之組合關係時已提到其中的位置有時是具有特殊意義的地點，而在特殊的地點之後加上方位詞也是「神韻」詩常見的表述方式。地點加上方位往往給人雙重性的感覺，既確定又不十分確定，是定止的又是流動的。對於一個地點有一個確定的方向感，這當中有時包含著生存空間的意義，代表了「我」所經驗的範圍的確認，意味著曾有過的經驗的確認，但同時也存在著一種不確定性。因為方位詞的加入，也可能引向無界限的不確定性，範圍又由確定的地點往某一個方向偏移。

　　地點名詞加上方位詞的運用是常見的寫景方式：

> 烏塘渺渺綠平堤，堤上行人各有攜。
> 試問春風何處好，辛夷如雪柘岡西。〔註46〕

「春風」本來是沒有邊界的東西，但是詩人卻要將本可以無限的東西限定在一個特定的區域處所內（「何處好」），指出物象在那一個特殊的方位上有美好的感覺（「辛夷如雪柘岡西」）。這裡先限定地點是在「柘岡」這個範圍，但又再加上方位（西），到底往西邊多遠的界線就不得而知，因而前面的限定又變成一種不確定的延伸之感。

　　地點的指出總是使美景佳物被限定在某個區域裡，而方位詞一加入往往又打破了區域之限定，從固定區域延伸至未知不確定之處：

> 萬事紛紛祇偶然，老來容易得新年。
> 柘岡西路花如雪，迴首春風最可憐。〔註47〕

這首詩也是藉空間位置「柘岡」把本是無限的「春風」限定住，但是

〔註45〕王士禛：《池北偶談》，《帶經堂詩話》，卷12，頁286。
〔註46〕王安石：〈烏塘〉，王士禛：《池北偶談》，《帶經堂詩話》，卷9，頁203。
〔註47〕王安石：〈柘岡〉，《全宋詩》。

又加上「西路」的方位感，則感覺要向「柘岡」西邊路徑的方向延伸，在確定空間裡又造成無限的心靈空間的延展性。

地點加上方位常在「神韻」詩中出現，有時兩兩相組成為一種固定的表述模式：

> 「斜日一川汧水北，秋峰萬點益門西」視唐人「僧尋野渡歸吳嶽，鴈帶斜陽入渭城」之句，不啻過之。〔註48〕

「斜日一川汧水北，秋峰萬點益門西」是把景色現象放在一個地點的某一個方位上，既給出定點但又推到某一個定點之外。方位前面的那一個地點常像是一條地平線（界面），景物彷彿就由這一個界限向某一個方向展開延伸。如果上下兩個句子都用這種語法，讀者的內心就會向兩個不同的方向引出去，但又會在心中整合成一種斷裂又統一的空間感。這裡面既包含某種實際經驗（因而才會選擇某一個特定的地點），但也因方位而模糊偏離，最後的「僧尋野渡歸吳嶽，鴈帶斜陽入渭城」則是在流動尋覓之後進入一個特定的空間區域之中（「入渭城」）。

再如：

> 古北口一寺中，有石刻蘇穎濱詩云：「亂山環合疑無路，小徑縈迴長傍溪。彷彿夢中尋蜀道，興州東谷鳳州西。」蓋公元祐間奉使契丹時所題，而遼人刻石者。〔註49〕

「彷彿夢中尋蜀道，興州東谷鳳州西」的後一句也是連用兩個地點來代表詩人有所尋覓之後的定點標示，但是再加上方位詞，讀者的內心就會一下子往東，一下子往西，在內心交錯著兩個不同方向。指出一個地點彷彿是在廣大的天地間劃定一個區域範圍，但是地點再加上方位又會把範圍擴大，將重心轉到一種方向感中。雖然又確定又模糊，但是在地點與方位詞相組的表現方式中，能達到一種特殊的心靈動感，讀者的內心會在空間之中落點又移動，心靈空間的游離感就可由

〔註48〕王士禛：《蠶尾文》，《帶經堂詩話》，卷11，頁251。
〔註49〕王士禛：《池北偶談》，《帶經堂詩話》，卷21，頁598。

此展開。

　　望向一個地點的某個方位有時包含詩人對於「家」的思念，可以看到「方位」始終包含著生存空間與流動感的雙重意識：

　　　　莆田宋玨字比玉，善八分，而小詩亦工，嘗記其一絕云：「來時梅瘦未成花，別後垂楊盡作芽，他日相思如見畫，板橋西望是吾家。」〔註50〕

人生的回憶是一種實際的經驗，地點是人所走過的痕跡，所以地點多半包含著某些記憶。而方位代表了對於過往經驗有一種方向感，其間包含著「我」所經驗的區域範圍。

　　地點加上方位詞的描述方式能夠帶出具有意境整合之感的心理空間：

　　　　余平生最愛楓葉，行吳楚間所見多矣，……。己丑九月下浣六日，未霜而有微雪，大兒涑以石帆亭楓葉十餘片至，微紅可愛，輒從枕上賦一詩云：「秋雨連宵響菊叢，石帆亭畔小池東。正銜無夢頒新曆，六見池邊楓葉紅。」時去十月朔頒曆才四日。〔註51〕

「秋雨連宵響菊叢」這首詩也是將景物放在特定的位置與方位上，先點出「秋雨」的整體感，然後用兩個方位詞（這裡把「畔」當成是方位詞的一種）將它限定在一個範圍中（「石帆亭畔小池東」）。連用兩個地點加上方位詞，讀者的心理會在兩個不同的方向各點定一下，以此帶出在定止空間範圍中有流動之感的心靈意境。也可以說以地點加上方位詞所引出的確定又不確定的雙重特性，也是「神韻詩」表現定止到流動之美感律動的方式之一。

（四）方位與時間之對應

　　地點加上方位也可能引向空間與時間之對應的意義。方位指引有時暗含著時間的推移，或是有與時間相互對應之意。傳統古典詩

〔註50〕王士禛：《漁洋詩話》，《帶經堂詩話》，卷11，頁257。
〔註51〕王士禛：《分甘餘話》，《帶經堂詩話》，卷26，頁739。

裡一直存在著時間與空間互為運用轉換的方式，方位詞的運用頗能
彰顯空間有時轉作為時間的傾向：

> 除了普遍地用來表示時間關係的空間術語"前"和
> "後"之外，有時我們在中國詩歌裏發現用空間術語來表
> 示時間概念或用時間術語來表示空間概念的一些不平凡的
> 方式，這種表達方式可以從不平凡的措辭、形象和句法上
> 得到辨認。〔註52〕

例如「前」、「後」是方位詞（空間術語），但卻常用來表徵「時間」
之感。

> 方位與時間之對應，可以看以下這首詩：
> 洞門常自起煙霞，洞穴傍穿透谿谷。
> 朝看石上片雲陰，夜半山前春雨足。〔註53〕

這裡是在物象（「石」、「山」）之後加上「上」、「前」等方位詞，以之
作為時間之推移的指標，以表徵在不同的時間，在不同的位置遊賞就
可欣賞到不同的現象。加上時間的對應之後，不同方位的同時運用可
能造成時間相續不斷的連續感，由此可看到方位的運用有時蘊含時間
之推移。

> 再看這一則：
> **昇客武康**，有句云：「林月前後入，谿花春夏開。」余
> 亦嘗刪定其集云。〔註54〕

「林月前後入，谿花春夏開」其中的方位也與時間變成一種對應。「前
後」與「春夏」合起來，彷彿在不同的方位中暗含了時間的推移，並
且形成一種反複迴旋的規律。自然現象原本是偶然的，也是任人隨意
欣賞的，但是加上地點與方位，就使之變成一種由詩人所重新發掘的
規律與次序。

〔註52〕劉若愚：〈中國詩歌中的時間、空間和自我〉，《神女之探尋》（上海：
上海古籍出版社，1994），頁206。
〔註53〕歐陽修：〈瑯琊山六題：歸雲洞〉，《全宋詩》。
〔註54〕王士禎：《漁洋詩話》，《帶經堂詩話》，卷20，頁586。

又如這首詩：

> 畫船南北水遙通，日暮幅巾篁竹中。
> 行到月台逢翠碧，背人飛過子城東。〔註55〕

由畫船之「南北」移動，到時間之「日暮」推移，再到行動之「行到」、「飛過」，整首詩呈現出不停地在移動的動勢。這裡的方位（南北）不僅代表了不斷移動的空間，同時也暗含了時間推移的意味，從中透露出一種飛逝之感，表現出詩人對於自然之景與遊歷經驗的整合心境。

方位加在一個地點之後，有時可以加強表現過往記憶中的某一區域範圍：

> 李侍郎退菴，順治戊戌、己亥間予在京師，辱忘年之契，論詩文一字不輕放過。其詩有云：「酒醒亭午後，人憶秣陵西。」「瓜步新添水，清明遠送行。」此例數十句，唐人絕調也。〔註56〕

在「酒醒亭午後，人憶秣陵西」這個詩句中，地點方位詞不是指稱當下，而是過往的回憶。方位的運用有時使空間推向更遠之感覺，這在地點與方位的組合之中最為明顯，例如這裡是以時間加上方位（「亭午後」）以及地點加上方位（「秣陵西」）形成一種時間與空間對應的組合方式。在此對應關係中，方位詞「後」既是時間方位，又可以是空間方位。

參、在它之「外」的心靈感知與呈現方式

由以上的討論，可以看出方位概念（南、北、前、後等）常用來表述一種閑適超逸的詩境。而在所有的方位概念中，「外」這個空間概念與「神韻」詩的理論與創作表述有更為密切的關係。「外」的概念可以說是統合整個詩境的基本審美追求，以下我們將針對「外」

〔註55〕王安石：〈江寧府圍示元度〉，《全宋詩》。
〔註56〕王士禎：《池北偶談》，《帶經堂詩話》，卷12，頁297。

這個方位概念來說明「神韻」詩朦朧間隔的感受與呈現方式。總括來說，「神韻」總是追求「在它之外」（本文以「它」代表某種實象，某種物理空間）的某種抽象的心靈感覺與無盡之意韻。

一、關於「外」的概念的理論探討

「外」這個概念在中國傳統詩學中是重要的，它既是一種審美的心理，也是審美的結構形式。「在～之外」既是身在此而心在彼的心靈感知，表徵人在一個空間之內，但是心（神思）卻是在它之外，同時也表徵作品真正的意味總是在文字語言的表層意義之外。關於「外」的概念在中國傳統中的重要性已有一些學者注意到，例如韓學君〈從「入內」「出外」的命題看中國古典美學的規律和特徵〉一文已經追溯「外」這個概念的發展概況，但她所說的「外」不光是指「言外之意」，也包括心靈、創作、讀書、處世等各方面的內外出入心靈方式。再者，葉太平先生也討論到「外」的概念，他視「外」為「意境」審美範疇的內涵之一。〔註 57〕此外，葉維廉先生在談到「出位之思」時也談到「外」的概念，〔註 58〕他認為文字之「外」的東西（「意」、「詩境」、「世界」）是詩畫等各媒體「出位換位」的基礎。〔註 59〕由此可以看出「外」的概念在中國詩學中是很重要的，它既指向心靈的感知，又指向詩的那一個終極意義的部分（意境）。

先就心靈感知的層面來概說「外」的概念。中國自古就有感知某個物象之「外」的說法，上文所說的在一個空間之中去感知世界，正是感覺在一個屋舍之外的世界，這種間隔的感知方式，就是要感知在「它」之「外」的部分。「外」常被用來作為體悟一件事情的方式，

〔註 57〕葉太平將「意境」審美範疇之內涵歸之為三：融；虛；外。參見葉太平：《中國文學之美學精神》（台北：水牛圖書出版，1998），頁 315。

〔註 58〕所謂的「出位之思」源出德國美學用語 Anderssstreben，指一種媒體欲超越其本身的表現性能而進入另一種媒體的表現狀態的美學，錢鍾書稱之為「出位之思」。見葉維廉：〈「出位之思」：媒體及超媒體的美學〉，《比較詩學》（台北：東大圖書有限公司，1983），頁 195。

〔註 59〕葉維廉：〈「出位之思」：媒體及超媒體的美學〉，同前，頁 211。

最常見的是創作之神思過程的體悟，或者是讀書的會心乃至面對生命的態度。用在創作神思上，如《文心雕龍·神思》裡說：

> 古人云，形在江海之上，心存魏闕之下，神思之謂也。文之思也，其神遠矣。故寂然凝慮，思接千載；悄然動容，視通萬里；吟詠之間，吐納珠玉之聲；眉睫之間，卷舒風雲之色；其思理之致乎。〔註60〕

這裡即是強調創作中的「神思」與「外」的關係，劉勰強調形在一個空間裡，而心思卻在另一個空間之外的創作狀態（「形在江海之上，心存魏闕之下」）。當詩人達到虛靜寂然的心靈狀態，就能將心思耳目通向廣大悠長的空間與時間之中，超越有形之象的束縛而感受到空靈的神思。

王國維《人間詞話》中的一段名言，可以視爲「外」作爲創作心靈方式的總論：

> 詩人對宇宙人生，須入乎其內，又須出乎其外。入乎其內，故能寫之：出乎其外，故能觀之：入乎其內，故有生氣；出乎其外，固有高致。〔註61〕

所謂的「須入乎其內，又須出乎其外」就是說詩人對於宇宙人生必須抱持著能夠深情投入但又能夠後設自我觀照的超然態度，能「入」能「出」才能使作品同時達到具有深情的「生氣」但又能夠有所超越的「高致」。

至於把「外」放在讀書的感知上，例如宋代的陳善說：

> 讀書須知出入法、始當求所以入，終當求所以出，見得親切，此是入書法，用得透脫，此是出書法。蓋不能入得書，則不知古人用心處，不能出得書，則又死言下，惟知出知入，乃盡讀書之法。〔註62〕

另外，在處世態度上，中國人也常強調內外出入之說。如明代呂坤

〔註60〕劉勰：《文心雕龍·神思》。
〔註61〕王國維：《人間詞話》。
〔註62〕陳善：《捫詩新語》上，卷4。

所說：

> 要置其身於是非之外，而後可以折是非之中，置其身
> 於利害之外，而後可以觀利害之變。〔註63〕

總之，傳統士人在感知一個心靈物象，不論是創作對象或是書籍內容，還是處世態度上，都常依循所謂的「出外」的規律。〔註64〕人在一個空間之內感知，但真正的心思與想法卻在「它」（一個實際的界限、空間範圍）之外，即是上文所言中國傳統中「俯仰往返」宇宙觀的延伸。

「外」的概念在中國傳統中最為深刻的應用應該是在詩歌的表述與意境上，因而我們這裡要進一步談論的是作品意義與「外」的觀念交涉的部分。「外」的概念若是放在詩的表述與意境上，恰好是我們所要談的「言外之意」的根基，而且這個「外」正是「神韻」所要求的那一個核心觀念的部分，「神韻」等審美範疇的出現，正顯示了「外的發展軌跡」。〔註65〕對於「外」的追求正是「神韻」的基礎，「外」的境界即是「神韻」的最高理想，諸如「不道破一句」、「不著一字，盡得風流」、「羚羊掛角，無跡可求」以及「言有盡而意無窮」等意境都體現對於「外」的追求。〔註66〕

「神韻」所追求的是一種在「它」之外的心靈，這個在「它」之外的心靈包含兩個基本因素：（1）「它」，是一個實體，指涉著一條實際的邊際。（2）在「它」之外就是要越過這一條實際的界線之外，去

〔註63〕呂坤：《呻吟語》。

〔註64〕「外」字用到心靈感知的層面上常是以「出外」、「入內」的方式表現，關於這一點，韓學君已舉出很多的例子。參閱韓學君〈從「入內」「出外」的命題看中國古典美學的規律和特徵〉，《文學與美學》第六集（台北：文史哲出版社，1998）。

〔註65〕韓學君：〈從「入內」「出外」的命題看中國古典美學的規律和特徵〉，同前，頁430。

〔註66〕這些在各個不同時期出現的審美範疇，除了神韻，還有風骨、含蓄、趣、境、味等概念。參考韓學君：〈從「入內」「出外」的命題看中國古典美學的規律和特徵〉，同前，頁428。

追求「虛」的東西。「外」的追求之中總是包含著追求實象之外的「虛」的心理空間。也可以說，「外」的概念所以可以產生一種心理空間，完全是因爲有一個具體的、物理空間的邊際概念，必須有這一條實在的界線，才有所謂的「外」，也才有所謂的越過實在界線之外的「虛」的心理空間。整體而言，「外」的追求象徵的是對於實體世界與空間之外的一種心理空間的追求，正是對於「外」的追求，使得「言外之意」的追求與空間感發生聯繫。

　　對於「外」的概念的追求，其內在最爲基本的意義是中國人看到了「虛」的部分的重要性。這種對於「虛」的追求，在「神韻」的源頭《莊子》之中就已談到，如《莊子・齊物論》裡說：「樞始得其環中，以應無窮」其實就指出了「虛」的重要性，「得其環中」即是以「虛的部分支配一切和控制一切」。〔註67〕所以說中國傳統從一開始就有以「虛空」的部分作爲眞正控制性樞紐的觀念，對於「象外之象」的追求，亦即在「象」上加上了「外」的概念，就是追求一種在實象與實體之外的「虛」的部分。〔註68〕「外」字一放入，一切的實象都進而轉變成一種「虛」的東西，人的心靈也要朝向眼前具體可感的物象之外的心靈空間去。〔註69〕在「外」這個空間概念的注意與運用中，可以看到中國自古就意識到文學與藝術最高的境界是在那個現實可感的實體與空間之外的區域，諸如繪畫中的空白不容忽視。〔註70〕在對於「外」的追求中，可以看到中國文人總

〔註67〕環，即指門上下橫檻的圓洞，用以承受樞的旋轉，門樞納入環中，即可轉動自如。莊子以門的結構爲例，說明虛的重大意義。張少康：〈象外之象，景外之景——論司空圖的《詩品》〉，《古典文藝美學論稿》（台北：淑馨出版社，1989），頁344。

〔註68〕「象之外」，正是上文所述的「境」之「虛」。見葉太平，《中國文學之美學精神》，同前，頁324。

〔註69〕張少康：〈象外之象，景外之景——論司空圖的《詩品》〉，同前，頁344。

〔註70〕韓學君也提到：「中國古代的繪畫藝術很注意發揮畫面上的空白的作用，把有畫部分和無畫部分結合起來，讓有畫部分引起觀賞者的聯

是在追求現實之外的那一個無限流轉的「藝術空間」。〔註71〕

二、「外」的運用所表徵的幾種意義

　　所有的「神韻」詩或是追求言外意境的作品，都是在追求某一個「外」的空間與意義。上文就理論層面大略談「外」這個方位概念給予「神韻」傳統的啓迪，現在我們再就作品中出現「外」這個方位概念的實際狀況來說明它在詩學上的實際運用與重要性。由上文景物與位置（方位）的組合關係延伸而來，在「神韻」詩裡，景物也常與「外」字搭配使用以作爲使詩句達到某種言外意境的方式。本文所討論的心理感知與作品表述方式，整體而論，都可以說是對於「外」的追求，所謂的「朦朧間隔」的感知與呈現方式其實都是對於「在它之外」的一種藝術心靈的追求。

（一）在「它」之外的心靈

　　這種「在什麼之外」的「什麼」（本文稱之爲「它」）常包含著一種邊際之感，正如《易經》上說：「無往不復，天地際也」，傳統士人的心神正是在屋宇的邊際、空間的邊際、宇宙的邊際遨遊往復。因爲他們的心神是往復流轉的，也是「無往不復」的，所以必須有一個空間或一條界線作爲邊際，以讓他們飛躍至外面的心神有回返的依據。〔註72〕在具體的作品中也可看到這類邊際界線的概念，例如：

　　　　有時白雲起，天際自舒卷，心中興之然，託興每不淺。〔註73〕

詩人看著「白雲」在天的邊際移動舒卷，就感到一種託興不淺的妙境，

想，使空白之處產生無形之畫，使畫中之白即畫中之畫，亦即畫外之畫」。見韓學君〈從「入內」「出外」的命題看中國古典美學的規律和特徵〉，同前，頁422。

〔註71〕張少康：〈象外之象，景外之景──論司空圖的《詩品》〉，同前，頁345。

〔註72〕宗白華認爲中國人的空間意識是音樂性的，它不是用幾何、三角測算來的，而是由音樂舞蹈體驗來的。見宗白華：〈中國詩畫中所表現的空間意識〉，《美學與意境》（台北：淑馨出版社，1989），頁247。

〔註73〕李白：〈望終南山寄紫閣隱者〉，《全唐詩》。

詩中的物象邊際不只是詩人心神往復的基礎，同時也是既要超越又要落實的心靈依據。

　　詩人常是依附於某一個邊際或某一個區域的某個方位上來捕捉自然景色：

　　　　月落原野晦，天寒闤市閑，牛羊遠陂去，烏雀空簷間，

　　　　憑高植藜仗，曠目瞻前山，壟麥風際綠，霸鴉林外還，

　　　　禾黍日已熟，杯酒聊開顏，酣歌歲云暮，寂寞向柴關。〔註74〕

這首詩中第七、八句的「壟麥風際綠，霸鴉林外還」正有此特質，原本「壟麥」呈現青綠的範圍應該沒有限定，但詩人卻指出它們「綠」的區範是在「風際」這個位置，是在「風際」的邊緣上特別「綠」，而關於「霸鴉」飛返樹林的描述也是設定在一個邊界（「林外」）。

　　文人超脫空靈的心境常是以「在它（什麼）之外」的方式陳述：

　　　　高處敞招提，虛空詎有倪，坐看南陌騎，下聽秦城雞，

　　　　眇眇孤煙起，芊芊遠樹齊，青山萬井外，落日五陵西，

　　　　眼界今無染，心空安可迷。〔註75〕

此詩主旨是歌詠青龍寺住持曇璧上人的修行，詩人以「青山萬井外，落日五陵西」的方位感表徵「上人」心空無執的心靈意涵。此外，「在什麼之外」的語法一方面表現出對於日常界線的超越，又具有眼界遠而不受塵俗污染的意義（「眼界今無染」）。

　　「外」字的使用能將讀者的心靈與思想引到一個邊界之外：

　　　　行歌翠微裏，共下山前路，千峰返照外，一鳥投巖去，

　　　　渡口晚無人，繫舸芳洲樹。〔註76〕

「千峰返照外，一鳥投巖去」即是先指出位置是「千峰返照」之範圍的外邊，然後再引出「一鳥投巖去」的動態。「外」字加在某一物象或區域之後，感覺上像是先畫出一界線（或區域），然後在這一條界線的外邊點出一個現象，詩意就能從現實具象中超越出來，而產生一

〔註74〕歐陽修：〈初冬歸襄城弊居〉，《全宋詩》。

〔註75〕王維：〈青龍寺曇璧上人兄院集〉，《全唐詩》。

〔註76〕歐陽修：〈遊龍門分題十五首〉之一，《全宋詩》。

種不凝滯的境界。

（二）超越「實有」、「世俗」的意義

在傳統古典詩裡，把心思感覺引到一個現實物象的外邊是一種表徵清空意境的常見方式。景物與「外」這個方位詞搭配起來，常用來表徵某種出世清淨的道心：

> 本來清淨所，竹樹引幽陰，簷外含蒼翠，人間出世心，
>
> 圓通無有象，聖境不能侵，眞是吾兄法，何妨友弟深，
>
> 天香自然會，靈異識鐘音。〔註77〕

「簷外含蒼翠，人間出世心」是以屋簷這個空間之外的自然景象來表徵一種「出世心」，所用的語法即是「在它之外」的語法。

此外，「外」常與「雲」或「天」連在一起，用來表徵一種超越實有、世俗的意義，這在描寫寺廟佛理的詩中最常見。例如以下這首詩：

> 石屛自倚浮雲外，石路久無人跡行。
>
> 我欲攜酒醉其下，臥看千峰秋月明。〔註78〕

「外」這個方位的使用往往不是用來表現現實的方位，而是有超越世俗的意義（「石屛自倚浮雲外，石路久無人跡行」）。

又如：

> 空居法雲外，觀世得無生。〔註79〕

這是一首佛教寓言詩，以景物加上「外」的概念表徵超越之心靈。詩中闡述了靈魂從空幻的物質世界進入涅槃的自我泯滅過程，寺院的美麗風景僅是爲了將受騙的心靈引上正確道路，它是佛教寓言中的「化城」，是外表充滿聲色之代表。〔註80〕

再如這個例子：

〔註77〕王昌齡：〈同王維集青龍寺曇壁上人兄院五韻〉，《全唐詩》。

〔註78〕歐陽修：〈瑯琊山六題〉之三，《全宋詩》。

〔註79〕王維：〈登辨覺寺〉，《全唐詩》。

〔註80〕參閱斯蒂芬·歐文：《盛唐詩》（哈爾濱市：黑龍江人民出版社，1992），頁45。

晨鐘雲外濕，勝地石堂煙。〔註81〕

也是「外」字與「雲」合在一起，以此表徵佛寺聖地的清淨無塵。

物象乃至思緒引到「天外」也是一種常見的表述方式：

牛頭見鶴林，梯徑繞幽林，春色浮天外，天河宿殿陰，

傳燈無白日，布地有黃金，休作狂歌老，回看不住心。〔註82〕

其中的「春色浮天外，天河宿殿陰」是以春色浮出「它」（「天」）之
外代表一種超越之感，「在它之外」的陳述方式中，人的心靈思緒好
像隨著「外」而跳出一般的範圍之外，能夠在天河天際遨遊。

（三）「外」與「中」（間）的搭配

與前文所言兩個方位詞搭配使用的狀況相似，「外」也常常與其它
方位詞搭配以合成一種閒適的意境。而「外」與其它方位詞搭配的整
體意境感，常有一種既超越實象而又在實有之中的感覺。〔註83〕例如：

客路青山外，行舟綠水前。〔註84〕

又如以下這個例子：

太湖縣龍巖，有羅近溪汝芳為縣令時刻石，詩云：「騎
馬看雲花滿溪，茗山東北皖山西，一雙野鵲馬前過，無數
好峰雲外齊。田父牽牛臥青草，村童拋石打黃鸝。長松翠
竹娟娟靜，彷彿河陽畫裏題。」〔註85〕

「無數好峰雲外齊」不僅表現出美好的意境總是在實象的「它」之外，
同時「外」字的使用能夠將美好的感覺推向更遠。

在「外」與其它方位詞的搭配組合中，最常見的是與「中」（或
「間」）的搭配，如此所形成的意境往往具有一種既超越又落實之
感，這種搭配正與司空圖所說的「超以象外，得其環中」（第一品〈雄

〔註81〕杜甫：〈船下夔州廓宿，雨濕不得上岸〉，《全唐詩》。
〔註82〕杜甫：〈望牛頭山〉，《全唐詩》。
〔註83〕對於「外」的把捉，總是與心理空間有關，是要得到一個現實之外
　　　的空間，所以說「外」就是「超越和灑脫」。葉太平：《中國文學之
　　　美學精神》，同前，頁336。
〔註84〕王灣：〈次北固山下〉，《全唐詩》。
〔註85〕王士禎：《皇華紀聞》，《帶經堂詩話》，卷21，頁594。

渾〉〉的語法相似：

> 所謂「超以象外，得其環中」，傳統解法爲雄渾的境界
> 能同時表現於文字形跡之外，卻又由於返虛入渾而保留文
> 字之間的虛隙處而適得不失乎其中之妙。「象外」自有其文
> 意至大無邊之義，而「環中」亦反指「理之圓足渾成無缺」
> （《淺釋》之意）。兩句合爲一義則引出下兩句「持之非強，
> 來之無窮」那不勉強矯揉，但卻取之不竭的雄渾之太極沛
> 然之境。〔註86〕

「超以象外」是一種「表現於文字形跡之外」的超越，而「得其環中」
是一種「保留文字之間的虛隙處」的落實。

例如這首詩也是方位詞「外」與「中」的搭配：

> 楚塞三湘接，荊門九派通，江流天地外，山色有無中，
> 郡邑浮前浦，波瀾動遠空，襄陽好風日，留醉與山翁。〔註87〕

因爲「外」的使用，使得一切美感超越到現實的空間界限之外而達到
一種開闊無限的心理空間。因爲「有無」與「中」的搭配使用，又使
得「山色有無中」的感知傾向飄忽之感，在若有若無之中。當然，這
裡的「中」不是作爲實際的方位概念，而是一種抽象的狀態。這裡，
王維運用方位詞「外」與「中」的聯合搭配形式使景物傾向某種「中
立」的特性，使讀者感覺到一種毫不造作的神韻與渾成無跡的意境。

又如：

> 予少喜徐渭詩句「椎牛千嶂外，騎象百蠻中」，昔使蜀，
> 有詩三百餘篇。〔註88〕

也是「外」與「中」的搭配使用。

「外」與「煙」字也常搭配使用，使得「外」的感覺別具有超越
塵俗人煙之感：

> 《鐔津集》十五卷，宋僧契嵩著。嵩有〈非韓〉三十

〔註86〕王建元：〈從哲學雄渾到一個中國詩學詮釋模式的建立〉，《現象詮釋
學與中西雄渾觀》（台北：東大圖書公司，1988），頁198。
〔註87〕王維：〈漢江臨汎〉，《全唐詩》。
〔註88〕王士禛：《居易錄》，《帶經堂詩話》，卷12，頁311。

篇，在集中。其詩亦多秀句，如「習忍如幽草，觀身類片
雲。」「桑柘雨中綠，人煙關外疏。」「天岸日將出，田家
雞更啼。」「好山沿岸去，驟雨落花來。」「雲迷飛鳥道，
雨中古龍湫。明月出已滿，白雲歸未多。」皆佳。〔註89〕
其中的「桑柘雨中綠，人煙關外疏」即是「中」與「外」的搭配，
利用「中」的句子多半現實感或落實性較強，而利用「外」的句子
則有超越人煙喧囂之感。

再看這一則：

　　唐鄭谷〈浯谿詩〉：「曲曲清江疊疊山，白雲白鳥在其
　間，漁翁醉睡又醉醒，誰道皇天最惜閑。」又唐嶺南節度
　使蔡京〈泊浯谿〉詩：「停橈積水中，極目孤煙外。借問浯
　谿人，誰家有山賣？」右二詩，余作〈浯谿考〉亦遺之，
　今從〈萬首絕句〉錄出。〔註90〕

「停橈積水中，極目孤煙外」既以「中」字帶出停滯之感，又以「外」
字進而引出一種超越現實界線的感覺。

「外」的概念若是與「間」搭配使用，也具有一種既超越塵俗又
落實於現實空間之感。例如：

　　督府繁華久已闌，至今形勝可躋攀，山橫天地蒼茫外，
　　花發池台草莽間，萬井笙歌遺俗在，一樽風月屬君閑，
　　遙知為我留真賞，恨不相隨暫解顏。〔註91〕

「山橫天地蒼茫外，花發池台草莽間」也是運用方位詞「外」與「中」
的搭配方式。「山橫天地蒼茫外」像是超乎天地之外的感覺，但「花
發池台草莽間」又回到草莽間緊緊落地，「外」與「中」相互搭配令
人感覺像是想超越於天地外，又緊緊地落實於人間世中。

又如以下這首詩：

　　飲闌鐘虡欲移軒，香霧猶殘金博山，明月飛來松嶺外，

〔註89〕王士禎：《居易錄》，《帶經堂詩話》，卷20，頁589。
〔註90〕王士禎：《古夫于亭雜錄》，《帶經堂詩話》，卷21，頁606。
〔註91〕歐陽修：〈和劉原甫平山堂見寄〉，《全宋詩》。

> 遊人散落馬蹄間，城嚴畫鼓初傳角，路暗山花自落鬆，
> 清境暫時都不見，夜深人靜始來還。〔註92〕

這首詩表現出「神韻」詩重視物象實際位置之配置與落點的特性，「明月飛來松嶺外，遊人散落馬蹄間」兩句均以位置的移動與安排來表現意境。其中有追尋物象越過一個界線的過程，也體現著「神韻」特有的「遠」的感知與呈現方式。

又如：

> 高念東侍郎遊山陰道上，有句云：「筇杖古松流水外，蒲團修竹緒風間。」予愛之，命畫師禹鴻臚（之鼎）寫爲二圖。〔註93〕

也是以「外」與「間」（或中）搭配而成爲一種意境。

以「外」與「中」的搭配進而作爲抽象思維，可以看以下這首詩：

> 嘉樹名亭古意同，耕篸圍砌共青蔥，午陰閑淡茶煙外，
> 曉韻蕭疏睡雨中，開戶常時對君子，遠軒終日是清風，
> 盤根得地年年盛。豈學春林一晌紅。〔註94〕

「午陰閑淡茶煙外，曉韻蕭疏睡雨中」正是用「外」與「中」的搭配造成一種抽象的絃外之音，表徵「閑淡」、「蕭疏」之意境。本來「外」與「中」的搭配就暗含一現實一超越的雙重性，這裡的「茶煙」和「睡雨」也是把日常生活的現實（「茶」、「睡」）與美感朦朧（「煙」、「雨」）合在一起。

「隔溪漁舟」所帶出的觀看方式是有所間隔（空間的間隔），它所帶出的思考方式是「身在此而心在彼」地去思索著某一個區範之外的情況。而「外」這個方位詞與「隔溪漁舟」相似，所帶出的言外意境正是直接引領讀者去看、去聽、去思索在一個區範之外的情況，讓心靈空間可以延伸得更遠。「外」的具體含義正是「神韻」所要求的「朦朧含蓄」、「可睹而不可取，可聞而不可見，且系乎我形，而妙用

〔註92〕蘇轍：〈次韻子瞻有美堂夜歸〉，《全宋詩》。
〔註93〕王士禎：《香祖筆記》，《帶經堂詩話》，卷26，頁733。
〔註94〕蘇舜欽：〈寄題趙叔平嘉樹亭〉，《全宋詩》。

無體，義貫眾象而不定質」，〔註95〕傳統士人朦朧間隔的感知正是要望向「它」之外，感知一個空間物象之外的事物：

> 望山白雲裏，望水平原外。〔註96〕

詩人既透過白雲來間隔地望山，又要將視線延伸到平原外邊的流水上。望向實象與現實空間之「外」的部分正是詩人所望的終極目標，「外」的運用總是使得詩中的景物延伸到無窮去，使得詩人與讀者的視線超越現有的實在，延伸出更為玄遠開闊的心靈空間。

〔註95〕皎然：《詩家》。
〔註96〕謝朓：〈後齋迴望〉，《先秦漢魏晉南北朝詩》。

第四章 「田園式」空間型態：四方空間

前 言

　　上文從景物與位置（方位）的組合方式來看「神韻」詩運用自然景物的方式，這裡則進一步從整體空間意境來看「神韻」詩。本文將王士禎所舉的「神韻」詩所呈現的整體空間感分爲兩大類型：「田園式」與「山水式」空間型態，這些整體空間意境也體現著「神韻」詩重視流動與定止之搭配的美感定律。此章先討論第一類：「田園式」的方形空間型態。承上文所言，「神韻」詩有一種類型是屬於「田園式」的方形空間感：如「晴雪滿林，隔溪漁舟」的類型。其實，這一類型又可以細分爲兩類：（1）包圍式的「環狀空間」。（2）由物象（名詞）相組所合成的「未定解讀」畫式空間。這兩種類型剛好可以兩大田園詩人：陶淵明與王維的詩作爲代表。

　　上文已經說明這一類的四方空間與田園的關係，這裡進一步說明何以稱之爲四方空間。所謂的「四方」包含兩種特質：一是三維立體的深度感；二是包圍與框限感。先就三維立體深度感來說，不論是陶淵明式的「環狀空間」型態，還是王維式的「畫式空間」型態，感覺上都傾向於具有長寬高之三維感，都具有深度與立體感，

其空間型態像是由房舍那種四方空間向度向外擴張的感覺。再就包圍與框限感來說，陶淵明詩的「環狀空間」感或由其延伸的「包圍空間」類型，在整體上四周都有包圍的感覺，而王維詩的「未定解讀」畫式空間雖由房舍向水平方向延展為一個具有距離式的空間，但是整體感覺也像是有一種畫框將之限定住，即使有流動之特質，感覺上還是在某個框框範圍之中。相較而言，如陶淵明詩的那種包圍似的「環狀空間」比較傾向於現實的物理空間，而像王維詩所呈現的「畫式空間」則接近一種抽象的心理空間，其流動性比第一類強，但是不管感覺上如何廣闊，都像是被一個畫框所包圍住。

對應於前文所提到的「俯仰宇宙觀」所延伸的幾種感知方式，陶淵明詩式的「環狀空間」型態可以說是由「中心環繞式」感知方式而來，至於王維詩所開展的「未定解讀」畫式空間型態，則是將此「中心式」感知方式與「無中心散漫式」感知方式交融的類型。此外，王維詩所體現的由物象（名詞）之相組所呈現的空間感也可以說是將上文所說的景物與位置之間的組合方式進一步發揮極致，以達到某一種理想意境的呈現方式。

壹、「環狀空間」型態

上文在討論「神韻」詩間隔朦朧的心理感知方式的時候，曾以房舍概念為中心來討論「中心環繞式」感知方式，這裡所論的第一類型的「田園式」空間型態中依然可以看到房舍概念的重要性。在此第一類型的「田園式」空間型態之中總是包含著一個「家」的概念，並且其空間呈現常是以屋舍為中心而展開的，其中可以再次看到自我空間（在此指房舍）是傳統士人心靈飛躍昇華的起點。

先回顧第一章所說的房舍概念：人文主義地理學之「存在空間」〔註1〕的「家」或「居家」觀念。「家」是人的存有和意義凝聚的主要

〔註1〕本文導論已提到「存在空間」。在此再簡單點明：「聚落具有「中心——四方」的空間形式，是人的居住文明的悠久空間傳統。在地表

空間中心，亦是眞正屬於「我」的地方。在下列作品所呈現的「環狀空間」感覺中，我們也可看到房舍概念是詩人感知的起點與中心，詩人往往以「家」（在此指房舍）作爲感知的中心並感覺到某種「神聖和歸屬感」。此外，在以下所舉的詩例中不僅可以看到以房舍概念（「家」）爲中心所產生的歸屬感，同時，在以「家」爲中心的基礎上，還進一步延伸爲「中心──四方」的環狀空間性，此即爲第一章所說的「環繞式中心感知方式」所延伸出來的空間型態。在此先說明人文地理上的環狀「存在空間」：

> 如此構成了基本的聚落空間圖式，稱之爲「中心──四方（環）」的空間性。之所以是「中心──四方（環）」的空間，乃是由於既然以「中心」而形成「向心性」之凝聚，則自然產生「内部」，與此相對，則有外面的世界，而成爲「外部」，因此，由「中心」向外擴散，必有一外圍之境界，遂促使聚落之「存在空間」，在存有學的視點上，具有「圓」的基型，它擁有一個「中心」及一個「環」。人營建了此種「中心──四方（環）」的「圓」之聚落，其目的即「安居」耳。而所謂「安居」，不但指稱形體在此安居，也必須指稱心靈在此之安居；不唯「個體我」之獲得安頓，也必須是「群體我」之獲得安頓。〔註2〕

此聚落式之「存在空間」具有幾個特點：首先，它具有「圓」的基型，擁有一個「中心」及一個「環」。其次，此種「圓」之聚落，具有在形體與心靈上「安居」的目的。此外，在此「環狀空間」中，「個體我」乃至「群體我」都能從中獲得安頓。以下先以陶淵明的詩來說明這種空間型態的基本特徵，再討論其它作家的詩例。

上，人創造適合自己在居住時主體上認定的「安居性空間」，如此形成的空間，稱爲「存在空間」。見潘朝陽〈「中心──四方」空間形式及其宇宙論結構〉，《師大地理研究報告》第23期（1995年3月），頁84。
〔註2〕潘朝陽：〈「中心──四方」空間形式及其宇宙論結構〉，《師大地理研究報告》第23期（1995年4月），頁84。

　　陶淵明，字元亮，入宋，名潛，潯陽柴桑人，太尉長沙公侃之曾孫。即入宋，自以晉世宰輔之後，恥復屈身異代，遂不仕，世號靖節先生。在王士禎的評價裡，陶淵明的詩可以說是達到所謂的「純任眞率，自寫胸臆」的境界，是屬於一種「不易學」的理想呈現：

　　　　〈古詩十九首〉如天衣無縫，不可學已。陶淵明純任
　　眞率，自寫胸臆，亦不易學。六朝則二謝、鮑照、何遜，
　　唐人則張曲江、韋蘇州數家，庶可宗法。〔註3〕

可以說陶淵明的詩是「神韻詩」中的一種理想的典範。

　　陶淵明的詩裡常常提到房舍概念：

　　　　結廬在人境，而無車馬喧，問君何能爾，心遠地自偏，
　　　　採菊東籬下，悠然見南山，山氣日夕佳，飛鳥相與還，
　　　　此中有眞意，欲辨已忘言。〔註4〕

在現實的空間裡，陶淵明的住屋是建構在人群與塵囂之中，但是他卻用主觀心境克服客觀環境，將此房舍昇華爲一種具有「高潔」意義的存在空間，並以此房舍爲中心感知田園世界的一切。〔註5〕由「悠然見南山」可以看到詩人的活動與大自然的景物生態之間乃自成一無限流轉的連結生態，蘇軾曾評這一句爲：「『採菊東籬下，悠然見南山』因採菊而見山，境與意會，此句最有妙處，近歲俗本作「望南山」，則此一篇神氣都索然矣」，〔註6〕所謂的「境與意會」便是一種自然無拘執的心靈體悟，不再固限自我與自然的分隔。當人把現實的界域打破了，於是人的心靈就自然地流轉在人的各種活動與自然的生生化機

〔註3〕王士禎：《帶經堂詩話》，卷29，頁829。

〔註4〕陶淵明：〈飲酒〉，王士禎：《古今詩選》（上），卷6。

〔註5〕潘朝陽先生也舉這首詩來說明中國傳統中，特別是老莊道家哲學之
　　　意識型態所建構而成的「存在空間」之情懷，強調陶淵明所呈顯的
　　　空間擁有一種精神上高潔雅芳而寧靜之意味，並能由近通暢於遠方
　　　（「南山」）。見潘朝陽：〈現象學地理學 —— 存在空間的一個詮
　　　釋〉，《中國地理學學刊》第19期（1991年7月），頁85。

〔註6〕蘇軾提出「境」與「意」所以能以「會」的方式合一，關鍵乃在於
　　　動詞「見」。見蘇軾：〈題淵明飲酒詩後〉。孔凡禮點校：《蘇軾文集》
　　　（北京：中華書局，1986），冊5，頁2092。

之中，陶淵明的詩正開創出這樣一種境界。可以說陶淵明流轉無限的自然觀照與生命感受，爲「神韻」提供很重要的心靈基礎。

在此周圍都被包圍的房舍中，詩人的心亦可與「千載」之遙的古人相通，從「生存空間」中產生一種神聖感：

> 人生歸有道，衣食固其端，……。
>
> 四體誠乃疲，庶無異患干，盥濯息簷下，斗酒散襟顏，
>
> 遙遙沮溺心，千載乃相關，但願長如此，躬耕非所歎。〔註7〕

個人的空間（房舍）是陶淵明隔絕塵世的表徵：

> 野外罕人事，窮巷寡輪鞅，白日掩荆扉，虛室絕塵想，
>
> 時復墟曲中，披草共來往，相見無雜言，但道桑麻長，
>
> 桑麻日已長，我土日已廣，常恐霜霰至，零落同草莽。〔註8〕

詩人閒逸的想像總是要踏實清處地先找到一個空間才能開始心靈的淨化與飛翔。此外，在陶淵明的詩裡，封閉（「白日掩荆扉，虛室絕塵想」）與開放（「時復墟曲中，披草共來往」）是同時存在的，這正說明「環狀空間」的特質，既以「家」（房舍）爲個人神聖之地，但又與四周環狀區域互爲生命共同體。

除了以「家」（房舍）爲中心的「神聖歸屬感」，陶淵明詩中的「家」（房舍）的概念還體現著聚落式的「環狀空間」性。陶淵明是真正地把其四周的整體田園鄉野當成是一個家，因而體現出一種聚落式的觀照法，他在此接近聚落形式的「環狀式」空間感知中，無形中傳達出比其他的詩人更爲深遠而真實的安定感。沒有特意強調，也沒有矯飾，儘管他也是有憂思的，但是他是真實地感覺到田園之居的安定感，並且把四周的環狀區域都當成是自己的家的一部分。同時，他的詩也傳達出不唯「個體我」之獲得安頓，也是「群體我」之整體安頓的心境。如以下這首詩：

> 秋菊有佳色，裛露掇其英，汎此忘憂物，遠我遺世情，

〔註7〕 陶淵明：〈庚戌歲九月中於西田獲早稻〉，王士禎：《古今詩選》（上），卷6。

〔註8〕 陶淵明：〈歸園田居〉，王士禎《古今詩選》（上），卷6。

一觴難獨進，杯盡壺自傾，日入群動息，歸鳥趨林鳴，

嘯傲東軒下，聊復得此生。〔註9〕

詩人以「東軒下」（「家」）為中心，不僅感到一種孤高的神聖感，同時也感到「群體」都進入一種安息的狀態中（「日入群動息，歸鳥趨林鳴」）。或者應該說，詩人是先感覺整個在他四周的環狀聚落（群體）都進入安定的歸屬狀態中，他才進而感到以個體為中心的安定性。「嘯傲東軒下，聊復得此生」一句可看到房舍（「東軒」）代表著生命的核心，對於詩人而言，找到一個處所並能在此中自得「嘯傲」，就好像找到生命的依歸（「聊復得此生」）。

陶淵明總是緊緊地被自身的住屋及周圍的環境所包圍住，他並不是向外面另外開展一個空間，只要在一個住屋的包圍之下，他就可以因此感到安定與歸屬感：

孟夏草木長，繞屋樹扶疏。

眾鳥欣有託，吾亦愛吾廬。

既耕亦已種，時還讀我書。

窮巷隔深轍，頗迴故人居。

歡言酌春酒，摘我園中蔬，微雨從東來，好風與之俱，

汎覽周王傳，流觀山海圖，俯仰終宇宙，不樂復何如。〔註10〕

「孟夏草木長，繞屋樹扶疏」正是一種環狀包圍之感，詩人在此為樹林所環繞的環狀空間裡，在自然與群體的歸屬安定感中，他自己也好像找到心靈的寄託與安頓（「眾鳥欣有託，吾亦愛吾廬」）。

在陶淵明詩裡，空間（這裡指房舍概念）的回歸有時代表迷途知返的自我：

少無適俗韻，性本愛丘山，誤落塵網中，一去三十年，

羈鳥戀舊林，池魚思故淵，開荒南野際，守拙歸園田，

方宅十餘畝，草屋八九間，榆柳蔭後簷，桃李羅堂前，

曖曖遠人村，依依墟里煙，狗吠深巷中，雞鳴桑樹顛，

〔註 9〕陶淵明：〈飲酒〉，王士禎：《古今詩選》（上），卷6。

〔註10〕陶淵明：〈讀山海經〉，王士禎：《古今詩選》（上），卷6。

　　戶庭無塵雜，虛室有餘閒，久在樊籠裏，復得返自然。〔註11〕
在「塵網」的羈絆之中長達「三十」年，詩人極力想要掙脫塵俗的「樊
籠」，不只以「舊林」、「故淵」這些類似家（房舍）的空間概念來表
徵自我的解放與對「自然」的回歸，並把「餘閒」放在一個空間之中
來觀想（「戶庭無塵雜，虛室有餘閒」）。這個自我房舍的空間概念與
塵俗的「樊籠」主要的差別在於，在以「家」為中心的「環狀空間」
裏，詩人對於前、後、左、右的方位（相當於房舍的四邊環狀區域）
有些什麼是很清楚可以掌握的（「榆柳蔭後簷，桃李羅堂前」），這個
空間是可以無限向四圍展開的，與四周是沒有界線的。同時，它既是
四面被包圍著，卻也因聽覺而敞開（「狗吠深巷中，雞鳴桑樹顛」）。
詩人在此先後敘述他的田莊四面八方前後遠近的狀態，在自然中開創
了屬於自己的心靈空間，並重新安排自然。在此中，自然不像早期山
水詩那樣作為人心幽曲的映照，也不再只是作為詩人通往安適閒適心
境的手段或通道而已，自然與人成為一種生命共同體而生息相通。陶
淵明把自然的空間視為一個可以安頓的空間，並在其中開闢了屬於自
我的空間層次，用他的心去感悟整個田莊裏外前後遠近與他自己內在
心靈的相關位置，將自然重新分隔安排為一種和諧無心而與自己的心
靈安適相通的層次。於此，自然作為表徵詩人超逸脫俗之心境的標記
已經完全達成。
　　詩人對其四周之環狀區域的瞭解，常是以描寫物象的位置分佈狀
況來表徵：

　　　　邁邁時運，穆穆良朝，襲我春服，薄言東郊，山滌餘靄，
　　　　宇曖微霄，有風自南，翼彼新苗，洋洋平津，乃漱乃濯，
　　　　邈邈遐景，載欣載矚，人亦有言，稱心易足，揮茲一觴，
　　　　陶然自樂，延目中流，悠想清沂，童冠齊業，閒詠以歸，
　　　　我愛其靜，寤寐交揮，但恨殊世，言息其廬，花藥分列，
　　　　林竹翳如，清琴橫床，濁酒一壺，黃唐莫逮，慨獨在余。〔註12〕

〔註11〕陶淵明：〈歸園田居〉，王士禎：《古今詩選》（上），卷6。

其中的「花藥分列，林竹翳如」就是描寫房舍四周自然物象的擺設狀態，這些花木未必生長排列得非常整齊，但是此井然有序的描述其實是詩人心境得到安頓與歸屬感的外現。此外，「清琴橫床，濁酒一壺」的描述中也是以物象的安置表徵詩人心境的安定清閒，詩人似乎只要看到琴身安然擺置，不用彈也不用聽，其內心就能感到平靜。〔註13〕

　　與環繞式中心感知方式「以小總大」的特性相同，此「環狀空間」除了包圍感，還有另一種特徵是在心靈上可以收納包容自然萬物，這個空間像是詩人內在心懷氣度的延伸：

　　　藹藹堂前林，中夏貯清陰，凱風因時來，回飆開我襟，

　　　息交遊閒臥，坐起弄書琴，……。

　　　遙遙望白雲，懷古一何深。〔註14〕

由「藹藹堂前林，中夏貯清陰」可以看出「林」這個空間具有心靈上貯聚收納的功能。當「凱風」吹入此空間之中，不僅打開了詩人的衣襟，也打開了詩人的心胸。此時，不僅和風進入了林中空間，世界也進入了詩人心中的空間。屋舍與其前面的林中空間都與詩人的衣襟（自我）合而爲一，宇宙自然之氣息與律動彷彿都可收容進來。整體來說，陶淵明詩中的田園空間既是一種生存空間，但同時又是一種理想的世界，他所以常把「園林」與「人間」對立起來，正是因爲他心目中的「園林」已經不是「現實的人間」，而成了「桃源社會的象徵」了。〔註15〕

〔註12〕陶淵明：〈時運〉。

〔註13〕陶淵明有一個無絃琴。蕭統《招明太子集‧陶靖節傳》：「淵明不解音律，而蓄無弦琴一張，每有酒適，輒撫弄，以寄其意」，又陶淵明詩：「但識琴中趣，何勞絃上聲」。

〔註14〕陶淵明：〈和郭主簿〉，王士禎：《古今詩選》（上），卷6。

〔註15〕諸如「靜念園林好，人間良可辭」（〈庚子歲五月中從都還阻風於規林〉）以及「詩書敦夙好，園林無世情」（〈辛丑歲七月赴假還江陵夜行塗口〉）等詩，都是把「園林」和世俗「人間」對立起來。參閱張少康：〈象外之象，景外之景──論司空圖的《詩品》〉，《古典文藝美學論稿》（台北：淑馨出版社，1989），頁349。

　　由此以「家」為中心的神聖歸屬概念延伸而來，許多「神韻」詩所體現的空間感都具有著包圍空間感，只是陶淵明之後的詩大多傾向於呈現以房舍為中心的包圍空間感，那種與四周環境渾然一體的聚落式「環狀空間」的性質比較少出現。在以下所舉的一些詩例中，有一些雖然並沒有引到「房舍」（或「家」的概念），卻是一種包圍性質的空間型態，而且整體感覺傾向是在田園之中的感知呈現，所以歸為這一類田園式「環狀空間」來說明。

　　引到家、城等概念的詩多半會出現包圍性質的空間感：

　　　　閻古古（爾梅）在濟南有詩云：「四圍松竹山當面，一望樓臺水半城。」雖本白太傅「燈火萬家樓四面，星河一道水中央」，實難甲乙也。劉後村亦云：「地占百弓全是水，樓無一面不當山。」予少時在濟南亦有句云：「郭邊萬戶皆臨水，雪後千峰半入城。」今前集不載。〔註16〕

「四圍松竹山當面，一望樓臺水半城」即是描寫「四圍松竹」的環狀包圍空間，至於「郭邊萬戶皆臨水，雪後千峰半入城」的「郭邊萬戶」亦是一種環狀生存空間，也是由家（城）的概念延伸出來的型態。

　　又如：

　　　　「半篙谿水楓圍屋，一片山雲雪到門。」〔註17〕

也是以房舍為中心，展開一種由「楓」所圍繞的包圍空間。

　　再看這則論述中的詩例：

　　　　宋牧仲中丞行賑邳徐間，于村舍壁上見二絕句，不題名氏，真北宋人佳作也：「橫笛何人夜倚樓，小庭月色近中秋，涼風吹墜雙梧影，滿地碧雲如水流。」「渺渺孤城白水環，舳艫人語夕霏間。林梢一抹青如畫，應是淮流轉處山。」〔註18〕

「渺渺孤城白水環，舳艫人語夕霏間」是寫由「白水」所包圍環繞的

〔註16〕王士禎：《池北偶談》，《帶經堂詩話》，卷15，頁402。
〔註17〕王士禎：《蠶尾文》，《帶經堂詩話》，卷11，頁255。
〔註18〕王士禎：《香組筆記》，《帶經堂詩話》，卷9，頁210。

「孤城」空間，而將聲音（「人語」）放入「夕霏間」也形成一種包圍式的心理空間感。

有些狀況雖然沒有寫到家或城的概念，但在田園式的氛圍之中很容易引出傾向包圍式的空間感。所以說「神韻」詩有一種面向是在家與田園式的空間之中所感發的樂趣，例如：

> 內兄張蕭亭（實居），鄭平少保忠定公孫也。家有湄園，擅邱壑之趣，今蕪矣。常有詩云：「桃花乍放柳初生，葉底春禽送好聲。人在西園山翠裏，斜風細雨度清明。」〔註19〕

在類似田園（「西園」）的情境裡，詩人所表現的空間多半傾向景物包圍四周的環繞式空間型態（「人在西園山翠裏」）。

又如：

> 亂泉聲裏纔通屐，黃葉林間自著書。〔註20〕

這兩句是由在一個包圍空間之中的感覺（「黃葉林間」）與文藝活動（「自著書」）合起來成為一種境界。

貳、「未定解讀」畫式空間

「田園式」的方型空間型態，除了上述的環狀或包圍空間感之外，還有一種是由物象（名詞）之相組所形成的「未定解讀」畫式空間。這類詩有時也提到「家」的概念，但是並不是以「家」為中心展開一種與四方融合為一的包圍式「環狀空間」型態，而是走出家門向外觀看世界，甚至形成「家」與外面世界區隔的狀態，這類空間類型可以王維詩作為代表。

整體來說，王維詩所表徵的空間型態傾向「隔溪漁舟」式的感覺，是屬於以屋舍為中心而向「水平方向」延伸的空間觀照型態，有別於陶淵明詩以屋舍為中心的「環狀空間」型態。這種水平式的空間觀照是一種美感的、距離的觀照、不像聚落「環狀式」的空間

〔註19〕王士禛：《漁洋詩話》，《帶經堂詩話》，卷11，頁279。
〔註20〕王士禛：《蠶尾續文》，《帶經堂詩話》，卷5，頁128。

比較多的是植基於眞實生活的一種安定感。不過，這兩種空間型態都是在田園生活中開展出來的，而且其所創造出來的空間（不論是物理性質還是心理性質）都傾向具有三維深度的感受，所以我們把它們歸在一類中討論。

一、「家」與外部世界的分隔狀態

在討論這類由物象（名詞）相組所形成的「未定解讀」畫式空間之前，先說明這種空間類型與「家」的概念之間的關係，因爲以「家」爲中心是「田園式」觀照方式的基礎。這裡先以王維詩作爲代表來說明這種類型的空間感。

王維，字摩詰，太原祁人。以詩名盛於開元天寶間，尤長五言詩，是傑出的全才藝術家，在詩、畫、音樂三方面均有高度成就，晚年長齋，不衣文綵。王士禎對於王維詩的評價很高：

> 嚴滄浪以禪喻詩，余深契其說，而五言尤爲近之，如
> 王裴輞川絕句，字字入禪。〔註21〕

《唐賢三昧集》也是以王維爲首，可以說王維詩的類型在「神韻詩」裡可算是一種「理想」的境界。

先分析王維詩裡「家」與外部世界分隔的狀態。王維的田園詩所達到的藝術境界是無庸置疑的，然而，若是細讀其詩作，會發現他雖然開展許多清朗開闊的詩境，但是在每首詩的最後卻常以掩門的動作遁回到自己的個人空間裡。王維詩中寫到閉關的詩很多，諸如：「終年無客常閉關，終日無心常自閒」（王維：〈答張五弟〉），「靜者亦何事，荊扉承畫關」（王維：〈淇上即事田園〉）等等。在他的詩中，自我的空間（房舍）與外面的世界似乎暗藏著一種分隔，甚至對立的關係：

> 晴川帶長薄，車馬去閒閒，流水如有意，暮禽相與還，
> 荒城臨古渡，落日滿秋山，迢遞嵩高下，歸來且閉關。〔註22〕

詩人先將視野延伸至外面的廣闊空間，「荒城臨古渡，落日滿秋山」

〔註21〕王士禎：《鸞尾續文》，《帶經堂詩話》，卷3，頁83。
〔註22〕王維：〈歸嵩山作〉，王士禎：《古今詩選》（上），五言今体詩鈔二。

正是用兩個物象（名詞）之相組所形成的一種抽象心理空間，落日餘
輝像是要蓋滿整座秋山，它是如此滿溢而廣闊。但最後的「迢遞嵩高
下，歸來且閉關」卻突然分隔了自我空間與自然的空間，「閉關」像
是把開放的自我再收回屋舍之中。

　　王維對於自我的空間是強烈意識的：

　　　　谷口疏鐘動，漁樵稍欲稀，悠然遠山暮，獨向白雲歸，

　　　　菱蔓難弱定，楊花輕易飛，東皋春草色，惆悵掩柴扉。〔註23〕

他往往在向外開展了開闊的空間意境之後，最後常常以關門的動作回
到自我的空間裡，也就是他的詩不論如何地向外部世界開拓，最後還
是會回到自己的空間屋舍中，瞬間從開闊悠遠轉入惆悵漠然之心境。

　　在王維的詩中所呈現的景色多半是以「家」爲中心而向外觀看的
感受，只是他常常分隔「家」與外部的世界，詩人的小小茅簷與遠方
的廣闊自然天際似乎足以形成一種對抗：

　　　　端居不出戶，滿目望雲山，落日鳥邊下，秋原人外閒，

　　　　遙知遠林際，不見此簷閒，好客多乘月，應門莫上關。〔註24〕

這裡即是不出戶而守在自己的空間（房舍）之中，但卻覺得足以掌
握遠方與外部世界的整體狀況（「端居不出戶，滿目望雲山」），詩人
待在自己的小小茅簷之中，感覺自己可以「遙知」遠方的自然氣息，
同時又在屋舍中感受到無人能體會的輕快悠然（「遙知遠林際，不見
此簷閒」），此正體現出前文所提到的「中心式」感知方式的特徵。

　　在這類的詩中，外部的自然不論如何廣大，它的背後還是暗含著
一個「家」（房舍）的對應觀念：

　　　　桃源四面絕風塵，柳市南頭訪隱淪，到門不敢題凡鳥，

　　　　看竹何須問主人，城外青山如屋裏，東家流水入西鄰，

　　　　閉戶著書多歲月，種松皆作老龍鱗。〔註25〕

〔註23〕王維：〈歸輞川作〉，王士禎：《古今詩選》（上），五言今体詩鈔二。。

〔註24〕王維：〈登裴迪秀才小臺作〉，王士禎：《古今詩選》（上），五言今体
　　　　詩鈔二。

〔註25〕王維：〈春日與裴迪過新昌里訪呂逸人不遇〉，《全唐詩》。

這裡即是把廣大的自然空間（「城外青山」）與自己的住屋空間對應起來（「如屋裏」）。

　　王維詩中以關門的動作隔絕自己與周邊環境的狀態，與人文地理「存在空間」中所含有的「雙元對蹠性」也頗爲相似：

　　　　一個「所在」，即某「主體」於其生活空間中經由其本身而根據某些參考點投射出意義網絡之後而形成。以沙特的話來說，就是「主體我」從一大群外在事物的包圍中，將自己和這些外在事物之間推開出一個「距離」，使「我」與「他事」、「他物」具有一段空間區隔，而「這裏」屬「我」，以「我」之主觀而設計之、創造之；「他事」、「他物」則在「那裏」，是屬於「其他的」、「外面的」、非「主體」的世界。〔註26〕

相較於陶淵明詩所呈現的個體與群體融合的「環狀」安定感，王維詩常在「我」與「他事」、「他物」之間具有一段空間區隔，也就是體現著「這裡」、「那裡」的分隔狀態。他總是望向屋舍的外邊，將眼目望向遠方的開闊空間，並將之融會爲一種雲淡風清的悠遠意境。但是，這個外邊世界的描述畢竟是屬於美感藝術的片刻造境，當王維一關上門扉，好像立刻回到了現實的世界與略感落寞寂寥的心境裡，剛才所開展的美感空間也就立即被隔絕分隔了。

　　不論是陶淵明詩以屋舍爲中心的「環狀空間」型態，還是王維詩既以房舍爲中心，但房舍與外面四周的空間又有分隔的空間意境，這兩者都是「神韻」詩的理想狀態。前者回歸聚落生活的悠閒安定感，後者創造一種詩畫相融合的開闊空間，兩者在「神韻詩」裡都可算達到一種渾然天成的藝術境界。這些大體上都產生於田園安定的環境狀態中，雖然其間偶會有淡淡的孤獨感或哀愁，但其安定性畢竟遠大於山水之遊的流動與飄泊特徵。

二、物象（名詞）之相組所形成的「未定解讀」畫式空間

〔註26〕見潘朝陽：〈現象學地理學──存在空間的一個詮釋〉，同前，頁76。

在此正式分析王維詩所呈現的空間型態：「未定解讀」畫式空間，一種渾然天成的藝術境界。若是分析王維詩的特質，可以發現它有一個重要的特性是將兩個物象（名詞）相組以形成某種心理空間的表現方式，這可以說是上文所說的「神韻」詩最基本的表現手法：利用自然物象與空間位置之間的組合關係以表徵言外意境的方式的延伸。由兩個物象之相組以達到言外意境的狀況，不論是由兩個相連的名詞相組（如「澗戶」），還是兩個名詞之間有動詞相繫的狀況，可以說都是古典詩裡最精緻的藝術成果，此所形成的空間感都易於造成所謂的「言有盡而意無窮」之心靈空間的迴盪流轉。

（一）「詩」與「畫」的相通性

論到王維詩的空間特質，首先可以從「畫」的特質說起。早在蘇軾所論：「味摩詰之詩，詩中有畫，畫中有詩」（蘇軾〈書摩詰藍田煙雨圖〉）就已經提到王維的詩具有「畫」的特質，其後還有一些詩人都提到這一點，諸如晁補之說：「右丞妙於詩，故畫意有餘」，而劉子鏻也指出：「右丞精於畫，故詩態轉工」。〔註27〕

王維詩中的「詩中有畫」與所謂的「畫」的特質是在那些方面相通呢？高輝陽曾從色彩、線條、空間性三方面指出王維的詩與所謂的「畫」相通的特質，〔註28〕而在這三個特質中，空間性應該是最基本的要素。繪畫有一個最基本的特質是「要在二度空間的平面上，表現出三度空間的立體感」，並且或多或少具有「透視」的空間深度立體感。〔註29〕若是只寫到顏色與線條之感，並不一定能夠與畫的感覺聯

〔註27〕見《王右承集箋注》中輯錄劉子鏻《文致》一條。王維撰，趙殿成箋注：《王右丞集箋注》（香港：中華書局，1972），頁512。
〔註28〕高輝陽認為繪畫是以色彩（包括光影）、線條等要素，在二度空間的平面上再現形象，借以表達自己的審美感受，王維詩作之所以被稱為詩中有畫，原因之一，就是它表現了繪畫般的色彩、線條的美。參閱〔日本〕高輝陽：〈王維詩中的繪畫因素〉，收入《唐代文學研究》（第七輯）（廣西：廣西師範大學出版社，1998），頁233。
〔註29〕高輝陽並以焦點透視、俯仰透視、散點透視來說明此空間性。當然，就透視感而言，中國未能像西方那樣產生科學、精確的透視原理。

繫在一起，唯有具有相當程度的空間向度，詩的感覺才能夠像畫。當然，關於詩與畫的相關問題是一個很複雜的問題，本文這裡只是針對王維詩的空間特質作一個簡略的說明。

王維的詩所以會讓讀者感覺到一種「畫意」，有一個最基本的因素即在於它在讀者心中造成一種傾向立體三度空間的感覺。這也是我們把王維詩所呈現的空間特質歸在「田園式」四方空間的主因。然而，是否具有透視空間感的詩都會像畫呢？我們可以舉出一則例子來探察：

> 青青河畔草，鬱鬱園中柳，盈盈樓上女，皎皎當窗牖，
> 娥娥紅粉妝，纖纖出素手，昔爲倡家女，今爲蕩子婦，
> 蕩子行不歸，空床難獨守。〔註30〕

這首詩其間也有空間透視感的移動，如電影鏡頭由遠而近，由下而上，但是卻與畫的感覺不同。由此來推敲，光有透視的空間感還不一定能形成像王維詩那樣的「畫意」，那麼究竟還需要什麼要素才能夠構成王維「詩中有畫」那樣的特質呢？先從反面來說，這首〈青青河畔草〉中的「畫意」之感所以不是很強烈，可能是因爲它有一種流線式的感覺，一直往前推進，其敘述性很強。其中，形容詞疊字〔註31〕的使用又進而造成一種重複之感，並使詩句形成一種「迴環複沓」的疊複感。〔註32〕可以說這些形容詞疊字的連續使用是使整首詩閱讀起來感覺傾向於流線循環之敘述性的主因。

其實，早期的漢魏詩大多具有這種「流線」敘述的性質。在唐代之前，特別是漢詩，古典詩整體的感覺傾向以動勢的敘述句型來呈

〔日本〕 高輝陽：〈王維詩中的繪畫因素〉，同前註，頁238。
〔註30〕古詩十九首〈青青河畔草〉，王士禎：《古今選詩》（上），卷1。
〔註31〕形容詞疊字的句型在《詩經》之中早已出現。如《衛風·碩鼠》：「河水洋洋，北流活活，施眾濊濊，鱣鮪發發。葭菼揭揭，庶姜孽孽」。
〔註32〕其實詩是最精鍊的文體，用一個疊字等於白白浪費一個字，用六個疊字等於白白浪費六個字的功能。不過古詩十九首的疊字的運用是成功的，能夠在重複之中達到「複而不厭，賾而不亂」（顧延武說）。見馬茂元：《古詩十九首探索》（高雄：復文，1984），頁142。

現，即使有空間感也大多是屬於整首詩的空間安排（或者說是透視性質的空間），一般上說可能造成「隨變適會，莫見定準」之弊（《文心雕龍，章句》）。〔註33〕在往後的詩歌裡，這種流動敘述的特質還是一直存在，其中的感覺與「賦體」的線性流動感頗爲接近：

> 若專用比興，患在意深，意深則詞躓。若但用賦體，患在意浮，意浮則閒散，嬉成流移，文無止泊，有蕪漫之累矣。〔註34〕

鐘嶸以水勢比喻「賦體」的直述性。「賦體」的形式猶如一條水流湍急的江河，其上的船隻只能隨急流向前滑去（「嬉成流移」），使得文意不容易拋錨靠岸（「文無止泊」）。用這種形式寫成的詩由於中間缺乏寫景的位置安排，文意就如同一條無岸可靠的船隻只能一直往下流衍而去。早期的漢魏詩正有這種一直流說下去的性質，沒有特別停頓或跳躍之處，甚至同一個意思有不停地說的意味。讀者當可感覺到，這類具有流動性質的詩，與王維詩所呈現的「畫式」空間感有很大的距離。

不過，這種流線式的呈現方式，卻可能帶出一種渾成無跡的意境。嚴羽和王士禎都欣賞漢魏詩歌的這種古樸素雅的直述表現方式：

> 漢魏之詩：詞理意興，無跡可求。〔註35〕

簡單地說，漢詩的直述方式是「出以直感的思維方式」，是一種「素美」，〔註36〕像王維詩所呈現的那種具有畫意之空間意境的形式，在早期漢魏詩中並不易找到。

（二）「畫框」的限制：物象（名詞）之相組

對比於上述漢魏詩的流動特質，我們可以感覺到王維詩所展現的

〔註33〕王力堅認爲：如果詩歌結構「莫見定準」。更會造成「辭如川流，溢則氾濫」（《文心雕龍‧熔裁》）的煥漫失序的現象。見王力堅：《六朝唯美詩學》（台北：文津出版社，1997），頁100。

〔註34〕鐘嶸著，陳延傑注：《詩品注》（北京：人民文學出版社，1985），頁4。

〔註35〕嚴羽著，郭紹虞校釋：《滄浪詩話校釋》，同上，頁137。

〔註36〕柯慶明：〈試論漢詩、唐詩、宋詩的美感特質〉，《文學與美學》第三集（台北：文史哲，1990），頁313。。

空間意境有一種像是被框限住的感覺，好像有一種無形的畫框圍住了裏面的景物與空間感，這也是本文將它歸入四方空間型態之中的主因。而這種景物像是被框入一個畫框之中，而又具有一定的立體與透視空間感的特性，有一個中心要素乃在於它是由物象（名詞）相組而成的緣故。也就是光有空間透視感也不一定能夠展現如畫的空間意境，還必需要有框限之感。王維詩所以能夠具有「畫意」，有一個最重大的因素即是其動勢流動感有被包圍起來的感覺，而這個包圍景物與流動感覺的籬笆只有用名詞相組起來才可能造就。就感知方式來說明可以更爲清楚，王維詩其實綜合了「中心式」感知方式與「散漫式」感知方式（詳第一章），像是把「散漫式」的感知方式框入一個畫框之中變而爲「中心式」的感知方式。

關於王維詩中這種畫框式的感覺，可以用葉維廉對於唐詩的看法說起。葉維廉認爲中國古詩（特別指諸如王維詩之類的唐詩）因爲在語法上具有「未定位、未定關係、或關係模稜」的特質（ambigulity），所以容易引發讀者「獲致一種自由觀感解讀的空間」。同時，也因這個未定空間感，讀者便可以在物象與物象之間作「若即若離的指義活動，欲定關係而又不欲定關係」。諸如「雲山」這樣的詞語，就是因爲「雲」與「山」的「空間關係模稜」，所以在讀者的感受之中仍是「玲瓏明澈的兩件物象」，讀者便可「活躍在其間」聯想其中的無盡之意。也就是基於文言文的幾個基本特質：諸如「可以超脫語法的限制」、「使得物象可以獨立並置」以及其間的空間未定感所能給與讀者思考活動的空間（「應有的活動性」）等因素，[註37] 詩歌的無盡意韻就能因物象間空間關係的被猜測與想像而被引出。

〔註37〕例如「雲山」常被解讀爲 clouded　mountain（雲蓋的山），cloud –like mountain（像雲的山）或 mountains　in　the　clouds（在雲中的山）。又如「澗」與「戶」之間的空間關係由讀者參與決定：如「雞聲茅店月」，「店」與「月」的空間位置亦是由讀者參與決定。葉維廉：〈唐詩中的傳釋活動〉，《唐詩論文選集》（台北：長安出版社，1985），頁 38～49。

　　葉先生這一段意見給予我們兩點啓發:一是王維詩所以能夠具有一種畫框式的感覺,其中有一個最基本的因素是因爲它主要是由兩個未定關係的名詞所組合而成的;另一個啓發是王維詩所呈現的空間感與所謂的直接透視的空間感有所不同,是屬於一種未定關係的性質,是存在於讀者心中的「未定解讀」空間。與陶淵明詩那類包圍式「環狀空間」相較,這種「未定解讀」空間是由讀者感受出來的心理空間,是在讀者心中迴響跳躍出來的透視感,其間的景物描寫是基於名詞之間的跳躍或停頓之感所形成的透視空間,而上述的包圍「環狀空間」則是傾向於由作者明白呈現的物理空間型態。

　　有些學者已經集中探討詩歌由物象之關係所組合成的情況,並且注意到名詞在其中的重要性,而且他們多半也是集中在唐詩來看這個現象。如梅祖麟與高有工已經注意到這個問題,他們都注意到名詞的並列在古典詩(特別指唐詩)中的重要性。因著很多「語法因素」可以造成「名詞或名詞片語的孤立」,而使得這些名詞同時也具有「意象的潛力」,諸如唐代近體詩就充滿「簡單的名詞意象」。〔註38〕或許可以說,具有言外之意的詩,有許多是因著名詞並列而造就暗藏潛力的意象,「多義性」常常由名詞並列的空間感而引出。〔註39〕同時梅祖麟與高有工兩位學者也提到,由物象(名詞)之相組所造成的空間感其實是唐詩意象營造的重心。

　　基於物象(名詞)之間的「未定位」所引出的無盡之意其實還可以分爲兩種類型:(1)是兩個名詞連在一起,中間無動詞連接的類型,如上文所引的「澗戶」一詞。(2)是兩個名詞之間雖有動詞連接,但是還是有跳脫之感的狀況,如:「泉聲咽危石,日色冷青松」。〔註40〕

〔註38〕譬如名詞的並列及語序的多次顛倒。參閱梅祖麟、高有工著,黃宣範譯:〈唐詩的名詞與意象〉,《唐詩論文選集》(台北:長安出版社,1985),頁8。

〔註39〕名詞如果既表示空間的意念又是一句的主詞,就會造成多義性。見梅祖麟、高有工:〈唐詩的名詞與意象〉,同前註,頁6。

〔註40〕梅祖麟、高有工認爲:「危石」可以是處所副詞,如然則應置句首,

這兩種情況都能在讀者心中造就迴盪流轉的心理空間。

梅祖麟與高有工所歸納出來的這種由物象（名詞）並列以產生意象（空間）潛力的特質主要是指唐代近體詩，可以說王維詩能夠藉著「簡單的名詞意象」形成具有畫框之感的「未定解讀」空間感是古典詩發展到唐代才有的成就，是屬於古典詩最爲精緻的呈現方式，在早期的詩歌中並不容易找到。從本質上講，王維詩的這種成就是植基於古典詩的「時間空間化」，〔註41〕也可以說是由敘述性走向意象化的過程。這種特質其實與六朝時對於格律的追求有關，正因爲格律的框限約制，亦即對於詩歌形式的規範定型的要求，才能形成畫框式的空間意象。追溯其源，六朝正是中國詩「由時間走向空間」、「由流溢走向控制」的重要墊基期，〔註42〕而六朝詩歌所以可以走向具有約制性質的空間感，這與六朝對於詩歌形式規範定型的要求是有關的。就詩歌的整體結構來說，六朝的詩歌開始趨於結構定型化，特別是中間漸漸定型爲以寫景鋪陳的方式爲主這個部分，正是造成框限式「未定解讀」空間感的一個重要因素，關於這一點王力堅先生已經看到，這裡簡要地說明他的意見。

王力堅將六朝詩的結構定爲：「入題→鋪寫→反應」，而中間「鋪寫」部分的確立，正是古典詩趨向於空間化的基礎。而六朝詩能夠確立這種「定準」結構，特別是中間「鋪寫」的部分能夠穩定形成的原因，正在於六朝人對於詩歌形式的極力追求。其中，對於聲律與對仗的要求與融合運用，是使得詩中「鋪寫」的部分能夠穩固的主因。〔註

「咽」可以是及物動詞，則語序應爲「危石咽泉聲」。其實，不論如何解說，本詩行旨在寫三個獨立的意象：泉聲，危石及吞咽的動態。其間句法上的聯繫微弱模糊。同理，第二行也是寫日色，寫冷清，寫青松。至於應解爲「日色使青松顯得冷清」或「青松使日色顯得冷清」並不頂重要，因爲讀者的心神全盤貫注於這些意象的交互投射。梅祖麟、高有工：〈唐詩的名詞與意象〉，同前註，頁7。
〔註41〕參閱葉維廉：《比較詩學》（台北：東大圖書公司，1983），頁78。
〔註42〕王力堅：《六朝唯美詩學》（台北：文津出版社，1997），頁110。
〔註43〕王力堅：《六朝唯美詩學》，同前註，頁103。

43〕同時，基於中國文字的空間特質，對仗的形式使得詩人特別容易
自覺到他的作品中有一個個的位置乃至空間要他來捕足，這是使得古
典詩導向空間感的重要關鍵。是對仗的「相對獨立空間」穩住了詩歌
結構的中間鋪寫部分，〔註44〕而當對仗又與聲律相結合，就使得這個
結構更佳穩固。〔註45〕很顯然地，一首詩中間的「鋪寫」部分能確立
是基於對仗、聲律與結構三者的統合，而筆者又認為，一首詩中間「鋪
寫」的部分能引發空間感，其實主要又全賴名詞的組合與特性。由此
我們大概可以瞭解王維詩所呈現的那種具有框限特質的「畫式空
間」，其實是必須經過六朝的形式追求才可能有的成就，是對於聲律、
對仗等形式追求的結果。

魏晉到六朝有幾位重要的詩人，諸如嵇康、阮籍、謝靈運等人都
為這種由名詞並列所呈現的「框限式」空間型態鋪下了重要基礎。可
以說，沒有他們的努力就不能造成王維式的畫意空間。

先說嵇康的詩：

> 宋景文云：左太沖「振衣千仞岡，濯足萬里流」，不減
> 嵇叔夜「手揮五弦，目送歸鴻」。愚案：左語豪矣，然他人
> 可到；嵇語妙在象外。六朝人詩，如「池塘生春草」，「清
> 暉能娛人」，及謝朓、何遜佳句多此類，讀者當以神會，庶
> 幾遇之。顧長康云：「手揮五弦易，目送歸鴻難。」兼可悟
> 畫理。〔註46〕

嵇康的「手揮五弦，目送歸鴻」即可以說是由名詞之間的連接與跳躍
產生某種意象潛力的開始。雖然由「手」到「五弦」之間的感覺並不
跳躍，「目」與「歸鴻」之間的連接也是可以理解，但是這兩個片段
之間所合起來的整體感卻是跳躍的，不是直接敘述，而是意象化的空

〔註44〕對仗集中於「鋪寫」部分，就是以對句的方式，在相對獨立的空間結
　　　　構中，固定、強化了上下互有聯繫的意象群，從而形成了內容結構
　　　　的穩固核心。同前註，頁108。
〔註45〕對仗進入聲律範疇，至此，對仗與詩歌的結構與聲律三者就得以統合
　　　　為渾然一體的詩歌結構系統。同前註，頁108。
〔註46〕王士禛：《古夫于亭雜錄》，《帶經堂詩話》，卷3，頁69。

間感。由顧長康評論此句「兼可悟畫理」也可看出這種由名詞相組的表述方式與「畫理」的感覺是相通的，而且是達到形象性思維（「象外」）的基礎。

再說阮籍（210～263），吉川幸次郎認為阮籍的〈詠懷〉詩是中國詩第一次由民間的、屬於個人的哀怨之作變而為士大夫的作品，並就其「廣闊的視野」以及「內容上如同賦文學的嚴正」性來為他定位。〔註47〕在此，我們可以再進一步由形式句法上來看阮籍詩的特質，以〈詠懷〉其一為例來說明：

> 夜中不能寐，起坐彈鳴琴，薄帷鑑明月，清風吹我衿，
>
> 孤鴻號外野，朔鳥鳴北林，徘徊將何見？憂思獨傷心。〔註48〕

其中的「薄帷鑑明月」正是運用兩個名詞相組的形式，這一句子若改成「明月鑑薄帷」，是強調「明月」照在「薄帷」的動勢上，就與前面直述式的句法差不多，沒有特別框限之感。但是「薄帷鑑明月」是把動勢的直述句改成一個包含了動勢之名詞的狀態，變成為強調那一個閃動著明月之光的薄帷（名詞）本身。這種包含著動勢的名詞的狀態，就使得整首詩的流動性質被框限住，像是找到了一塊園地。也就是把動勢流動感放入一個由物象（名詞）所組合成的框限園地空間中，就與一直往下流衍的直接敘述的抒情模式有別。

再就詩歌結構來說，阮籍詩整體而言有對稱工整的趨勢，這都有助於框限空間園地的造成。王力堅曾舉這首詩與曹植的作品相比較，曹植詩如下：

> 秋蘭披長阪，朱華冒綠池，潛魚躍清波，好鳥鳴高頭，
>
> 神飆接丹轂，輕輦隨風移，飄搖放志意，千秋長若斯。〔註49〕

王力堅認為與曹植詩相較，阮籍詩的結構形式不僅「更顯示出對稱工整美」，而且「中間鋪寫的部分全是對仗工整的對句」，已形成與往後

〔註47〕吉川幸次郎著，劉向仁譯：《中國詩史》（台北：明文書局，1983），頁173。

〔註48〕阮籍：〈詠懷〉其一，王士禎：《古今詩選》（上），卷3。

〔註49〕曹植：〈公讌詩〉，逯欽立輯校：《先秦漢魏晉南北朝詩》，頁449。

近體詩相近的四句。〔註50〕

　　不過，由物象（名詞）相組以形成有所框限之空間感的句式雖由阮籍發端，但是一直要到南朝的謝靈運、謝朓等人才開始大量運用，並使古典詩導向了聲色並重且精鍊含蓄的狀態中。謝靈運、謝朓所處的南朝正是古典詩歌的結構趨於定型的重要時期，由於他們極力探究聲色與對仗的緊密對稱，因而其作品達到了六朝唯美追求的極致。以謝靈運來說，他極力於兩個名詞與動詞的連結運用，這使得古典詩開始以由兩個物象所結合成的一個景作爲詩作之中的精華。看以下這些精彩片段：

　　　　白雲抱幽石，綠篠媚清漣。〔註51〕
　　　　林壑斂暝色，雲霞收夕霏。〔註52〕
　　　　海鷗戲春岸，天雞弄和風。〔註53〕
　　　　蘋萍泛沈深，菰蒲冒清淺。〔註54〕

由這些例子可看出謝靈運將兩個物象的組合方式推向了一個特殊的表現意境，這些物象相組合後不僅表現出清新可愛的律動而且有一種抽象美感的心理造境。

　　整體而言，六朝詩有時因著對於聲色對仗完美的精鍊要求，容易轉爲浮華堆砌之鋪寫。但是不論怎麼說，物象（名詞）相組的表述方式總是代表詩歌在六朝已由「直述流溢」走向「意象控制」，而阮籍到謝靈運等人對於詩歌形式與美感的努力，是使王維詩乃至許多唐詩得以發展出具有「未定解讀」畫式空間潛力的基礎與前導。

　　整體而論，六朝時期這一類由名詞並列相組所形成的詩句，有

〔註50〕參閱王力堅：《六朝唯美詩學》，同前註，頁102。此外，斯蒂芬、歐文也提到：阮籍著名的詠懷詩之一是完整的三部式的早期代表。見《初唐詩》（南寧：廣西人民出版社，1987），頁139。
〔註51〕謝靈運：〈過始寧墅〉，王士禛：《古今選詩》（上），卷7。
〔註52〕謝靈運：〈石壁精舍還湖中作〉，王士禛：《古今選詩》（上），卷7。
〔註53〕謝靈運：〈於南山往北山經湖中瞻眺〉，王士禛：《古今選詩》（上），卷7。
〔註54〕謝靈運：〈從斤竹澗越嶺西行〉，王士禛：《古今選詩》（上），卷7。

很多都爲「神韻」論家王士禎所喜愛，而這些作品都具有「清遠」
的特質：

> 汾陽孔文谷云：詩以達性，然須清遠爲尚。薛西原（薛
> 蕙）論詩，獨取謝康樂、王摩詰、孟浩然、韋應物，言「白
> 雲抱幽石，綠筱媚清漣」，清也；「表靈物莫賞，蘊眞誰爲
> 傳」，遠也；「何必絲與竹，山水有清音」，「景昃鳴禽集，
> 水木湛清華」，清遠兼之也。總其妙在神韻矣。神韻二字，
> 予向論詩，首爲學人拈出，不知已見於此。〔註55〕

如「白雲抱幽石，綠筱媚清漣」就具有「清」的意境，而謝混的〈遊
西池〉：「景昃鳴禽集，水木湛清華」更是「清遠兼之」。可以說這些
詩句在「精警工麗」之中，透過自然物象其視覺與聽覺的聲色對映
之感傳達出某種清新可愛的特質。以謝混的詩來說，「景昃」（午後
日頭偏西時候的微光）與水之「湛清」（澄清光亮）形成對映；「鳴
禽」之聲音與「木華」之視覺又相互交映，整個感覺是清新而美麗
的，這些詩頗能發揮「神韻」以超脫而具藝術美感的眼光看待自然
的特質。

就中國文字本身的特性來說，中國文字的結構本就與空間概念
分不開，因而用中國文字寫作的詩很容易就會令讀者感覺一種「具
象」的「藝術架構的空間性」。〔註56〕而王維詩所體現的圖畫式的空
間向度，其實就是將中國文字的空間結構發揮到極致的一種表現，
或者也可以說是與中國文字的空間本質結合得最爲緊密的一種呈現
方式。這種由名詞之羅列所造成的詩句正如同一塊空間園地，讓詩
歌的空間意象可以展開，同時也是一塊可以包含無限動勢與流轉神
韻的園地。

經過六朝的發展，到了初唐，古典詩已確立「三部式」結構，〔註

〔註55〕王士禎：《漁洋、玉樵筆記合刊》（台北：德志出版社，1963），頁28。
〔註56〕黃永武：《詩與美》（台北：洪範出版社，1984），頁75。
〔註57〕「三部式」首先是開頭部分，通常是兩句詩，介紹背景。接著是可延
伸的中間部分，由描寫對偶句組成。最後的部分是詩歌的「旨意」，

57）至此唐詩多半是前後直接敘述，中間四句寫景，這中間四句的對
仗即確立了物象（名詞）相組的呈現方式。此外，由於中間所插入的
對仗「鋪寫」部分往往與前後的語意形成斷裂，讀者必須自己將前後
的敘述與中間的寫景搭配起來。感覺上開頭的文意好像暫時停到一個
岸邊休息，由中間四句寫景的部分以空間意象的方式間接陳述，然後
在四句寫景之後，又回到前面第一段直接陳述的方式。到了唐詩，古
典詩可以說是確定在一個空間園地中，其中間幾聯的收束（即寫景的
對句）使得文意的船舟好像找到了停泊靠岸的堅實州渚，一塊帶著框
限空間的方塊州渚。〔註58〕

　　古典詩經謝靈運等人的努力，已走向了精鍊化的極致，甚至到了
「富豔難蹤」的境地，〔註59〕即至初唐以降，才有許多詩人力圖改變
六朝華豔的詩風。到了王維又進一步運用六朝詩人所發展出來的定型
結構，創造了大量物象（名詞）並列相組的句式，並運用空間化的結
構形式生成一種淡墨清逸的意境，而又不流於鋪排堆砌。可以說這種
將兩個名詞用一個動詞連接的方式，是傳統詩人在尋尋覓覓了好幾個
世代所發現的一種最適合於中國文字性質，也最能發揮中國文字的空
間性，並能使詩句接近圖畫空間性的一種重要的發現，也因此能夠造
就王維「詩中有畫，畫中有詩」的空間意境。以下這些詩例都是「未
定解讀」畫式空間的典範：

　　　　斜光照墟里，窮巷牛羊歸，野老念牧童，倚杖候荊扉，
　　　　雉雊麥苗秀，蠶眠桑葉稀，田夫荷鋤立，相見語依依，

　　　或是某種願望、感情的抒發，或是巧妙的構思，或是某種使前面的
　　　描寫頓生光彩的結論。參閱史蒂芬、歐文：《初唐詩》，同前，頁137。
〔註58〕不過，這並不是說中間的對句最難寫。宋代詩人就認為「發句」、「結
　　　句」更難寫。例如嚴羽認為：「對句好可得，結句好難得，發句好猶
　　　難得」（《滄浪詩話·詩法》）。又如姜夔說：「一篇全在尾句」（《白石
　　　道人詩說》）。
〔註59〕鐘嶸《詩品》評謝靈運：「才高詞盛，富豔難蹤」，又「其源出於陳思，
　　　雜有景陽之體，故尚巧似，而逸蕩過之，頗以繁蕪為累」。鐘嶸著，
　　　陳延傑注：《詩品注》，同上，頁19。

即此羨閒逸，悵然歌式微。〔註60〕

寒山轉蒼翠，秋水日潺湲，倚杖柴門外，臨風聽暮蟬，

渡頭餘落日，墟里上孤煙，復值接輿醉，狂歌五柳前。〔註61〕

空山新雨後，天氣晚來秋，明月松間照，清泉石上流，

竹喧歸浣女，蓮動下漁舟，隨意春芳歇，王孫自可留。〔註62〕

其中的「竹喧歸浣女，蓮動下漁舟」這個句子與其視為倒裝句，倒不如說是上承阮籍〈詠懷〉詩中「薄帷鑑明月」的意境，詩句不以敘述不絕的動勢作為主要陳述方式，而以一個包含了動勢的名詞狀態來呈現。詩人像是要找一塊園地將動勢的狀態收入其中，或者說要將流動感包圍在一種由物象（名詞）所組合成的框限空間感中。名詞之羅列可以說是圍成「畫式空間」四維空間感的主要籬笆，這些詩句中的流轉意韻都在這個包圍空間之中流動，形成一種流動感被靜止四維空間包圍的心理空間，所以歸入「田園式」四方空間的類型中。

三、「物象」（名詞）的主要特性：

「中立」性到意境的整合

並不是所有運用「孤立」名詞的狀況都可以產生空間感，所以我們在此要再進一步說明「物象」（名詞）要具備什麼條件才可能相組成為一個較具有意象潛力，進而生發一種傾向畫式空間的「境」，也就是探究怎樣的名詞性質較容易在讀者心中產生無盡的心理空間。

在上述論及唐詩名詞的討論中，葉維廉是把條件限定在兩個物象（名詞）「未定關係」的模糊語法，本文將這個語法特別規制在兩個名詞與動詞相組的句法上，以此放在名詞的「中立」特質上來說明。其實，中立特質與模糊語法之間是有關係的，關於名詞相組所產生的「中立性」特質葉維廉也已經看到。〔註63〕他強調中國詩要達到「不

〔註60〕王維：〈渭川田家〉，《全唐詩》。

〔註61〕王維：〈輞川閒居贈裴秀才迪〉，王士禎：《古今選詩》（上），五言今體詩鈔。

〔註62〕王維：〈山居秋暝〉，王士禎：《古今選詩》（上），五言今體詩鈔。

〔註63〕不過，葉維廉是就中國詩的整體而說的，本文則把它限定在「神韻」

涉理路」、「玲瓏透澈」的言外之意，往往不用「說明、分解、串連、剖析」的方式，而是「設法保持詩人接觸物象、事象時未加概念前物象、事象興現的實際狀況」，〔註64〕這「未加概念之前的狀況」即是「中立」概念更為本質的說法，這類表述方式禁止讀者作片面思考，而帶領讀者進入「全面的感受」。〔註65〕如此可以說，「中立」性與模糊語法之間的關係是由模糊語法造成「中立」特性。

本文所要談的「神韻」詩多半也具有「中立」特質的傾向，正是這種「中立」特質造成詩歌的言外意境。如果嘗試從語言的使用上來分析「神韻」詩建基於具象與現實的空間思維，可以發現大部分的「神韻」詩都是以一種「中立化」的句子來建構空間感，一個可以使讀者產生更多感覺與思想的心理空間。如是，它所表徵的語意是一種向外發散的韻味，由於讀者無法把它安置在一個固定義上，由此就可能引發豐富的言外聯想。

何謂「中立化」的語句呢？簡單地說，是傾向「一般狀況」的句子，它們在語義上不會介入太多作者本身的情緒與感覺。作者本身傾向於以著「中立」的立場來說明他們的所見所感。然後，由這個平常義引領讀者進入模糊與歧義的空間之中，如此給予讀者更多的想像空間。王士禎所說的「不涉理路，不落言詮」〔註66〕及「不著判斷一語」〔註67〕都是造成「中立化」的方式之一，上文所說的景物與空間位置搭配的方式也可算是與「中立」特質相關的呈現方式。

上文已經提到謝靈運的詩開始以物象相組而造成有框限園地的特質，但是，顯然謝靈運的詩並不像王維詩具有那樣強的「畫式空間」

詩派上。

〔註64〕葉維廉：〈唐詩中的傳釋活動〉，同前，頁61。
〔註65〕葉維廉認為中國詩在許多重要的關鍵，不是訴諸「抽思」的解讀，而是訴諸讀者全面的感受。見葉維廉：〈唐詩中的傳釋活動〉，同前，頁50。
〔註66〕王士禎：《帶經堂詩話》，卷29，頁841。
〔註67〕王士禎：《漁洋詩話》，《清詩話》（台北：明倫出版社，1971），頁212。

感。所以，由名詞相組雖是圍成畫式園地的一種必備要素，但不必然可以產生具有「畫意」的「未定」空間意境。細察謝靈運諸如「蘋萍泛沈深，菰蒲冒清淺」這類的詩句，其中的名詞「蘋萍」、「菰蒲」就其表面視覺而言，筆畫比較繁複，〔註68〕而其中用形容詞來代替的名詞「沈深」、「清淺」，又像是摻入了個人化的、修飾感的或是具有文化意義的觀點，感覺起來比較凝滯，其具體的形象性反而不強。再就動詞而論，這兩個物象之間所用的動詞是覆蓋性質的，也使得兩個名詞之間的關係變成緊密不流動，也就是具有較強的「定位感」，因而所給予讀者的是定位多過於「未定」解讀空間的想像。所以說，光以名詞並列組合只是造成「未定解讀」畫式空間的必要條件，但還不夠充分。

　　由謝靈運的詩反面來思考，再細察王維詩的特質，會發現詩中相互組合的名詞其性質還必須趨向中立化、物理化，如此在讀者心中才能浮出其鮮明的形象性，也才能因其趨近本質的形象性帶出空間意境。也就是要造成「畫式空間」，還有一個重要特質是「中立」特質，傾向中立特質的名詞其影像性才會特別明顯，如果加入太多的修飾，諸如用「菡萏」一詞代替荷花，在讀者心中所造成的具體影像性質就會因文化因素的加入而變得模糊化。

　　整體唐詩能夠呈現一種空間意境，與唐詩人所使用的名詞性質傾向「中立化」有很大的關係。若是將唐詩的名詞性質與六朝相較，可以發現唐詩所寫的自然名詞（草、木、花、鳥等）有大量使用「總稱」的傾向，較少特別「標明其個別種類」（或使用特別名詞）。正因為唐詩的名詞多半傾向於「一般性」（genenalized）的總稱，〔註69〕其所

〔註68〕林文月認為謝靈運有意避免平凡簡單的詞彙，特選用精緻繁密而鮮豔的字眼，皆能從視覺上予人以光采耀目之感。凡此皆由於名詞之上冠以鮮豔華貴的形容詞，故能使原本平凡之事務轉為富麗精美。見林文月：〈鮑照與謝靈運的山水詩〉，《文學評論》第二集（台北：巨流圖書公司，1980），頁3～4。

〔註69〕此根據波頓、華生在《中國抒情詩（Burton Waston, Chinese Lyricism, 1971）》一書對於唐詩自然意象出現頻率的統計。參見鄭樹森：〈「具

給於讀者的整體空間想像也得以向廣大的自然空間延伸，由於傾向「中立」特質，所以具有更爲豐富的意象空間潛力。

不過，名詞之「中立性」只是王維詩能夠呈現「畫意」空間的形式因素，其實還有一個因素是他個人內在的因素，那就是造詣高妙的藝術與生命境界。也就是詩與畫所相通的最高層次是整體的意境，唯有到達某種境界才能夠突破技巧的障礙。王維詩中藉由物象（名詞）之相組所形成的詩句與謝靈運詩最大的不同，乃在於王維詩由「富豔難蹤」走向了「清空平淡」的意境。而王維所以能走向這個意境，其中有很大的原因是因爲他著眼於整體的意境而非表面字句的精工聲色對仗：

> 凡畫山水，意在筆先，丈山尺樹，寸馬分人，遠人無目，遠樹無枝，遠山無石，隱隱如眉，遠水無波，高與雲齊，此是訣也。〔註70〕

這裡所說「意在筆先」正是重視整體的意境，這雖是他在論畫時所提出的觀點，但其實也是他作詩的秘訣。這「意在筆先」如果用心靈的觀照來說，正是「神韻」詩論家所醉心的「遠」觀的間隔觀看方式（「遠人無目，遠樹無枝，遠山無石」）。由於王維可以由遠處著眼，所以他所把捉的是自然景象整體的「意」，也因而能夠不再將物象（名詞）相組的方式看成是一個個需要對仗填字的字框（聲律鋪排的問題）而已，而能夠自由地用一種整體觀照的「意」去完成對仗鋪排的形式，從而使「神韻」詩對於自然的描寫進入突破技巧障礙的新階段。王維對於整體中國藝術精神的發展起著重大的推進作用，他所展現的藝術精神將中國的寫景作品（「蜻蜓點水」的表述方式）由個別的字句、聲色對仗，昇華爲一種整體生命意境的呈現，他所強調的「意在筆先」的精神並成爲往後宋、元山水畫的基本精神。

體性」與唐詩的自然意象〉，收入《文學評論》第四集，頁77。
〔註70〕王維：〈畫學秘訣〉，《王右丞集》，頁489。

第五章　「山水式」空間型態：狹長流動空間

前　言

　　上文所討論的是「神韻」詩第一種類型的空間型態：「田園式」四方空間感，這裡要討論第二種「山水式」狹長空間型態。就藝術美感來說，「狹長」空間型態傾向於司空圖《詩品》所論的「采采流水，逢逢遠春」，其中的空間感傾向於流動式的空間型態，不斷有流動的感覺發散出來而無包圍感。另外，司空圖所欣賞的「藍田日暖，良玉生煙」的詩景以及他在「流動」風格中認為「詩境應當表現出客觀事物永遠在不停地發展、變化」的特點，〔註1〕都重視到流動變化所可能產生的美感效應。就產生的環境來說，「狹長」空間型態多半產生於山水跋涉的旅遊背景。上文曾將山水詩的流動感知方式分為兩種不同的類型：一類是在山水中感到徬徨憂懼的類型，一類是在山水跋涉中能進一步將旅遊奔走轉化為藝術化的流動韻致的類型。這裡所要談的是屬於後一種類型，大部分的時候也可以稱為「歷程式」的空間型態。詩人不斷地移動位置，以某種行動（或想像行動）推展空間。此

〔註 1〕張少康：〈象外之象，景外之景－論司空圖的《詩品》〉，《古典文藝美學論稿》（台北：淑馨出版社，1989），頁 345。

空間型態是屬於歷覽狀態，包含某種連續性，中間穿插一個個的定點，形成在山水中的動態剪接式的歷程性情境。其所描寫的詩境傾向包含路途的「狹長型」的流動空間，行旅、山水詩大多屬於這一類的空間呈現。

　　一首詩要造成流動感有許多不同的方式，以下將指出「神韻」詩展現「山水式」狹長空間流動感的幾種基本方式。整體而論，在王士禛所選的「神韻」詩例中，比較特別的陳述方式是常常利用地名的跳躍展開流動空間感，而且這種空間感往往指向未來與未知，進而產生一種間隔朦朧的感覺。就內容上來說，「田園式」空間型態其內容多半傾向於閒適平淡的心境，是一種身處理想狀態中的呈現。至於這裡所要討論的「山水式」空間型態，其內容大多屬於「閒遠中沈著痛快」，即是將平淡閒遠與人生某種哀感或體會合而為一的作品，就如同是在一種尋覓理想的過程之中。在王士禛所選的詩例與他自己的創作裡，有一大部分都屬於這一類型，所以下文將結合流動感與人生體驗來探討這一類型的詩。也就是在「神韻」詩的「山水式」空間型態中既具有在行動之中憂懼的感覺，但同時也包含著一種散漫式的超越感知方式。

　　在王士禛所選的詩例中，有許多常包含著人生體悟與歷史滄桑之感。例如：

　　　去年此日泊瓜州，衰柳蕭蕭客繫舟，白髮天涯歎流落，
　　　今宵聽雨古宣州。〔註2〕

這些詩往往都包含著過往的足跡與記憶，也可以倒過來說，時間與記憶都被放到這種流動歷程中。

　　若是說「神韻」在「蜻蜓點水」的表情方式中與人生情感還是有所關連的，那麼「神韻」所掌握的是對人生經歷的整體感覺，是將過去歲月融注於某一瞬間的感覺，此可以藉杜牧的〈遣懷〉詩來說明：

〔註2〕張耒：〈雨中題壁〉，王士禛：《池北偶談》，《帶經堂詩話》，卷9，頁204。

落魄江南載酒行，楚腰纖細掌中輕，十年一覺揚州夢，
贏得青樓薄倖名。〔註3〕

似乎一生的悲哀與繁華都在一瞬間掌握了，也在一瞬間流逝了。具有「神韻」的作品它往往不是將悲哀放在當下，不是此刻，而是一種永恆的，對於一生悲慨的觀照。王士禛常把「神韻」放在人生的某個回顧點上，猶如他在清代站在古典詩學總整理的立場上回顧古典詩論，使得歷史文化之印記在「神韻」詩與理論中都別具一種重要的地位與意義。

　　若是對應於第一章所說的感知方式，「山水式」空間型態的詩作基本上傾向於以行動展開對於空間的征服，但是與早期大多數的山水詩卻又有所差別。詩人一方面以行動推展空間歷程，但另一方面卻不再為山水險峻之勢感到憂懼，或者說詩人能捕捉到山水險峻之勢的律動，並且將自身的行動韻律調節為與山水之律動相合的頻率，並將人生的感覺放在此中，創造出個人行動與自然佳景渾融一體的特殊流動韻致。

壹、「定止」整合觀照與「流動」韻律的掌握

　　由第二章所提出的山水詩作可以發現屬於流動感的詩作其實可以再區分為兩種不同的類型：一類是憂懼不安的心境，一類是在山水之中能夠將憂懼不安昇華為流動韻律的方式。早期的山水詩多半屬於徬徨憂懼之心境的呈現，山水奇險與詩人內心所期盼的心靈超越有所差距，但是「神韻」更期盼一種昇華後的美感，這裡所要談的流動感即是屬於第二類型的呈現方式。雖然詩人仍是在山水空間之中遊歷飄泊，但是憂愁轉化了，人在山水自然中找到了一種韻律，使得他在行動歷程之中能以著流動韻律以與山水之險峻與冒險相互輝映。在這種感知方式中，詩人不再只是感覺山水充滿險峻而令人畏懼，在其筆下所呈現的自然景物與內心超越的渴望之間也不再有斷層，詩人在山水

〔註3〕杜牧：〈遣懷〉，王士禛：《唐人萬首絕句選》，卷6，頁226。

之變勢中找到人生的律動方式。整體而論，要能夠呈現「山水式」空間型態中的流動韻律，其實必須同時兼具以下兩種面向的觀照與整合能力，即是（1）經驗的融入與定點整合觀照的能力。（2）帶出自然與人生韻律的基本方式，以下分別論述這兩個層面。

一、經驗融入與定點整合觀照的能力

表現「山水式」流動空間的詩裡常出現地點名詞，詩人一方面以山水遊歷的實際經驗融入詩作中而寫下許多地點，同時還不時地以整合觀照的方式來統合不同空間或不相連屬的地名。也就是這類「山水式」流動空間所以有別於在山水中表現憂懼不安的詩作，而別具一種昇華的意義，即在於詩人常在山水中某個定止的點來觀想四方形勝地點，因而呈現出一種以整合性質的眼光所帶出的意境。

這裡所謂的「山水式」流動空間的詩作，在內容上多半是「閒遠中沈著痛快」，混合著曠遠閒適與人生哀愁。與第一類型以「家」為中心的「田園式」四方空間相較，這一類型的空間感是飄泊的，地名的連續使用正可說明這種狹長空間的不定與飄泊性。在「山水式」狹長空間類型的詩作裡多半連寫許多的地名，這體現著遊山賞水的經驗特質（即是「江山之助」），是有別於「田園式」四方空間的基本因素。就以「神韻」論家王士禛來說，他宣稱自己愛好山水，也常常遊歷各個名山勝跡，所到之處即賦一詩，或興想古人佳作。王士禛所欣賞的詩作有很多即是他到一處遊歷，便懷想起古人之作與該地之情景相合巧妙的作品。例如以下這些例子都是他遊歷各地，勘查地形與四方之地點的關連性，隨即想到一些能夠巧妙地體現地理「形勝」的作品：

> 渡荊山口，水勢如江湖，渡河，次徐州，黃樓在東城隅，
> 坡公詩：「黃樓高十丈，下建五丈旗。」形勝宛然。〔註4〕
> 獲鹿西郭有山自南來，石骨刻露，清流浸趾，曰西屏

〔註 4〕王士禛：《南來志》，《帶經堂詩話》，卷 13，頁 337。

山。入土門口，巖郭蜿蜒相屬，坡詩所謂「谽谺土門口，
突兀太行頂」者也。〔註5〕

潼川州有橘亭、水亭、官閣諸蹟，以杜詩得名。州西
門外跬步即牛頭山，杜詩「青山意不盡，袞袞上牛頭」者
也，山高不丈許，無巖壑之觀，上有亭，即所謂牛頭山亭
子，今廢。〔註6〕

江安以東，皆古江陽地，過清溪，太白詩「夜發清溪
向三峽」即此。〔註7〕

幾乎每到一地，王士禛就懷想前代文人在當地興發感想的佳作，這些
作品中地名的使用一方面能夠將其地理形勝位置及關係突顯出來，並
且又散發一種清逸飄然的律動。

正因為王士禛重視山水之遊歷，所以他還特別強調自然之景的描
繪與真實地理形勝之間的關連性：

鄧漢儀秦州人，常同合肥龔端毅（鼎孳）使粵，過梅
嶺有句云：「人馬盤空細，煙嵐返照濃」。寫景逼真，尤似
秦蜀間棧道景物，梅嶺差卑，未足當此。〔註8〕

他常以寫景是否「逼真」來判定作品的優劣高下。不過，與其說是要
求作品與實際景物的形似，還不如說是基於對於自然山水實際遊歷經
驗的重視。

在王士禛所舉的詩例中，各種地名多半具有一定的相連性：

二喬宅在潛山縣，近三祖山，故山谷詩云：「松竹二喬
宅，雪雲三祖山。」今遺阯為彰法寺，余甲子過之，有詩
云：「修眉細細寫春山，疏竹泠泠響珮環，霸氣江東久銷歇，
空留初地在人間。」〔註9〕

同時，王士禛認為每一個地點多半具有其特殊的文化印記，各自有其

〔註5〕王士禛：《蜀道驛程記》，《帶經堂詩話》，卷10，頁319。
〔註6〕王士禛：《蜀道驛程記》，《帶經堂詩話》，卷13，頁325。
〔註7〕王士禛：《蜀道驛程記》，《帶經堂詩話》，卷13，頁327。
〔註8〕王士禛：《分甘餘話》，《帶經堂詩話》，卷12，頁302。
〔註9〕王士禛：《漁洋詩話》，《帶經堂詩話》，卷13，頁335。

特殊的文化氛圍：

> 　　陳伯璣嘗語予：「姑蘇城外寒山寺，夜半鐘聲到客船」，
> 若作「金陵城外報恩寺」，有何意味。此雖謔語，可悟詩家
> 三昧，予因廣之云：「流將春夢過杭州」、「滿天梅雨是蘇
> 州」、「白日澹幽州」，「黃雲畫角見并州」之類，皆不可移
> 易。予二十年前在廣陵有句云：「綠陽城郭是揚州」，好事
> 者至取爲圖畫。若云：「白日澹蘇州」、「流將春夢過幽州」，
> 有不捧腹絕倒者耶！〔註10〕

諸如「蘇州」、「杭州」、「幽州」、「并州」等每一個地點州縣都有其特
殊的氛圍，其特色不能任意對調，好的作品應該要能掌握每個不同州
縣地點其特殊的景象與風物。

　　雖然實際遊歷經驗的融入非常重要，然而必須注意的是，許多表
現「山水式」流動空間的詩作多半同時描寫許多不同地點的現實背
景，除了實際山水遊歷經驗的融入，常常也同時包含詩人登高極目四
望的整合觀照方式：

> 　　上長樂坡，望終南遠長安城東北，西行經漢武帝通天臺
> 故址，望高帝長陵，渡灃水，〈注〉云：「灃水出豐溪，西北
> 流，昆明池水注之，北入于渭，渭水在咸陽城下，時返照初
> 霽，亂雲乍歸，南望白閣、紫閣諸峰，紫翠萬狀，澳陂、高
> 冠潭諸勝，皆在咫尺，杜詩：「錯磨終南翠，顛倒白閣影」，
> 岑詩「遙看白閣雲，半入紫閣松」。形容酷肖。〔註11〕

登高遠望四方名山勝山，一切便能盡收眼底（「皆在咫尺」），也特別
能夠感受古人之作將各個不同地點融合的優點。諸如杜甫的詩：「錯
磨終南翠，顛倒白閣影」以及岑參的詩「遙看白閣雲，半入紫閣松」，
似乎都是從高空向下四望（「高遠」之角度），然後把遠近四周的兩個
地點名勝合在上下兩句詩中，以此呈現出一種藝術造境。

　　表現「山水式」流動空間的詩作所以常連寫許多的地名，與詩人

〔註10〕王士禛：《居易錄》，《帶經堂詩話》，卷15，頁409。
〔註11〕王士禛：《蜀道驛程記》，《帶經堂詩話》，卷14，頁372。

到處遊山玩水中登高遙望的處境有關，從一高處四望往往可聯想與總括許多不同的地點。王士禛常是在登高遙望四方無際之感中想到某位詩人的佳作：

　　　　寶雞縣西南，彌望連峰疊巘，杳然無際，詠坡詩「北客初來試新險，蜀人從此送殘山」，感歎久之。〔註12〕

這裡即是在「彌望連峰疊巘，杳然無際」之中聯想到蘇軾的一首詩。又如以下這些詩例也是在登塔極目四望的背景中所作：

　　　　唐人章八元題慈恩寺塔詩云：「迴梯暗踏如穿洞，絕頂初攀似出籠。」俚鄙極矣。乃元白激賞之不容口，且曰：「不意嚴維出此弟子」。論詩至此，亦一劫也。盛唐諸大家有同登慈恩寺塔賦詩，如杜工部云：「七星在北斗，河漢聲西流。」又：「秦山忽破碎，涇渭不可求；俯視但一氣，焉能辨皇州。」高常侍云：「秋風昨夜至，秦塞多清曠，千里何蒼蒼，五陵鬱相望。」岑嘉州云：「下窺指高鳥，俯聽聞驚風。」，又：「秋色從西來，蒼然滿關中，五陵北原上，萬古青濛濛。」以上數公，如大將旗鼓相當，皆萬人敵；視八元詩，真鬼窟中作活計，殆奴僕儓隸之不如矣。元白豈未睹此耶？〔註13〕

首先看章八元的詩：「迴梯暗踏如穿洞，絕頂初攀似出籠」，這首詩主要的特點是直接比喻，用「穿洞」之感覺比喻「迴梯暗踏」，用「出籠」比喻「絕頂初攀」，把在塔中攀爬的感覺說得很生動，深為白居易所喜愛，但王士禛卻認為這首詩「俚鄙極矣」。王士禛所欣賞的幾則詩例都是由塔上向四方觀望，並且把四方地理形勝乃至時序歷史之感都融入此登臨四望的情境中。例如岑參的詩：「秋色從西來，蒼然滿關中，五陵北原上，萬古青濛濛」不是寫登塔本身，而是寫由塔頂望向四方之感，其中包融著季節到歷史的感懷。再如高適的詩：「秋風昨夜至，秦塞多清曠，千里何蒼蒼，五陵鬱相望」也寫到遙望四方之感，並把歷史感懷放在蒼蒼流動的「千里」空間意境中。再如杜甫的詩：「秦山忽

〔註12〕王士禛：《蜀道驛程記》，《帶經堂詩話》，卷14，頁373。
〔註13〕王士禛：《居易錄》，《帶經堂詩話》，卷2，頁51。

破碎，涇渭不可求；俯視但一氣，焉能辨皇州」，也是由塔頂望向四周，由俯視遙望中寄寓家國感懷的言外之音。由此可看出王士禛所欣賞的作品常是由「俯視宇宙觀」所引發的對於空間、歷史滄桑之無盡感懷的作品。這一類把許多地名結合在一起，從一處總括四方空間，甚至交錯許多不同地點的感覺正體現一種「整合性」的觀照方式，或者說既融入實際遊歷經驗也包含將過去經驗或遠方風物整合於當下的特質。也就是在「山水式」流動空間型態中，有時也包含「俯仰宇宙觀」的整合性觀照方式，這與上文所提到「神韻」詩常把不同方位，不在同一個上下空間位置的景物融合籠罩在一起的心靈整合方式很類似。

如果對應第一章所說的感知方式來說，呈現出「山水式」流動空間型態的詩作由於以遊歷山水作為背景，所以基本上是以行動征服空間的類型，因而多少有一些徬徨不安的感覺。但是又因為包含詩人在遊山賞水中於某個高空點俯瞰四方形勝的整合觀照，因此在某一程度上還是傳統「俯仰宇宙觀」的延伸。其實在早期的山水畫與畫論中就常包含著非實際經驗的體悟，以及由高空一個點俯瞰包納四方空間的整合性觀照法。所以說「山水式」流動空間型態的作品有時是在整合性的感知方式中表現狹長流動空間感，也就是在山水遊歷中偶也閃現「田園式」的整合空間感。

正因為「山水式」流動空間型態的詩作多半是詩人停頓在山水旅途中的某一個定點，對於過往經歷足跡與四方形勝風物所作的總和感想體會，所以其中所寫到的景物地點常是想像興會的湊合。這些不同的地點常常並不是詩人當下現實所在的空間，而是詩人一時興想的各方地點：

> 世謂王右丞畫雪中芭蕉，其詩亦然，如「**九江楓樹幾回青，一片揚州五湖白**」，下連用蘭陵鎮、富春郭、石頭城諸地名，皆寥遠不相屬。大抵古人詩畫只取興會神到，若刻舟緣木求之，失其指矣。〔註14〕

〔註14〕王士禛：《池北偶談》，《帶經堂詩話》，卷3，頁68。

這一則也可以看到王士禛本人注意到地名在「神韻」詩中常具有重要的意義。由「下連用蘭陵富春郭石頭城諸地名皆寥遠不相屬」這段評論，可以看到「神韻」詩常是把不同空間地域的物象風景合在同一段字面空間裡，所以讀者必須用「興會神到」將這些「寥遠不相屬」的地名連結起來，正如王維所畫的「雪中芭蕉」即是把兩種不應該同時出現的物象合在一起。〔註15〕

　　正因為詩人常是在某一定點對於四方（甚至對於過去走過的路程）的整合觀照，所以所描寫的地點常不是當下眼前的實際地點：

　　　　香鑪峰在東林寺東南，下即白樂天草堂故阯，峰不甚
　　　　高。而江文通〈從冠軍建平王登香爐峰〉詩：「日落長沙渚，
　　　　層陰萬里生。」長沙去廬山二千餘里，香鑪何緣見之？孟
　　　　浩然〈下贛石〉詩：「暝帆何處泊，遙指落星灣。」落星在
　　　　南康府，去贛亦千餘里，順流乘風，即非一日可達。古人
　　　　詩祗取興會超妙，不似後人章句，但作記里鼓也。〔註16〕

孟浩然〈下贛石〉詩：「暝帆何處泊，遙指落星灣」正體現「神韻」詩運用物象放在一個處所（地理位置上）以形成內在心靈與外在空間相互交織的境界。正因為在山水情境中所寫的作品常不時地包含在某個定點的想像組合，因此完全不在眼前的地點景物都可以整合起來，詩中的地名處所在現實中並不一定在眼前，可能是在遠方，與詩人所在的地點往往「寥遠不相屬」。所以說思想遠方，把遠方與近處或是此處與他方一起相互整合是「山水式」流動空間的一個重要特質。也就是雖然實際的遊歷經驗很重要，但讀者不可忽視其定點整合與興會想像（「坐馳可以役萬象」）的特質，這畢竟是「神韻」以「俯仰宇宙觀」體會自然與世界的本質方式。

二、帶出自然與人生韻律的幾種基本方式

〔註15〕可參閱艾治平：〈“雪中芭蕉”引起的聯想〉，《詩詞抉微》（長沙：湖南人民出版社，1984）。
〔註16〕王士禛：《皇華紀聞》，《帶經堂詩話》，卷3，頁68。

　　呈現「山水式」流動空間的作品所帶出的流動韻律往往具有某一程度超越昇華的特性，主要在於將自然律動與人生內涵相互結合的特性，以下討論這類「神韻」詩掌握人生律動的幾種常見的方式。若是先不論空間性質，我們可以由以下幾種基本的意象看到「神韻」詩人面對動盪不安之感所找到的幾種韻律方式，詩人在這些自然物象的變動與流動方式中找到與人生的各種變化相互鳴響的韻律。整體來說，王士禎所選的「神韻」詩例大體上是以下面幾種方式：諸如水流、行動、聲音等意象與空間概念（路徑與地名）交相使用以引出流動韻律。

（一）「水流」意象

　　在王士禎所選的詩例中，水流與行動意象是造成流動韻律所常使用的方式，詩人藉著這些意象將自然的韻律與人生的律動交互融會以引出一種流動感，並且多半引出如同路徑般的狹長空間型態，讀者可以看到詩人在山水之中找到了與人生律動相合的韻致。在王士禎所編選的《唐人萬首絕句選》中，有許多詩例即是水流與行動意象，「神韻」詩常在水流去了風吹過了的意象中，引出一切脈脈流逝而不復返的流動感。例如：

脈脈廣川流，驅馬歷長洲。
鵲飛山月曙，蟬噪野風秋。〔註17〕

在自然的流動韻律中，水流逝而去，人也驅馬離去，鵲鳥飛去只剩下風在秋天的原野中吹送著。人的離去、路上征旅之苦與大自然的流動都相互應和著。

　　「神韻」詩常寫水流意象：

宋吳曾字虎臣，臨川人，著〈能改齋漫錄〉，最為淹雅，獨未見其詩，過江西睹曾〈登羅山〉五言詩一篇，甚佳，有句云：「桃花破叢管，一笑為嫣然。」「春雨正蒙密，澗水鳴潺湲。」甚有東坡風致，識之俟訪其全集。〔註18〕

〔註17〕上官儀：〈洛堤曉行〉，王士禎：《唐人萬首絕句選》，卷2，頁13。
〔註18〕王士禎：《皇華記聞》，《帶經堂詩話》，卷11，頁267。

「神韻」詩多半以「蜻蜓點水」的姿態面對情感，詩人有時把情緒拋出化爲具體的行動，然後給予這個情感一個歷程，但卻未必有終站，以引起讀者無限的遐想。詩人將自身的情緒拋向自然，然後隨著和風與流水一起搖擺流淌，但並不引導讀者去追蹤這陣風所吹起的葉子將落在何處，也不確定水將流向何處，詩人所掌握的是當下拋出情感的過程，在流動韻律的引出中，情感也如「蜻蜓點水」般消散了。

又如這首詩：

> 亭亭畫舸繫春潭，只待行人酒半酣。
> 不管煙波與風雨，載將離恨過江南。〔註19〕

「不管煙波與風雨，載將離恨過江南」兩句，詩人運用水流式的流動感將感情承載而去，如此即使濃厚的感情也能消散無蹤。

又如：

> 新城釋成楚，字荊菴，受五戒於法慶，今居靈巖。頗能小詩。〈落花〉云：「高枝忍別離，逝水隨飄蕩。」〔註20〕

也是將別離之感放入「逝水」意象中，讓情緒感情都隨之飄蕩離去。

其實水流意象在許多詩裡都具有某一程度的「超越」意義：

> 元僧溫日觀善畫蒲桃，須梗枝葉皆草書法。予曾于宋中丞牧仲齋中，觀其畫葡萄一幀，後題詩云：「明月清風宗炳社，夕陽秋色庾公樓。修心未到無心地，萬種千般逐水流」。適見〈六研齋〉所記此畫此詩正同。復有自題云：「舉世只知嗟逝水，何人微解悟空花。」此大唐貫休禪師佳句。〔註21〕

「萬種千般逐水流」將千情萬緒都隨流水消逝帶走，很貼近「神韻」消散情感的方式。至於「舉世只知嗟逝水，何人微解悟空花」則是在飄逝之水流中解悟「空」的意境。

水流意象有時也包含著禪意：

〔註19〕王士禎：《池北偶談》，《帶經堂詩話》，卷9，頁203。
〔註20〕王士禎：《池北偶談》，《帶經堂詩話》，卷20，頁582。
〔註21〕王士禎：《居易錄》，《帶經堂詩話》，卷20，頁585。

一路經行處，莓苔見履痕，白雲依靜渚，春草閉閑門，

過雨看松色，隨山到水源，溪花與禪意，相對亦忘言。〔註22〕

在「溪花與禪意」所帶出的流動感之中，可以感到「相對亦忘言」的意境。

又如：

問余何事棲碧山，笑而不答心自閑。

桃花流水窅然去，別有天地非人間。〔註23〕

是在流水的窅然離去中帶出「別有天地」的閒適意境。

（二）「行動」意象

在王士禛所選的「神韻」範例中，其中有許多是把人生諸般情緒感思放到行動意象中，並以此引出一種流動韻致，表現出灑落無盡的意境。

最典型的例子是：

景文云：「莊周云：『送君者皆自崖而返，君自此遠矣』。

令人蕭寥有遺世意。」愚謂〈秦風・蒹葭〉之詩亦然，姜

白石所云：「言盡意不盡」也。〔註24〕

「送君者皆自崖而返，君自此遠矣」包含兩個行動的瞬間，一是送行者的行動，二是遠行人的行動。以送行者轉身返家的行動片刻突顯遠行人從此遠去的蕭瑟感傷，充分表現出「言盡意不盡」之感。

又如以下這個詩例也是以「一一」離開的行動意象帶出流動不盡的餘音：

「久客見華髮，孤棹桐廬歸。新月無朗照，落日有餘

暉。漁浦風水急，龍山煙火微。時聞沙上鴈，一一皆南飛。」

右宋初潘閬詩也，高妙不減岑嘉州。〔註25〕

此詩最後以「沙上鴈」一一離開的行動意象造成一種高妙不盡的韻致

〔註22〕劉長卿：〈尋南溪常山道人隱居〉，《全唐詩》。

〔註23〕李白：〈山中問答〉，《全唐詩》。

〔註24〕王士禛：《古夫于亭雜錄》，《帶經堂詩話》，卷3，頁87。

〔註25〕王士禛：《分甘餘話》，《帶經堂詩話》，卷9，頁214。

（「時聞沙上鴈，一一皆南飛」）。

行動意象的點出常能夠將詩意突破當下的限制而與「未來」連結在一起：

> 劍閣迢迢夢想間，行人歸路遠梁山。
> 明朝騎馬搖鞭去，秋雨槐花子午關。〔註26〕

這首詩最後的「明朝騎馬搖鞭去」藉著翩然離去的行動一方面表現出落拓不拘的風姿神態，同時也帶領讀者遙想未來的時間與遠方的空間。

王士禛欣賞的詩作中多有「來」、「去」、「飛」、「出」之字眼的意象，這些詞語頗能拉曳出流動反復的意蘊，如：

> 瀟湘何事等閑回，水碧沙明兩岸苔，
> 二十五弦彈夜月，不勝清怨卻飛來。〔註27〕

又如蘇轍的詩：

> 洞府無依水面開，秋潮每到洞門回。
> 幽人燕坐門前石，長看長淮船去來。〔註28〕

這裡「幽人」坐在門前的石上，觀察淮水岸邊船隻氷氷去去的行動（「幽人燕坐門前石，長看長淮船去來」），「去來」可看出詩人傾心於物象的反覆循環。

許多詩都以「行」、「度」之類的動態行動表現流動韻致：

> 任淵云：無己（陳）詩如曹洞禪，不犯正位，切忌死語。恐未盡然。予獨愛其二律云：「林廬煙不起，城郭歲將窮。雲日明松雪，溪山進晚風。人行圖畫裏，鳥度醉吟中。不盡山陰興，天留憶戴公。」又：「白下官楊小弄黃，騎臺南路綠無央。含紅破白連連好，度水吹香故故長。蹲滑踏青穿馬耳，轉危緣險出羊腸。熟知南杜風流在，預怯排門有斷章。」〔註29〕

〔註26〕楊凝：〈送客入蜀〉，王士禛：《唐人萬首絕句選》，卷5，頁197。

〔註27〕錢起：〈歸雁〉，王士禛：《唐人萬首絕句選》，卷3，頁124。

〔註28〕蘇轍：〈和子瞻濠州七絕：浮山洞〉，《全宋詩》。

〔註29〕王士禛：《池北偶談》，《帶經堂詩話》，卷10，頁222。

如陳無己的「林廬煙不起」詩就是以「進」(「溪山進晚風」)、「行」(「人行圖畫裏」)、「度」(「鳥度醉吟中」) 等動態行動表現悠遊閑適之境。又如「白下官楊小弄黃」這首詩則是以路徑意象 (「南路」、「羊腸」) 引出流動感,在路徑的彎彎曲曲之間享受冒險與奇遇 (蹲滑踏青穿馬耳,轉危緣險出羊腸)。

又如:

> 老杜詩「白鳥去邊明」;坡公詩「貪看白鳥橫秋浦,不覺青林沒晚潮」,余少登京口北固山多景樓亦有句云:「高飛白鳥過江明」,一時即目,不覺暗合。〔註30〕

其中的「高飛白鳥過江明」一句,是以白鳥飛過江面的意象表現在高樓上眺望景物的悠悠從從。

若是就行動與空間的關係而論,「神韻」詩常常是以行動意象帶動出流動空間的感覺,許多詩都是以「行動－空間－行動」交錯的形式帶出定止與流動相互交錯的韻律:

> 或問「不著一字,盡得風流」之說,答曰:太白詩:「牛渚西江月,青天無片雲,登高望秋月,空憶謝將軍,余亦能高詠,斯人不可聞,明朝挂冠去,楓葉落紛紛」。襄陽詩:「挂席幾千里,名山都未逢,泊舟潯陽郭,始見香爐峰,常讀遠公傳,永懷塵外蹤,東林不可見,日暮空聞鐘」。詩至此,色相俱空,正如羚羊掛角,無跡可求,畫家所謂逸品是也。〔註31〕

這裡所舉的兩首詩都以懷想古人為主題。李白的「牛渚西江月」連續以五個名詞並列的景色開頭以引出江天一色的垂直空間感 (「牛渚西江月,青天無片雲」),最後又以「明朝掛冠去」的行動意象將空間感向水平方向拉長流溢出去,並以「楓葉落紛紛」的飄散意象表現出落寞而又悠然的感覺。再如孟浩然的詩剛開始引出一段路程「掛席幾千里」作為尋找「名山」的空間過程,然後中間突然定止在一個空間位

〔註30〕王士禛:《分甘餘話》,《帶經堂詩話》,卷15,頁407。
〔註31〕王士禛:《分甘餘話》,《帶經堂詩話》,卷3,頁71。

置上表現暫時的定止（「泊舟潯陽郭，始見香爐峰」），最後的「東林不可見，日暮空聞鐘」又引向流動感，將一切消散於虛渺的聽覺感受中。詩人一方面以「不可見」讓讀者感到落空，但又進一步利用鐘聲的迴盪展開另一種心靈空間。

以下的例子也是由行動帶動空間：

> 象耳袁覺禪師嘗云：「東坡云：『我持此石歸，袖中有東海』。山谷云：『惠崇煙雨蘆雁，坐我瀟湘洞庭，欲喚扁舟歸去，傍人云是丹青』。此禪髓也」。予謂不惟坡谷，唐人如王摩詰、孟浩然、常建、王昌齡諸人之詩，皆可語禪。〔註32〕

蘇軾的詩：「我持此石歸，袖中有東海」即是以人自身的行動將空間包納帶動起來，以廣大空間可縮小於人的衣袖當中表現「俯仰宇宙」的境界，體現著「神韻」希冀把人與自然結合起來的目標。

水流與行動意象有時相配合使用以帶出流動玄妙的心境：

> 白楊順禪師偈：「落林黃葉水流去，山谷白雲風捲回。」
> 作文字觀，亦是妙句。〔註33〕

這裡以水流意象配合著「去」、「回」等行動動詞以帶出飄流感。

三、「聲音」意象

「神韻」詩常以聲音意象帶出流動韻律。在有些詩裡聲音主要是迴響在四方空間裡，此時聲音所帶出的空間感可能接近「田園式」空間型態。但有些詩裡著重於表現聲音流動的路線，此時聲音的流動與水流、行動、路徑等意象可能造成相似的效果，如此所引出的空間感可能類似路徑而產生一種狹長型態的空間感，並造成無限流轉的心靈意境。

「神韻」詩常以聲音、風雨從一個地點通過帶出流動感：

> 河聲過雷首，雨氣下風陵。〔註34〕

〔註32〕王士禛：《居易錄》，《帶經堂詩話》，卷3，頁81。
〔註33〕王士禛：《居易錄》，《帶經堂詩話》，卷20，頁590。
〔註34〕王士禛：《漁洋詩話》，《帶經堂詩話》，卷10，頁244。

地點本來是固定不動的，但加入聲音與風雨的通過，整個定止的空間因而變得流動起來。

又如：

> 余門人廣陵宗梅岑，名元鼎，居東原，其詩本《才調集》，風華婉媚，自成一家。常題吳江顧樵小畫寄余京師云：「青山野寺紅楓樹，黃草人家白酒篘。日莫江南堪畫處，數聲漁笛起汀洲。」余賦絕句報之云：「東原佳句紅楓樹，付與丹青顧愷之。把玩居然成兩絕，詩中有畫畫中詩。」〔註35〕

「日莫江南堪畫處，數聲漁笛起汀洲」是寫聲音由一個區域發響而出，如此使得「汀洲」這個區域彷彿有擴大流動出來的感覺。

聲音與行動具有一種相似的性質，在其流動感中都能引出一種狹長式的流動空間感：

> 予贈徐隱君東痴（夜）詩云：「先生高臥處，柴門翳苦竹。雪深門未開，村雞鳴喬木。日午炊煙絕，吟聲出茅屋。」
> 〔註36〕

最後的「吟聲出茅屋」在聲音之後加上「出」字，就使得流動感從茅屋的四方空間延伸而出，變成為一個假想的路徑空間，一個未知的心靈空間於焉展開。

以聲音伴隨著行動流過空間（聲音帶出空間感）的例子很多：

> 賜內閣學士徐嘉炎御書一聯云：「樹影不隨明月去，溪聲長送落花來。」〔註37〕

「神韻」詩常以「來」、「去」的行動字眼表徵飄逸流轉的特性，例如這首詩在「樹影」、「溪聲」的來去中引出了一種路徑般的心理空間。

有些詩以行動動詞與聲音相互結合以表現人與自然相互融合之感：

〔註35〕王士禎：《分甘餘話》，《帶經堂詩話》，卷23，頁679。
〔註36〕王士禎：《池北偶談》，《帶經堂詩話》，卷15，頁403。
〔註37〕王士禎：《居易錄》，《帶經堂詩話》，卷1，頁5。

　　　　決決忭河流，櫓聲過晚浦，行客問吳山，舟人多楚語，

　　　　春深紫蘭澤，夏早黃梅雨，時應賦登眺，聊以忘羈旅。〔註38〕

詩人望著決決的忭河向前流去，聽著划櫓聲經過晚間的江浦邊（「決決忭河流，櫓聲過晚浦」），此中表現出來的聽覺聲響（「櫓聲」）彷彿具有行動感，帶出一個不斷前行跨越的心靈空間。

　　又如以下這首詩：

　　　　疏鐘渡水來，素月依林上。〔註39〕

也是用行動動詞（「渡水」）來形容聲音（「疏鐘」），於是「疏鐘」的傳響變成一個行動的過程，它穿過空間並帶出流動空間感。

　　聽覺與行動動詞合起來往往能帶出流動方向感，呈現出一條不斷往前滑行的心靈軌跡：

　　　　橫槎渡深澗，披露採香薇，樵歌雜梵響，共向松林歸，

　　　　日落寒山慘，浮雲隨客衣。〔註40〕

在「樵歌」夾雜著「梵響」共同歸向「松林」的意象中，聽覺的流動感帶出了一道通向「松林」的方向感與心靈路徑。

　　聲音除了常與行動動詞相互組合，也常與路徑意象合用，共同帶出狹長流動空間感。當聲音與路徑一同向前展開就產生不斷延伸的流動空間感：

　　　　　常愛杜詩「兩邊山木合，終日子規啼。」又明初人詩
　　　「數家茅屋臨江水，一路松風響杜鵑。」寫蜀江風景宛然
　　　在目。予曾擬作一聯送同年張仲誠知資縣云：「子規聲斷
　　　處，山木雨來時。」又「嘉陵驛路千餘里，處處春山叫畫
　　　眉。」皆眼前實景也。〔註41〕

「神韻」詩常以空間與聲音對舉，例如「兩邊山木合，終日子規啼」即是。而「數家茅屋臨江水，一路松風響杜鵑」更以路徑與聲音（「松

〔註38〕歐陽修：〈送劉十三南遊〉，《全宋詩》。

〔註39〕陸游：〈夜歸〉，《全宋詩》。

〔註40〕歐陽修：〈遊龍門分題十五首：宿廣化寺〉，《全宋詩》。

〔註41〕王士禛：《香祖筆記》，《帶經堂詩話》，卷12，頁300。

風響杜鵑」)一同向前展開狹長流動空間感。又如「嘉陵驛路千餘里，
處處春山叫畫眉」也是空間與聲音對舉，並以聲音與路徑一同向前開
展的意象帶出不斷流動的狹長空間感。

　　流過某些空間的聲音傳響可以引出流動空間感：

> 華山在句容縣北六十里，一名寶華山，以誌公得名也。
> 從攝山雨行萬山中，山村人家多臨溪居，溪水自四山而下，
> 淙淙可聽，輿中得一詩云：「萬山堆裏看雲松，曲崦幽溪復
> 幾重。爲愛泉聲過林去，不知煙寺遠聞鐘。」〔註42〕

前兩句接近物理空間，後兩句以聲音帶出心靈空間的拓展。這裡先由
曲折往復的「曲崦幽溪」帶出如同路徑的空間感，又透過泉聲流過一
個「林中」空間而去帶出行動感（「爲愛泉聲過林去」），最後以「鐘
聲」引渡到另一個未知的空間中作結（不知煙寺遠聞鐘），詩人巧妙
地以聽覺的流動開展出一種廣闊迷茫的心理空間。

　　再如這則例子：

> 錢塘正喦禪師，字谿堂，賦詩清麗。予於金陵靈谷寺，
> 見其〈同凡詩集〉二卷，愛之。略采數首於此：「御教場中
> 月直時，下山全不道歸遲。三松影落半湖水，一路沿鐘到
> 淨慈。」〔註43〕

「三松影落半湖水，一路沿鐘到淨慈」是寫一路沿著鐘聲一直向前移
動到目的地，由於將路徑與聲音搭配起來，因而聲音傳響的區域就傾
向一種具有流動感的路徑心靈空間。

　　詩人特別描述聲音所流動的空間歷程，使得聽覺感受呈現出一種
抽象化的路徑空間感。關注聲音所經過的場域，可以說是將時間「空
間化」的表現，使得聽覺感受像是一個有所尋覓的歷程，如同路徑般
延伸的聽覺總是不斷地將詩人的心靈引到彼處他方。聽覺的感知傾向
於是從靜思的方式中得到，因而流轉的聽覺往往更能引起讀者內心的
冥思遐想。

〔註42〕王士禛：《漁洋文》，《帶經堂詩話》，卷14，頁371。
〔註43〕王士禛：《池北偶談》，《帶經堂詩話》，卷20，頁579。

整體來看，「神韻」詩有一種空間類型是狹長流動空間感，其流動感多半藉著水流、行動或是聲音意象鋪陳開來，再看這則例子：

> 「亭皋木葉下，隴首秋雲飛」，「太液滄波起，長楊高樹秋」，皆柳文暢詩也，六朝名句灼然在人耳目者。〔註44〕

有一類「神韻」詩正是在落葉的飄下，風雲的飛逝以及水的流動之中找出一種人生韻律，並以此帶出漂流無盡之感。

貳、由地名連結的路徑狹長空間

「山水式」流動空間可用兩種空間概念來概括：一是地點；二是路徑，這兩個空間概念共同合成「山水式」空間型態的流動質素，也可以說是由地點連結而成的路徑空間型態。整體來說，「山水式」空間類型的詩作所呈現的流動感是狹長如路徑般的延伸性空間，而其漂泊性則可由地名的連續使用來說明。「田園式」四方空間型態不論所寫的空間如何廣闊，多半圍繞在一個定點四周，即使引到它處的地點，也像是融入一個畫框之中而呈現出一幅整體畫面的感覺。但「山水式」狹長空間類型的詩作則多半通過許多地點，以跳躍的流動方式將分散的地點串連起來，以地點代表人生所走過的路，表徵一種心靈歷程的標誌。

一、路徑意象：悠然與飄盪的綜合

與「田園式」四方空間型態相較，這裡所要談論的「山水式」空間型態中有一類型是傾向於狹長型的空間型態，其中最顯著的是路徑意象的使用與呈現。當然，路徑意象不一定在山水環境中，在田園情境裡，當詩人離開屋舍中心向四周延伸出去也可能使用路徑意象，只是在田園中所出現的路徑意象多半只出現在一個句子裡，在尋覓之中還有一種安定優美之感。而在山水情境中所引出的路徑意象甚而延長為整首詩的流動氣韻，其動盪與飄泊性多半較為強烈。

〔註44〕王士禛：《香祖筆記》，《帶經堂詩話》，卷18，頁525。

在「神韻」詩中所出現的路徑意象可以簡單地用「林中路」〔註
45〕來表徵，筆者所以用這個詞是因為王士禛曾用林中路徑來比喻「神
韻」詩所傳達的無盡意趣：

> 問：昔人論詩之格曰：所以條達神氣，吹噓興趣，非
> 音非響，能誦而得之，猶清氣徘徊於幽林，遇之可愛；微
> 徑紆迴於遙翠，求之逾深。是何物也？
>
> 答：數語是論詩之趣耳，無關於格。格以高下論。如
> 坡公〈詠梅〉「竹外一枝斜更好」，高於和靖之「暗香疏影」，
> 林又高於季迪之「雪滿山中、月明林下」，至晚唐之「似桃
> 無綠葉，辨杏有青枝」，則下劣極矣。〔註46〕

由這一則論述我們可以看到，在田園之中的路徑空間往往同時具有
兩種性質：一是悠閒與愉悅（「遇之可愛」）；二是耐人尋覓的探索性
（「求之逾深」）。能展現「詩之趣」的作品，閱讀起來往往像是身臨
一條滿佈翠葉的林中路徑空間中（「幽林」與「遙翠」），藉著其流動
蜿蜒的特質（「徘徊」與「紆迴」），讀者的感覺思緒就可以自由而悠
然地在其間盤旋與徜徉。又如這一則也是用「林中路」的意象來比
喻詩的情趣：

> 陳晉州士業（宏緒）云：極喜〈古琴銘〉四句云「山
> 虛水深，萬籟蕭蕭。古無人蹤，惟石巉巉。」能理會此段，
> 便是羲皇以上人。王山史（宏撰）嘗取俞益期牋云：「步其
> 林則寥朗，庇其廕則蕭條，可以長吟，可以遠想」。〔註47〕

由「庇其廕則蕭條」可以了解在田園之中的路徑空間所以要加上「林
中」二字的主因，是因為「林中」空間在某一程度上具有「庇廕」的
安全感，在其間的移動是可以從容而緩慢的（「可以長吟，可以遠想」）。

〔註45〕筆者曾在碩士論文中地注意到這個問題，以「林中路」來說明「神韻」
　　　詩所呈現的空間感。見筆者：〈解讀與重建王士禛「神韻說」與王國
　　　維「境界說」——由內涵、圖像、心靈到「性情」與「情」的建構〉，
　　　1996。
〔註46〕王士禛：《帶經堂詩話》，卷29，頁851。
〔註47〕王士禛：《香祖筆記》，《帶經堂詩話》，卷3，頁90。

「林下遊」、「林下趣」本就是來自竹林七賢的典故，因而由「林中」、「林下」這種空間感所引出的詩境在流動感之中常常有著悠閒遲緩的韻律，不安性質並不強：

> 《冷齋夜話》又載順怡（湖僧）詩云：「久從林下遊，頗識林下趣。從渠綠陰繁，不礙清風度。閒來石上眠，落葉不知數。山鳥忽飛來，啼破幽寂處。」又云荊公愛之。〔註48〕

這首詩即是由林中路徑之移動感引出整首詩幽然狹長的心靈空間感，在此移動過程之中，詩人用了兩個「不」字，帶出不為任何事物所妨礙，也不知時間之推移，在悠悠蕩蕩中能夠隨地安適之感（「閒來石上眠」）。

在田園情境中，或者說由家（屋舍）延伸出去的路徑空間除了悠然從容，也帶領讀者將注意力引向深密之處，帶出一種尋覓的感覺。王士禎曾舉常健的詩作為範例，他說：

> 歐陽永叔最愛常建「曲徑通幽處，禪房花木深」之句，固是絕唱具眼。〔註49〕

這首詩即是以路徑通往「幽處」，由曲折的路徑通向幽深靜漠的空間乃至心境中，原詩如下：

> 清晨入古寺，初日照高林，曲徑通幽處，禪房花木深，山光悅鳥性，潭影空人心，萬籟此俱寂，但聞鐘磬音。〔註50〕

這裡應該是以屋舍（「古寺」、「禪房」）為中心所延伸出去的路徑空間，並以曲折的路徑（「曲徑」）引向一個具有神秘性質的「幽處」。

此外，「神韻」論家司空圖也曾用路徑意象比喻詩的境界：

> 是有真跡，如不可知，意象欲生，造化已奇，水流花開，清露未晞，要路愈遠，幽行為遲，語不欲犯，思不欲癡，猶春於綠，明月雪時。〔註51〕

〔註48〕王士禎：《池北偶談》，《帶經堂詩話》，卷20，頁581。

〔註49〕王士禎：《居易錄》，《帶經堂詩話》，卷18，頁508。

〔註50〕常建：〈題破山寺後禪院〉，《全唐詩》。

〔註51〕司空圖：〈縝密〉，弘征：《司空圖《詩品》今譯·簡析·附例》，同前，頁53。

基於「神韻」總是要以從容的姿態面對各種處境，所以雖然長路漫漫（「要路愈遠」），但是總要安下心緒，從容徐緩地步行（「幽行爲遲」）。顯然，由司空圖到王士禎這些「神韻」論家都認爲靠著某種空間感的營造可以引領讀者感覺詩歌的言外意境，而這種空間感有一種類型即是如同林中路徑的空間意識。

　　在山水情境中所出現的路徑空間由於大多充滿了迂迴與遮掩，所以可能進而引向「迷」的境地：

　　　　晨策尋絕壁，夕息在山棲，疏峰抗高館，對嶺臨迴溪，

　　　　長林羅戶穴，積石擁基階，連巖覺路塞，密竹使逕迷。

　　　　……。

　　　　居常以待終，處順故安排，惜無同懷客，共登青雲梯。〔註52〕

再看以下這些例子：

　　　　元臨川何中《太虛集》，吳草盧序，吳興何中表兄弟也。中善五言詩，近體亦沖澹，如：「聊隨碧溪轉，忽與白鷗逢。」「小雨十數點，淡煙三四峰。」「落葉半藏路，清風時滿溪。」「寒沙梅影路，微雪酒香村。」「湖雪殘波岸，船燈獨夜人。」「西風一夜雨，丹桂滿林花。」皆有唐風。又絕句：「冰合金河雪暗關，內家難覓一枝寒。祇應獨結梅花伴，水遠山長盡意看。」（〈見梅花〉）「深淺柴煙曲塢間，杉皮小屋遠幽潺。紫苔青石梅花路，隨意閒看雪後山。」（〈黃沙道中〉）〔註53〕

「神韻」詩所呈現的路徑意象常常有所阻礙遮掩，因而感覺上像是在間隔朦朧的情境中，如「落葉半藏路，清風時滿溪」即是以落葉半遮著路徑。又如「寒沙梅影路，微雪酒香村」也是由「梅影」遮掩著路徑，並由此路徑接引到一個空間（「香村」）。此外，由路徑意象所帶出的心境也常是隨意而閒適的，如「紫苔青石梅花路，隨意閒看雪後山」即是。

〔註52〕謝靈運：〈登石門最高頂〉。

〔註53〕王士禎：《居易錄》，《帶經堂詩話》，卷10，頁234。

因爲路徑往往有間隔朦朧的特質，因而在路徑的迴轉之後可能發現特殊的物象：

> 綠樹遶伊川，人行亂石間，寒雲依晚日，百鳥向青山，
>
> 路轉香林出，僧歸野渡閒，巖阿誰可訪，興盡復空還。〔註54〕

詩人有時先寫出一條路徑，然後以此條路徑作爲引出一個物象的導引，如「路轉香林出」即是利用「路轉」而引出一個物象（「香林」）。

又如：

> 東南雲路落斜行，入樹穿村見赤城，遠近常時皆藥氣，
>
> 高低無處不泉聲，映巖日向床頭沒，濕燭雲從柱底生，
>
> 更有仙花與靈鳥，恐君多半未知名。〔註55〕

這首詩也是以路徑意象引出流動感，並在路徑的彎曲穿梭之中引出間隔朦朧的視覺感（「東南雲路落斜行，入樹穿沌見赤城」）。此外，「遠近常時皆藥氣，高低無處不泉聲」兩句，在空間上包括著遠近高低的落差，這也體現狹長型空間所具有的流轉性。

不管路徑式空間出現在那一種情境中，它都具有一個重要的特質即是流動性。同時，路徑意象在某一程度上具有超越性質的特徵，因而在討論「神韻」這個具有超越意義的詩派就不能不討論到它。如寒山詩：

> 聞自訪高僧，煙山萬萬層。
>
> 師親指歸路，月掛一輪燈。

道師所指的歸路其實不是一條具體的路，而是指向道心，但由於道不可直陳，所以用路的指引表徵道心。

二、地點在狹長流動空間中的意義

呈現狹長流動空間感的詩作整體讀起來有如流水而下的感覺，但其流動感並不是一氣呵成的，整個感覺是連續之中有斷裂，或者說是由斷與點相互接續所間歇組合成的流動感：

〔註54〕歐陽修：〈伊川獨遊〉，《全宋詩》。
〔註55〕王士禛：《居易錄》，《帶經堂詩話》，卷1，頁4。

魏野詩:「數聲離岸櫓,幾點別州山」一篇最佳,王彥
輔記其一絕亦有風致可喜:「城裏爭看城外花,獨來城裏訪
僧家。辛勤旋覓新鑽火,爲我親烹嶽麓茶。」〔註56〕

魏野的詩:「數聲離岸櫓,幾點別州山」以聲音的流動慢慢地離開一
個定點(「岸」),並由此引向遠方的另一個空間(「別州山」),此即是
由斷斷續續的聲段連結成一種流動感,由零散的點合成爲一個整體。
「神韻」詩常呈現由當下的某一空間往另一個空間位移的流動感,並
且把捉幾個零散的地點放入其間,使得整首詩的感覺在流動韻律中有
所歇息。地名的定止特性能夠使得一首詩在如轉石而下之中有所承
接,形成定止與流動的綜合定律,如這幾則詩例:

律詩貴工於發端,承接二句尤貴得勢,如懶殘履衡岳之
石,旋轉而下,此非有伯昏無人之氣者不能也。如:「萬壑
樹參天,千山響杜鵑」,下即云:「山中一夜雨,樹杪百重泉。」
「昔聞洞庭水,今上岳陽樓」下云:「吳楚東南坼,乾坤日
夜浮。」「古戍落葉黃,浩然離故關」,下云:「高風漢陽渡,
初日郢門山。」「錦瑟怨遙夜,遶絃風雨哀,」下云:「孤燈
聞楚角,殘月下章臺。」此皆轉石萬仞手。〔註57〕

「昔聞洞庭水,今上岳陽樓。吳楚東南拆,乾坤日夜浮」這首詩即
是由地名連接而成的浮動之感。「古戍落葉黃,浩然離故關,高風漢
陽渡,初日郢門山」是由一個地方(「古戍」)開始拋出流動感(「落
黃葉」),然後以行動意象離開一個地方(「故關」),又渡過另一個地
點(漢陽),最後將物象定止在一個地點上(「郢門山」),其中具有
文化地理特性的地點構成了「神韻」詩飄來散去之流動過程中的中
站定止點。

呈現「山水式」狹長空間感的詩作所以可以如水流轉而下,往往
都是因爲地點的連續使用:

余少客秦淮,作〈秦淮雜詩〉二十餘首,陳其年詩:「兩

〔註56〕王士禛:《香祖筆記》,《帶經堂詩話》,卷10,頁233。
〔註57〕王士禛:《分甘餘話》,《帶經堂詩話》,卷3,頁79。

行小史豔神仙，爭寫君侯腸斷句」，謂此也。又在**眞州**作絕
句云：「好是日斜風定後，半江紅樹賣鱸魚。」又：「濛濛
夕照開**棠邑**，葉葉風帆下**建康**。」又「摘星樓閣浮雲裏，
一傍危欄望**楚江**。」又「綠楊城郭是**揚州**。」江淮間多寫
爲圖畫。後入**蜀**，行夾江道中，望**峨眉**三峰在煙雨空濛之
中，賦詩云：「江黎東上古**犍爲**，紅樹蒼藤竹亞枝。騎馬**青
衣江**上路，一天風雨望**峨眉**。」……。常欲命畫師爲寫二
圖，未果，每以爲憾。〔註58〕

如「濛濛夕照開**棠邑**，葉葉風帆下**建康**」這首詩正是運用地點使得得
詩句可以如水流轉，很自然地由一個定點往下一個定點滑下去。又如
「江黎東上古**犍為**，紅樹蒼藤竹亞枝。騎馬**青衣江**上路，一天風雨望
峨眉」這首詩正是王士禎在「行夾江道中」的路途中所作。地名的使
用使得這些詩的感覺像是以一個個的定點連結爲一條路徑，表現出由
一個定點跳到另一個定點的行走節奏感，形成流動與定止交互的美感
韻律。

　　詩人有時以不知不覺的感覺呈現到達某個地點的狀態，許多不
同的地點因而被自然地連接起來：

　　　　下牢溪，望**虎牙**、**荊門**二山，錯峙江上，此下即**荊江**，
江流洪闊舒緩，遠山映帶。自入峽七百里，重巒疊嶂，虧
蔽霄漢，至此始覺天日清朗，杜詩云：「始知雲雨峽，忽盡
下牢邊。」〔註59〕

杜甫的詩：「始知雲雨峽，忽盡下牢邊」即是在不知不覺中到了另一
個地點，在流動感中造成小小的驚異之感。

　　地點名詞使得無所依的流動韻律有一個可以逼近停頓的目標：

　　　　巴東縣寇萊公祠在**巴山**南麓，公在**巴東**有「野水、孤
舟」之句爲人傳誦，然公此中詩尤多佳句，如：「印鎖殘陽
後，人歸疊翠陰。」「水穿吟閣過，苔遶印床斑。」「眾木

〔註58〕王士禎：《漁洋詩話》，《帶經堂詩話》，卷8，頁187。
〔註59〕王士禎：《蜀道驛程記》，《帶經堂詩話》，卷14，頁376。

侵山徑，寒江逼縣門。」皆錢郎之選也。〔註60〕

「眾木侵山徑，寒江逼縣門」呈現出逼近某一個地點的感覺。

地點或地方的不停更替，使得詩歌在流轉之中有所歇息：

> 唐人五言絕句，往往入禪，有得意忘言之妙，與淨名
> 默然，達磨得髓，同一關捩。觀王裴《輞川集》及祖詠〈終
> 南殘雪〉詩，雖鈍根初機，亦能頓悟。程石臞有絕句云：「朝
> 過青山頭，暮歇青山曲，青山不見人，猿聲聽相續。」予
> 每歎絕，以為天然不可湊泊。〔註61〕

「朝行青山頭」這首詩也是一直轉換空間地點，由「青山頭」到「青
山曲」，最後以聲音傳達出一種斷斷續續的流動感。地點的加入使得
詩在流動感中具有歇息性，造成流動與定止相互結合的美感韻律。

參、狹長流動空間形式與人生閱歷的應對關係

由水流、行動與地點意象串連而成的狹長流動空間感的詩作，
基本上體現出「神韻」詩朦朧間隔的呈現方式。此間隔朦朧之感覺
可以分為空間上與時間上來說：在空間上往往不在當下，總是指向
遠方；在時間上也多半不在當下，常指向過去或未來。以地點意象
來說，這類詩中的地點往往不是眼前之地而指向遠方，因而一方面
既與詩中人有所間隔，同時也帶領讀者望向未知與遠方，此即為一
種間隔朦朧之呈現與觀照方式。

由於許多詩中的地名多半是屬於行旅過程或作為空間過渡的性
質，因而可以引向遠方與未知，並進而表徵人生走過的足跡，或由此
回想過往之回憶。例如：

> 征帆一似白鷗輕，起揭船篷看晚晴。
>
> 梅子著花霜壓岸，自披風帽過臨平。〔註62〕

這類詩中的地名多半是詩人路過的地方，既不是當下的靜止停留之

〔註60〕王士禛：《蜀道驛程記》，《帶經堂詩話》，卷12，頁285。

〔註61〕王士禛：《香祖筆記》，《帶經堂詩話》卷3，頁69。

〔註62〕高耆：〈過臨平〉，王士禛：《池北偶談》，《帶經堂詩話》，卷9，頁205。

處，也不是目的地。

一、地名：指向未知或遠方

呈現狹長流動空間感的詩所以能夠產生一直往前推進的流動感，乃在於其中的地名多半指向未知或遠方。因為所感知的是遠方，或是一個距離之外的未知地點，因此整體而言呈現出間隔朦朧的感知方式。

「神韻」重視「遠」的精神，許多詩都描寫人或物漸漸變遠的感覺，嵇康的「手揮五弦，目送歸鴻」即為一典型範例。以一個物象漸漸遠去的觀望作為一種境界，可以看這則例子：

> 「楚人門巷瀟湘色」，竟陵胡君信（承諾）句；「野航
> 人遠雁聲低」，侯官許有介（友）句。〔註63〕

其中的「野航人遠雁聲低」正是描寫人與聲音漸漸變遠的感覺，如此使得空間不受制於當下而引向遠方。

表現狹長流動空間感的詩，其中的地點往往代表下一個前進的目標：

> 舟中一雨掃飛蠅，半脫綸巾臥翠藤。
> 殘夢未醒窗日晚，數聲柔櫓下巴陵。〔註64〕

地點若是代表行動的下一個目的地，又作為詩的終結，往往能帶出一種裊裊不絕的流動餘音。雖然詩已經結束了，但讀者的心思卻好像被帶往遠方，甚至也許還會想像那個地點風情如何。

又如：

> 斷腸聲裏無形影，畫出無聲亦斷腸。
> 想得陽關更西路，北風低草見牛羊。〔註65〕

這裡也可以看到「神韻」詩所寫的空間感往往不是當下的空間，很多

〔註63〕王士禛：《漁洋詩話》，《帶經堂詩話》，卷11，頁260。
〔註64〕陸游：〈小雨極涼舟中熟睡至夕〉，王士禛：《池北偶談》，《帶經堂詩話》，卷9，頁205。
〔註65〕黃庭堅：〈題陽關圖〉，王士禛：《池北偶談》，《帶經堂詩話》，卷9，頁203。

都是屬於遠方或想像中的空間地點，如此能夠帶出一種想越到更遠那一邊的心靈空間。此外，由這首詩還可以看到以聲音與形象互相融合以暗示時間與空間之對照的呈現方式。

這些詩也是利用地點名詞將想像移到遠方的空間：

> 高念東侍郎（珩）以康熙戊申奉命告南岳，在湖湘間有詩數百篇，予喜其絕句，錄之如：「行人到武昌，已作半途喜，那識武昌南，煙水五千里。」「未入衡州郭，先看衡州城；城門垂薜荔，大抵似巴陵。」「綠淨不可唾，此語足千古，天水澹相涵，中有數聲櫓。」「花放不知名，稻秀猶能長。芳草隱清流，但聽清流響。」「兩岸層層嶂，孤城面面山。橫襟憑一葉，睥睨洞庭間。」「幾月舟行久，今朝倦眼開，千峰翔舞處，一片大江來。」「南岳雲中盡，東流海上忙。他年圖畫裏，著我在瀟湘。」「芋火夜經聲，悲喜寒巖寺。宰相世間人，何與山僧事。」「磨磚竟不成，磨銅何不可，寄語馬大師，努力菴前坐。」高又有送人詩云：「故園小圃又東風，杏子櫻桃次第紅。明日春明門外路，清明消遣馬蹄中。」〔註66〕

表現狹長流動空間感的詩作多半並不滿足於當下的空間，總是企圖引領讀者將想像移到遠方的空間情境中，例如「那識武昌南，煙水五千里」這兩句即是。有些詩則在尚未抵達一個地點空間之前，就先予以猜測其狀況，如此，想像總是在眞正親臨一個空間之前就展開，心靈總是先行動而到達遠方。至於「南岳雲中盡，東流海上忙。他年圖畫裏，著我在瀟湘」一詩，則把自我放入未來的想像空間（畫面）中。而「故園小圃又東風，杏子櫻桃次第紅。明日春明門外路，清明消遣馬蹄中」則以路徑引向未來的時間與空間中。

狹長空間型態的詩作常以向遠方駛去的感覺作結：

> 曾子固以熙寧五年守濟南，其後二十一年，晁無咎繼來爲守，作〈北渚亭賦〉最著，有〈別歷下〉絕句云：「來

〔註66〕王士禎：《池北偶談》，《帶經堂詩話》，卷10，頁245。

見芙蕖溢渚香，歸途未變柳梢黃。殷勤躬笑溪中水，相送
扁舟向汶陽。」〔註67〕

「來見芙蕖溢渚香」這首詩最後是以扁舟向「汶陽」駛去，將心靈指
向遠方與未知。

詩中的地點既是旅途中間停靠的歇息處，又是引向遠方的另一起
點：

廣元縣城西二里有烏奴山，陸游詩「暮雪烏奴停醉帽，
秋風白帝放歸船」者也〔註68〕

至於路徑所引出的流動感也常引向一個未知的空間：

冶泉出古朱盧縣北西溪山，如初弦之月，自東北入
山，有二泉。瀵出西巖下，東流爲大溪，夾岸皆竹。竹徑
逶迤而達於馮氏之園，二泉皆徑園中，水周於園，竹周於
水，石路陰翳，干霄切雲，仰不見曦景，山鳥千百巢其中，
嘲哳不可辨，摩詰所云：「暗入商山路，樵人不可知。」
者也。〔註69〕

「暗入商山路，樵人不可知」即是藉由走入一個幽暗曲折的路徑中，
而引向一個未知的遐想空間。

狹長流動感的詩作常表現由此地游移到另一處空間的那種欲起
程的空間過渡感：

徐禎卿：「洞庭葉未下，瀟湘秋欲生」一篇，非太白不
能作，千古絕調也。曹學佺亦有〈秦淮送別〉一篇云：「疏
籬豆花雨，遠水荻蘆煙。忽弄月中笛，欲開江上船。」情
致殆不減徐。徐《五集》中有一絕云：「渺渺太湖秋水闊，
扁舟搖動碧琉璃。松陵不隔東南望，楓落寒塘露酒旗。」
曹一絕可以相敵，〈新林浦〉云：「夾岸人家映柳條，玄暉
遺跡草蕭蕭。曾爲一夜青山客，未得無情過板橋。」〔註70〕

〔註67〕王士禛：《居易錄》，《帶經堂詩話》，卷14，頁358。
〔註68〕王士禛：《蜀道驛程記》，《帶經堂詩話》，卷14，頁374。
〔註69〕王士禛：《蠶尾續文》，《帶經堂詩話》，卷13，頁342。
〔註70〕王士禛：《池北偶談》，《帶經堂詩話》，卷9，頁219。

以曹學佺的「疏籬豆花雨」為例，詩人透過「疏籬」間隔觀看，然後在間隔朦朧中望向遠方之「水煙」，最後在朦朧飄渺的笛聲中，表現「江上船」將要啟程往另一個目標前進的飄移不定感。

這類「神韻」詩作常以遙知遠想的方式感知，詩人的感覺總是先行動而飛馳到下一個空間地點：

　　江上荒城猿鳥悲，隔江便是屈原祠。

　　一千五百年間事，只有灘聲似舊時。〔註71〕

「隔江便是屈原祠」即是人還未到達目的地，但心思已先於行動而飛馳到下一個空間地點，此外，這裡還將漫長的歷史感懷包含於空間的流逝中。

未到目的地就先預想猜測某一地區的狀況正體現「神韻」詩間隔朦朧的感知方式：

　　皂莢橋在揚州，晃無咎揚州詩曰：「皂莢村南三四里，

　　春江不隔一程遙。雙陂鬥起如牛角，知是隋家萬里橋。」

　　〔註72〕

「皂莢村南三四里」一詩即是先預估當下所在地點與目的地（「皂莢村南」）之間有多遠的距離間隔，然後又由「雙陂鬥起如牛角」預先地猜想那是「隋家萬里橋」，此為間隔感知的一種方式。

呈現狹長空間型態的詩多半以遙知的方式體現「神韻」詩間隔朦朧的美學感知：

　　目盡孤鴻落照邊，遙知風雨不同川。

　　此中有句無人見，送與襄陽孟浩然。〔註73〕

詩人以視線到了極限來引向猜測遠方的想像，此正體現「神韻」超越當下時空的間隔感知。

正因為以遠或間隔的感知模式觀物，因而「神韻」作品所呈現的

〔註71〕陸游：〈楚城〉，王士禛：《池北偶談》，《帶經堂詩話》，卷9，頁204。

〔註72〕王士禛：《池北偶談》，《帶經堂詩話》，卷13，頁341。

〔註73〕蘇軾：〈郭熙秋山平遠〉，王士禛：《池北偶談》，《帶經堂詩話》，卷9，頁204。

多半是淡遠渺茫之美感：

> 吳天章（雯）〈題雲林秋山圖〉：「經營慘澹意如何，渺渺秋山遠遠波。豈但穠華謝桃李，空林黃葉亦無多。」〔註74〕

二、時間指向過去：人生之足跡與回憶

在「山水式」流動空間感的詩作中，其間隔朦朧之感除了藉由空間上超越當下而指向前方，有時也藉由時間上不在當下而指向過去來表現。如此，詩中的地點所連結帶動的流動路徑空間就如同人生走過的足跡與回憶，內含淡淡的人生滄桑之感。有些詩的感覺甚至如同迴文詩般，既是未來之空間又是過去之時間相互交錯形成無限流轉之感覺。

呈現狹長型空間感的詩多半藉由路徑意象引向某一個地點，而因著地點名詞在這些詩中屬於過渡的性質，如此就能夠將人生走過的足跡含蘊於其中：

> 雲南有地名板橋，升菴題句云：「還如謝朓宣城路，南浦新林向板橋。」曹始能板橋詩云：「兩岸人家映柳條，玄暉遺蹟草蕭蕭。曾爲一夜青山客，未得無情過板橋。」汴梁西三十里有板橋，是白樂天題詩處。〔註75〕

如「還如謝朓宣城路，南浦新林向板橋」是先點出一條路徑，再由一個地點引向另一個地點，又如在「兩岸人家映柳條」這首詩中，地點也是作爲一種過渡的中介。以此方式描述，表面上像是呈現一個客觀的旅程，但內裡卻又含蘊人生走過的足跡或是在某一地點曾有過的感情，在含蓄而不直陳中體現神韻詩「蜻蜓點水」的表情型態。

又如：

> 自愛新詞韻最嬌，小紅低唱我吹蕭；曲終過盡松陵路，回首煙波十四橋。〔註76〕

〔註74〕王士禛：《漁洋詩話》，《帶經堂詩話》，卷11，頁277。

〔註75〕王士禛：《漁洋詩話》，《帶經堂詩話》，卷14，頁372。

〔註76〕姜夔：〈過垂虹亭作〉，王士禛：《池北偶談》，《帶經堂詩話》，卷9，頁203。

最末兩句可以看出「神韻」詩以路徑意象往下推衍到下一個地點，以此興起過往回憶的方式。

地點名詞在詩中既作為一種過渡與中站，有時又作為回首、回頭或瞻望未來與遠方的一個定點，這些都能使得整首詩超越當下時空的侷限：

> 滁州西澗有野渡菴，取韋詩命名，余題詩云：「西澗蕭蕭數騎過，韋公詩句奈愁何。黃鸝喚客且須住，野渡菴前風雨多。」又題清流關云：「瀟瀟寒雨渡清流，苦竹雲陰特地愁。回首南唐風景盡，青山無數繞滁州。」〔註77〕

「瀟瀟寒雨渡清流」這首詩是以地名（滁州）作為回首的定點，其間包含著歷史的滄桑。

表現狹長空間型態的詩作，其中的地點若不是表徵未來，即是包含著過往的某些情感記憶：

> 來時秋雨滿江樓，歸日春風度客舟。
> 回首荊南天一角，月明吹笛下揚州。〔註78〕

前兩句以風雨飄過江樓引出流動感（「來時秋雨滿江樓，歸日春風度客舟」），後兩句以地點空間作為回首過往以及瞻望未來的指標（「回首荊南天一角，月明吹笛下揚州」），在時空流動感中包含人生感觸。

這首詩也是以地點來突顯對於過往交遊的回憶：

> 濯錦江邊憶舊遊，纏頭百萬醉清樓。而今莫索梅花笑，古驛燈前各自愁。〔註79〕

詩人以特定地點（「濯錦江邊」與「古驛燈前」）引出過往「舊遊」回憶以及懷念憂思。

表現狹長空間類型的詩作，其中的地點或空間位置常引出路徑式的流動感，而且總是連結著過去、現在與未來。在空間的轉變中

〔註77〕王士禛：《漁洋詩話》，《帶經堂詩話》，卷13，頁337。
〔註78〕鄭震：〈荊南別貫制書東歸〉，王士禛：《池北偶談》，《帶經堂詩話》，卷9，頁203。
〔註79〕陸游：〈梅花〉，王士禛：《池北偶談》，《帶經堂詩話》，卷9，頁203。

貫穿著時間流逝感，以整個流動空間若有似無地暗示人生的變化與
滄桑閱歷。以下這首詩便是以時空變動感表現出某種人生意境，隨
著空間的遠近移動，人生的歷程也隨之開展：

> 波光柳色碧溟濛，曲渚斜橋畫舸通，更遠更佳唯恐盡，
> 漸深漸密似無窮，綺羅香裏留佳客，絃管聲來颭晚風，
> 半醉迴舟迷向背，樓台高下夕陽中。〔註80〕

「更遠更佳唯恐盡，漸深漸密似無窮」不只寫景色變化，更在景色
變化中暗示個人對於人生某些規律的觀察與體驗，體現著美感與現
實的錯落。這首詩表面上寫坐船遊湖的體驗，但卻由中透露出一種
心靈歷程：人總是想要更往前進，但卻又害怕走到盡頭；在曲折細
密處也有發現無窮的可能性。在走到盡頭的時候，若是換個角度卻
也可能感到無窮，「更」、「漸」這類的時間副詞帶出了生命情境轉換
的可能性。

地名之中常包含著人生過往的閱歷乃至淡淡的歷史感：

> 長樂坡前雨似塵，少陵原上淚霑巾。
> 灞橋兩岸千條柳，送盡東西渡水人。〔註81〕

這裡連用三個地名，每一個地名都有淡淡的人生經歷與痕跡，在這些
地名的連接與流動韻律中表現世事人情浮略而過的閱歷滄桑。

許多「神韻」詩都是透過經過某個地點又通向某一地點的旅次
過程，暗示人生歷史的淡淡滄桑與過往雲煙：

> 順治辛丑春，雨中泊舟楓橋，寄先兄西樵二絕句云：「日
> 暮東塘正落潮，孤篷泊處雨瀟瀟。疏鐘夜火寒山寺，又過
> 吾楓第幾橋。」「楓葉蕭條水驛空，離居千里悵難同。十年
> 舊約江南夢，獨聽寒山半夜鐘。」〔註82〕

在不斷地經過某些地點的描述中，詩人放入了人生歷史的滄桑感。
由此方到他方的位移過程中，讀者感受到的不只是外在的旅行經

〔註80〕歐陽修：〈西湖泛舟呈運使學士張揆〉，《全宋詩》。
〔註81〕王士禎：《漁洋文》，《帶經堂詩話》，卷8，頁183。
〔註82〕王士禎：《分甘餘話》，《帶經堂詩話》，卷8，頁182。

歷，更在空間的轉變中隱約見到年華老去，年歲飄過的人生過程，同時也看到「神韻」詩人不滯於情的灑脫性。

在呈現狹長式空間類型的「神韻」詩中，由於穿插許多富有歷史與文化意義的地點，因而包含著淡淡的文化印記。此種帶著文化憂慮卻又清空騷雅的詩正是「神韻」的重要風貌，在往後的宋元山水畫中都含有這一特質。可以說「山水式」狹長空間類型的詩在「蜻蜓點水」表情態度中又加入了朦朧的歷史滄喪感。與上述「田園式」四方空間類型的詩作相較，這一類型的作品在「閒遠」中兼有「沉著痛快」之人生感懷，帶有一種淡淡憂慮的文化氛圍與印記。

整體觀之，「神韻」詩常在流動與定止的對照感中表徵人生經驗與美感韻致。看以下這些例子：

> 近日釋子詩，以滇南讀徹蒼雪為第一。如：「一夜花開湖上路，半春家在雪中山。」如：「亂流落葉聲兼下，聽徹寒扉不上關。」皆警句。其弟子某，亦有句云：「鳥啼殘雪樹，人語夕陽山。」〔註83〕

「一夜花開湖上路，半春家在雪中山」是由路徑之流動引到一個定止的包圍空間。「亂流落葉聲兼下，聽徹寒扉不上關」則是由流水聲、落葉聲之流動引到定止空間「寒扉」。「鳥啼殘雪樹，人語夕陽山」這兩句都是由流動性的聲音（「鳥啼」、「人語」）與定止物象（「殘雪樹」、「夕陽山」）相連結。由流動到定止的組合與對照中，詩人可能表現人事不斷改變，然而自然卻以較為永恆的姿態存在的對照感；也可能表現儘管萬事消散而去但卻有某些事物是永恆不變的人生規律；也可能呈現出在確定與不確定之間的游疑徬徨。總之，在流動與定止的組合中可能包含著時間流逝與萬古消沉中人生變化的種種現實。而將流動與定止的美感韻律融入地點、空間與自然景物中，使得「神韻」詩總是能將情感消散於外在客觀的物象中，並在悠悠從從中呈現作者超逸脫俗的人生感悟與智慧。

〔註83〕王士禎：《漁洋詩話》，《帶經堂詩話》，卷20，頁580。

餘　論

　　古典詩歌所追求的「意在言外」與「象外之象」都是在追求某
種心理空間。基本上，中國傳統的批評術語有很多本就是指向空間
性，諸如「境界」﹝註1﹞這個概念即與空間有關。「境界」的本字是
音樂上的術語（「竟」是樂曲終了之詞），後來又用到空間上（引申
為「界域」），﹝註2﹞隨後再由空間概念（「疆界」）漸漸用到哲學範
疇中去，﹝註3﹞至於佛教傳入後的「境界」一詞，本身也是與空間
概念（「天宇」）有關的詞。﹝註4﹞基於「境界」這個詞語的空間特

﹝註1﹞　由「詩緣情境發」（皎然〈秋日遙和盧使君〉），「今王生者……長於
　　　　思與境偕，乃詩家之所尚」（司空圖〈與王駕評詩書〉）等都可以看
　　　　到「境」的重要性。

﹝註2﹞　「境界一詞往往用以指『界域』而言。『境』本作『竟』。《說文》云：
　　　　『界，竟也』，段玉裁注：『竟，俗本作境，今正。樂曲盡為竟，引
　　　　伸為凡邊界之稱，界之言介也』，介者畫也。畫者介也…。』」參閱
　　　　顏崑陽：《六朝文學觀念論叢》，頁328。

﹝註3﹞　「『境界』原是"疆界"的意思，指的是一定範圍內的一塊疆土，詞
　　　　義實在。後來這個詞被用到哲學範疇中去，詞義開始虛化。…如
　　　　《莊子》中的…。都是指一種超現實的，優遊自在的理想境界」。參
　　　　見祖保泉、張曉云：《王國維與人間詞話》，頁40。

﹝註4﹞　「我翻譯為『境界』的這個詞，本身是梵文（visaya）的一個譯語，
　　　　在佛教用語中意指『天宇』（sphere）或精神界（spiritual　domain）」。
　　　　參閱劉若愚：〈妙悟主義者的觀點：做為默察的詩〉，《中國詩學》，
　　　　頁131。

質，詩人在朝向某種「意境」或「境界」的目標創作時，可能或多或少會朝向某種空間感來表徵其內在的情思。由此可推測傳統詩人所嚮往的詩歌境界常是要帶入具有某一程度空間意境的型態中，而「神韻」作為傳統詩歌的一部分，又是以「意在言外」作為核心，其與空間感就有密不可分的關係。

空間性質的表述方式，不論是心理空間還是物理空間，或是兩者的綜合，都必須跳躍文字本身直接敘述的特性，而躍升至一種言外之意。繪畫用線條塑造空間是容易的，但詩歌用語言文字塑造空間感畢竟不容易。詩歌的空間性一方面是用語言文字所塑造出來的，但更重要的是詩人獨特心靈意境的摻入才能創造高妙的空間意境。當然，有一些詞彙因素可以導致空間感的塑造（諸如方位等屬於空間的詞語），而且只要物體一出現，位置就存在，空間感也可能被引出。整體來說，朝著時間意識所引出的意境傾向於是一種直接陳述的方式，但朝空間意境的目標所構成的詩作常超越直接陳述的特性。詩人總是必須在內心先塑造一種整體性的情調意境，才能夠將空間感表述出來，如果只是在語言的規範之中，受制於語言，就不可能建構具有空間性質的意境。詩人必須不止是一個熟悉語言的人，他還必須在文字寫下之前，就在胸中浮現出具有空間感覺的藍圖，這是詩歌與空間感連結的觸點。而當作品超越了語言文字的表層意義，如此就與所謂的「神韻」相連結在一起。具有空間性質的詩境總是包含著建構的困難度，依偎著時間的流逝感所創造的詩，以一個比喻來說，如同把線桿與線桿串起來比較容易，但是如果要用線桿連結架構成一個具有立體性質的空間結構就比較困難了，那必須有著心靈上的豐富想像力與一定水準的技術。當然，人生的意境有許多不同的層次，也許最高的層次既超越時間也超越空間形式而存在，但是，具有空間意境本身畢竟已是一種超越，就如同人類第一次能夠把屋宇建構出來的時刻，文明已經躍進了一大步。

同時，空間感始終都是一種比時間堅固而可見的東西，朝空間建

構也代表著一種希冀堅強實有的期待，空間感讓人覺得有力量。盤古神話中所載天地開闢之前的那種混沌的狀態意謂著一種消散無邊際的漫遊，恍恍惚惚。但是天地開闢，空間也開闢，人的身體與自我意識也跟著成長。空間的建樹始終是一種自覺且強而有力的東西，空間性質的建樹是人朝向自我意識，強烈意識的方向成長的結果。同理，在詩的空間性質的開展中，詩人的自覺意識也變得強健。所以說「神韻」作為一種文化性極強的詩學概念，既強調自然天成但實際上又充滿人為造作的概念，它會朝向空間意境建構發展是很自然的。在這一個基點上，「神韻」在虛浮軟弱之中，始終也因空間向度的開展，而使它具有堅強的特徵。人類若不朝向空間發展，那麼文明就不可能開展，因而朝向空間意境開展，也是一種文學文明（形式的精錬）的建構。而「神韻」作為心靈的遠遊客，也唯有把空間意境開闢出來，才能使流轉無限的心靈神思有飄遊徜徉的場域，並以朦朧間隔的感知與呈現方式，帶出豐富的言外之意。

　　整體而論，「神韻」是一種廣泛而又特定的美感，而且它往往必須依循著形式，但形式又是最為飄緲難尋的東西，因而在找到恰當的形式之前，它總是被探索著。這也是「神韻」奇詭的地方，它既源起於超越的精神，本就是要超越形體的束縛而獲得一種生命境界，但卻又花了這樣漫長的時間尋找一種最合適的形式。也就是傳統的文人雅士欲求超越形體、感情、社會之侷限的過程中，似乎慢慢凝聚了共識，朦朦朧朧地感覺到超越後的狀態最好能是某種清空騷雅的美感，但是又發覺不容易表現這種感覺。或許也正因為「神韻」作為一種需要形式的品味，作為一個既要超越形體，又要追尋形式技法的確定的概念，因而一直被追索著期盼著，也才能在中國傳統中存在這麼久的時間，並在詩與畫等各種藝術領域中不斷轉化發展。「神韻」確實需要漫長的時間讓人去補捉它，讓人去找到它。儘管最後「神韻」變成了一種固定的傾向，但是它卻是中國文學中最為精緻的一種品味，並成為傳統士人優雅的藝術印記。畢竟追尋「神韻」的過程是艱辛的，要

經過許多的努力才有達到某種完美形式的可能性，「神韻」做爲中國傳統士大夫文化中的一種最爲精緻的美感，仍然值得我們去研究它。「神韻」詩裡實包含著豐富的對於自然的觀照方式，以及藝術美感的沉思與醞釀。

參考書目舉要

詩文總集、別集

1. 《司空圖詩品》（今譯・簡析・附例），弘征（銀川：寧夏人民出版社，1984）。
2. 《司空圖詩品注釋及譯文》，祖保泉（台北：商務印書館，1966）。
3. 《滄浪詩話校釋》，嚴羽著，郭紹虞校釋（台北：東昇文化事業，1980）。
4. 《分類詩話》，王士禎撰，喻端士編（台北：廣文書局，1963）。
5. 《漁洋、玉樵筆記合刊》，王士禎、鈕琇（台北：德志出版社，1963）。
6. 《漁洋山人感舊》集，王士禎（台北：廣文書局，1968）。
7. 《唐人萬首絕句選》，王士禎（台北：藝文印書館，1970）。
8. 《香祖筆記》，王士禎（上海：古籍出版社，1982）。
9. 《古今詩選》，王士禎（台北：廣文書局，1882）。
10. 《帶經堂詩話》，王士禎著，張宗柟纂集（北京：人民文學出版社，1982）。
11. 《池北偶談》，王士禎（台北：漢京文化事業，1984）。
12. 《詩問四種》，王士禎等著，周維德箋注（山東：齊魯書社出版，1985）。
13. 《分甘餘話》，王士禎（北京：中華書局，1989）。
14. 《周易譯注》，周振甫譯注（台北：五南圖書出版，1993）。
15. 《莊子集釋》，郭慶藩輯（台北：漢京文化事業，1983）。
16. 《楚辭補注》，洪興祖（台北：長安出版社，1984）。
17. 《文心雕龍注釋》，周振甫注（台北：里仁書局，1984）。
18. 《詩品注》，鐘嶸著，陳延傑注（北京：人民文學出版社，1985）。

19. 《王右丞集箋注》，王維撰，趙殿成箋注（香港：中華書局，1972）。

20. 《先秦漢魏晉南北朝詩》，逯欽立輯校（台北：學海出版社，1984）。

21. 《全唐詩》，清聖祖御製，宏業書局印行）。

22. 《全宋詩》，閻光華編輯（北京：北京大學出版社，1998）。

23. 《歷代詩話》，清何文煥輯（台北：漢京文化事業有限公司，1983）。

「神韻」相關論述

1. 《中國文學批評簡史》，黃海章編著（廣東：廣東人民出版社，1962）。

2. 《中國文學家與文學批評》，朱東潤編著（台北：學生書局，1971）。

3. 《中國詩的神韻、格調及性靈說》，郭紹虞（台北：華正書局，1975）。

4. 《中國詩學》，劉若愚（台北：幼獅文化事業，1977）。

5. 《中國古典文學論文精選叢刊》（台北：幼獅文化事業，1979）。

6. 《王漁洋詩論之研究》，黃景進（台北：文史哲出版社，1980）。

7. 《盛唐詩與禪》，姚儀敏（高雄：佛光出版社印行，1981）。

8. 《古典文學》（台北：台灣學生書局，1982）。

9. 《詩和詩人》，黃如卉（台北：源流出版社，1982）。

10. 《中國詩史》，吉川幸次郎（台北：明文書局，1983）。

11. 《中國古典文學論叢》，薛順雄（台北：學生書局，1983）。

12. 《中國古典詩歌論集》，葉嘉瑩（台北：純真出版社，1983）。

13. 《古代心理詩學》，林同華（江蘇：江蘇人民出版社，1984）。

14. 《中國文學批評新論》，郭紹虞（台北：蒲公英出版社，1985）。

15. 《中國文學八論》，郭紹虞（北京：中國書店，1985）。

16. 《中國古代文藝美學概要》，皮朝綱（四川：社會科學院出版，1986）。

17. 《古典文學三百題》（上海：古籍出版社，1986）。

18. 《中國文學理論史（四）》，黃保真、蔡仲翔、成復旺（北京：北京出版社，1987）。

19. 《中國美學論集》，漢寶德等（台北：南天出版社，1987）。

20. 《鏡花水月──文學理論批評論文集》，陳國球（台北：東大圖書股份有限公司，1987）。

21. 《清代文學批評史》，〔日〕青木正兒著，楊鈇嬰譯（北京：中國社會科學出社，1988）。

22. 《中國文藝心理學史》，劉偉林（山東：三環出版社，1989）。

23. 《古典文藝美學論稿》，張少康（台北：淑馨出版社，1989）。

24. 《清代詞學四論》，吳宏一（台北：聯經出版社，1990）。

25. 《王國維與人間詞話》，祖保泉、張曉云（上海：上海古籍出版社，1990）。

26. 《文學與美學》，淡江大學中國文學研究所主編（台北：文史哲出版社，1991）。

27. 《古代文學理論研究》，徐中玉、王運熙主編（上海：古籍出版社，1991）。

28. 《神韻論》，吳調公（北京：人民文學出版社，1991）。

29. 《中國詩學》，葉維廉（北京：生活・讀書・新知三聯書店出版，1992）。

30. 《中國禪宗與詩歌》，周裕鍇（上海：人民出版社，1992）。

31. 《中國近代詩歌史》，馬亞中（台北：學生書局，1992）。

32. 《翁方綱詩學之研究》，宋如珊（台北：文津出版社，1993）。

33. 《清代詩歌發展史》，霍有明（陝西：陝西人民出版社，1993）。

34. 《中國詞學史》，謝桃坊（成都：巴署書社出版，1993）。

35. 《詩學論叢》，張夢機（台北：華正書局，1993）。

36. 《禪宗與中國古代詩歌藝術》，李淼（高雄：麗文文化，1993）。

37. 《禪月詩魂：中國詩僧縱橫談》，覃召文（北京：生活・讀書・新知三聯書店，1994）。

38. 《神韻詩史研究》，王小舒（台北：文津出版社，1994）。

39. 《王士禎論詩絕句三十二首箋證》，張健（台北：文史哲出版社，1994）。

40. 《中國古代美學要題新論》，張國慶（北京：中國社會科學出版社，1994）。

41. 《宋代文學研究叢刊》（高雄：麗文文化事業出版，1995）。

42. 《論唐詩繁榮與清詩演變》，霍有明（北京：中國社會科學出版社，1997）。

43. 《唐代詩歌與禪學》，蕭麗華（台北：東大圖書股份有限公司，1997）。

44. 《中國文學探微》，余崇生（台北：五南圖書出版公司，1998）。

45. 《中國抒情傳統》，蕭馳（台北：允晨文化實業有限公司，1999）。

時空論述

1. 《宇宙論》，李震（台北：台灣商務印書館，1967）。

2. 《超現實存在論——形上學基礎篇：時空論》，曾霄容（台北：青文出版社，1972）。

3. 《中國詩學：鑑賞篇》，黃永武（台北：巨流圖書公司，1976）。

4. 《物理學》，亞里士多得，張竹明譯（北京：商務印書館，1982）。

5. 《文學史學哲學：施友忠先生八十壽辰紀念論文集》，陳鵬翔（台北：時報文化出版是事業有限公司，1982）。

6. 《古典詩文論叢》，顏崑陽（台北：漢光文化事業股份有限公司，1983）。

7. 《詩與美》，黃永武（台北：洪範書店，1984）。

8. 《中國山水詩研究》，王國瓔（台北：聯經出版社，1986）。

9. 《至情祇可酬知己》，李正治（台北：業強出版社，1986）。

10. 《漢賦之寫物、言志傳統》，曹淑娟（台北：文津出版社，1987）。

11. 《儒道佛美學思想探索》，張文勛（中國社會科學出版社，1988）。

12. 《現象詮釋學與中西雄渾觀》，王建元（台北：東大圖書公司，1988）。

13. 《借鏡與類比——中國文學研究的現代化》，何冠驥（台北：東大圖書股份有限公司，1989）。

14. 《中國詩學》，黃永武（台北：巨流圖書公司，1989）。

15. 《美學與意境》，宗白華（台北：淑馨出版社，1989）。

16. 《意象符號與情感空間——詩學新解》，吾曉（北京：中國社會科學出版社，1990）。

17. 《莊子與中國文化》，魯茂松（安徽人民出版社發行，1990）。

18. 《詩美學》，李元洛（台北：東大圖書公司，1990）。

19. 《莊子與中國文化》，肖美豐（安徽：安徽人民出版社發行，1990）。

20. 《詩學論叢》，張夢機（台北：華正書局，1993）。

21. 《神女之探尋》，劉若愚，收入莫礪鋒編（上海：上海古籍出版社，1994）。

22. 《空間、力與社會》，黃應貴主編，中央研究院民族研究所，1995）。

23. 《第三屆國際辭賦學學術研討會論文集》，國立政治大學文學院編印，1996）。

24. 《唐代遊仙詩研究》，顏進雄（台北：文津出版社，1996）。

25. 《宋代文學研究叢刊》，張雙英（高雄：歷文文化事業股份有限公司，1997）。

26. 《唐代登臨詩研究》，王隆升（台北：文津出版社，1998）。

山林隱逸類

1. 《中國庭園建築》，程兆熊（臺南：德華出版社，1977）。

2. 《中國詩歌研究》（台北：中央文物供應社，1985）。

3. 《中國山水詩研究》，王國瓔（台北：聯經出版，1986）。

4. 《文學與文心》，陳兆熊（台北：明文書局，1987）。

5. 《遊山玩水——中國山水審美文化》，任仲倫（上海：同濟大學出版社，1991）。

6. 《中國山水審美文化》，任仲倫（上海：同濟大學出版社，1991）。

7. 《中國詩學》，葉維廉（北京：生活・讀書・新知三聯書店出版，1992）。

8. 《宋代的隱士與文學》，劉文剛（成都：四川大學出版社，1992）。

9. 《中國古建築大系之四——文人園林建築》，程里堯著（台北：中國建築工業出版社，1993）。

10. 《中國風景園林文學作品選析》，艾定增、梁敦睦主編（北京：新華書店，1993）。

11. 《中國建築史》，蕭默（台北：文津出版社，1994）。

12. 《中西建築美學比較研究》，余東升（台北：洪葉文化事業有限公司，1995）。

13. 《中國山水詩史》，丁成泉（台北：文津出版社，1995）。

14. 《山水與古典》，林文月（台北：三民書局，1996）。

15. 《烏托邦與詩：中國古代士人文化與文學價值觀》，李春青（北京：北京師範大學出版社，1996）。

16. 《宋代文學研究叢刊》（高雄：歷文文化事業股份有限公司，1997）。

17. 《仕隱與中國文學——六朝篇》，王文進（台北：台灣書局，1999）。

文學、美學綜論

1. 《詩詞散論》，繆鉞（香港：太平書局，1963）。

2. 《中國藝術精神》，徐復觀（台北：台灣學生書局，1966）。

3. 《漢魏六朝文學》，陳鐘凡（台北：台灣商務印書館，1966）。

4. 《中國詩學》，劉若愚原著，杜國清中譯（台北：幼獅文化公司，1977）。

5. 《中國文學論集續篇》，徐復觀（台北：台灣學生書局，1981）。

6. 《中國文學理論》，劉若愚著，杜國清譯（台北：聯經出版社，1981）。

7. 《中國詩史》，吉川幸次郎著，劉向仁譯（台北：明文書局）

8. 《文學美綜論》，柯慶明（台北：長安出版社，1983）。

9. 《中國古典詩歌評論集》，葉嘉瑩（台北：純眞出版社，1983）。

10. 《比較詩學》，葉維廉（台北：東大圖書公司，1983）。

11. 《唐宋詩文鑑賞舉隅》（北京：人民文學出版社，1984）。

12. 《詩詞抉微》，艾治平，長沙：湖南人民出版社，1984）。

13. 《詩與美》，黃永武（台北：洪範出版社，1984）。

14. 《古詩十九首探索》，馬茂元（高雄：復文，1984）。

15. 《唐詩論文選集，呂正蕙等編（台北：長安出版社，1985）。

16. 《中國古代美學藝術論》，朱光潛、宗白華等著（台北：木鐸出版社，1985）。

17. 《比興物色與情景交融》，蔡英俊（台北：大安出版社，1986）。

18. 《漢賦之寫物言志傳統》，曹淑娟（台北：文津出版社，1987）。

19. 《中國古代美學範疇》，曾祖蔭（台北：文津出版社，1987）。

20. 《初唐詩》，〔美〕斯蒂芬·歐文著；賈普華譯（南寧：廣西人民出版社，1987）。

21. 《儒道佛美學思想探索──我國意境理論的形成及其美學內涵》，張文勛，中國社會科學出版社，1988）。

22. 《文心雕龍綜論》，中國古典文學研究會主編（台北：學生書局，1988）。

23. 《中國詩歌藝術研究》，袁行霈（台北：五南書局，1989）。

24. 《六朝美學》，袁濟喜（北京：北京大學出版社，1989）。

25. 《盛唐詩》，〔美〕斯蒂芬·歐文著，賈普華譯（哈爾濱市：黑龍江人民出版社，1992）。

26. 《中國文學語言的審美世界》，高長江（長春：吉林大學出版社，1993）。

27. 《六朝文學觀念叢論》，顏崑陽（台北：正中書局，1993）。

28. 《唐詩論考》，柳晟俊（北京：中國文學出版社，1994）。

29. 《中國古代美學要題新論》，張國慶（北京：中國社會科學出版社，1994）。

30. 《中國古代詩學本體論闡釋》，毛正夫（台北：五南，1997）。

31. 《六朝唯美詩學》，王力堅（台北：文津出版社，1997）。

32. 《唐代文學研究》，廣西：廣西師範大學出版社，1998）。

33. 《中國文學之美學精神》，葉太平（台北：水牛圖書出版，1998）。

34. 《中國文學之美學精神》，葉太平（台北：水牛圖書出版，1998）。

35. 《魏晉詩歌的審美觀照》，王力堅（台北：文津出版社，2000）。

期刊類

1. 〈現象學地理學──存在空間的一個詮釋〉，潘朝陽（《中國地理學會

刊》，第十九期，1991 年 7 月）。

2. 〈「旁通」與「寄託」──兩種解讀詩詞的特殊方式〉，施逢雨（《清華學報，新 23 卷第一期，1993 年 3 月》）。

3. 〈清代詩論家論明代前後七子〉，嫣傳恕（《華中師範大學學報》（哲學社會科學版），第三期，1993 年 5 月）。

4. 〈論王士禛的詩歌理論和創作實踐〉，霍有明（《河北師範大學學報》第三期，總第 62 期，1993 年 7 月）。

5. 〈評王士禛的詩歌創作論〉，喬惟德（《武漢大學學報》，第五期，1993 年 9 月）。

6. 〈蒲松齡與王士禛交往辨證〉，劉恐伏（《南昌大學學報》，第四期，1993 年 12 月）。

7. 〈王士禛的詞論主張及其創作實踐〉，張綱（《南京師大學報》（社會科學版），第一期（總第 81 期），1994 年 1 月）。

8. 〈論王漁洋評《詩品》之「極則」〉，彭玉平（《南京師大學報》（社會科學版），第三期（總第 83 期），1994 年 7 月）。

9. 〈中國抒情詩「情」、「景」表現模式比較論〉，董洪川（《重慶師院學報》，第三期，1994 年 9 月）。

10. 〈試論禪對王漁洋的影響〉，何綿山（《中國文哲研究通訊》，第五卷第一期，1995 年 3 月）。

11. 〈「中心──四方」空間形式及其宇宙論結構〉，潘朝陽（《師大地理研究報告》，第 23 期，1995 年 3 月）。

12. 〈王漁洋蜀道紀行詩箋釋〉，洪橋（《中國古代、近代文學研究》，第七期，1995 年 8 月）。

13. 〈〈哀郢〉的雙重時空維度──屈原〈九章〉的抒情學新論之三〉，楊義（《河北師範大學學報》，第 21 卷第 4 期，1998 年 10 月）。

14. 〈宋代園林理念初探〉，侯迺慧（《中山人文學報》第七期（高雄：國立中山大學文學院，1998 年）。

15. 〈古典詩學中「清」的概念〉，蔣寅（《中國社會科學》，第一期，2000 年）。

16. 〈中國古典詩論中「含蓄」美典的理論基礎（Ⅰ）：語言與意義的論題〉，蔡英俊（《文哲所集刊》，2001 年 4 月）。